글을 수놓다
나를 수놓다

글을 수놓다 나를 수놓다

초 판 1쇄 2023년 08월 28일

지은이 백정순
펴낸이 류종렬

펴낸곳 미다스북스
본부장 임종익
편집장 이다경
책임진행 김가영, 신은서, 박유진, 윤가희, 정보미

등록 2001년 3월 21일 제2001-000040호
주소 서울시 마포구 양화로 133 서교타워 711호
전화 02) 322-7802~3
팩스 02) 6007-1845
블로그 http://blog.naver.com/midasbooks
전자주소 midasbooks@hanmail.net
페이스북 https://www.facebook.com/midasbooks425
인스타그램 https://www.instagram/midasbooks

ISBN 979-11-6910-318-3 03810

값 17,000원

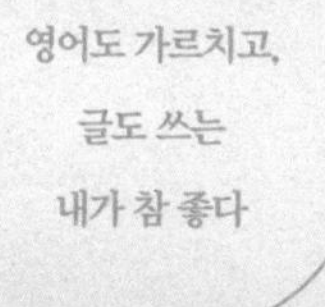

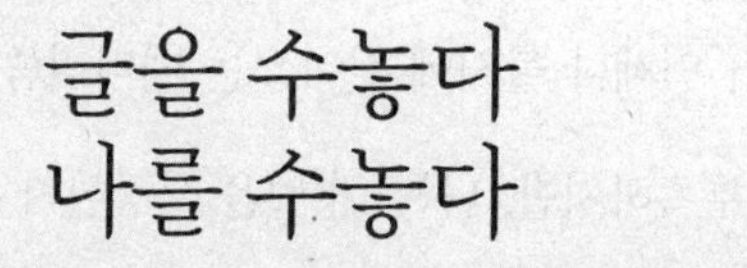

백정순 지음

미다스북스

들어가는 글

가르치고 쓸 수 있어 행복합니다

동네 영어 선생으로 어쩌다 보니 25년. 다양한 경험을 해보지 못한 것이 못내 아쉽기도 하다. N잡러가 대세인 세상에서 한 우물만 판다는 것이 어리석게 느껴질 수도 있겠다. 내 길이라 생각하고 곁눈질하지 않으며 여기까지 왔다. 때로 지치고 힘들 때도 있다. 언제나 불시에 찾아오는 매너리즘은 여전히 넘어야 할 숙제이다. 지금도 부족하지만, 나는 내 일을 사랑한다.

어른, 아이 할 것 없이 영어에 많은 시간과 노력을 투자한다. 이왕이면 우리나라 현실에 맞게, 쉽고 재미있게 공부할 수 없을까 고민했다. 정답은 없겠지만, 가르치고 배우는 일에 애착을 갖는다는 것 자체가 중요하지 않을까. 예전에 〈공부하는 인간〉이라는 프로그램을 본 적이 있다. 가르치며 배울 수 있다는 내 직업이 자랑스럽다.

때때로 길을 가다 인사를 건네는 사람들을 만날 때가 있다. 내게 영어를 배운 이들이다. 몰라보게 컸다. 세월이 많이도 흘렀구나 싶으면서도, 한편으론 대견하고 멋있어 보인다. 가르치는 일은 결코 쉽지 않지만, 훌쩍 큰 녀석들을 보면 나름 보람도 느낀다. 힘든 시간 잘 견뎌온 나 자신과 아이들에게 감사한다.

사랑하는 일과 자신과의 균형을 이룰 수 있다면 이상적이겠지만 나 또한 시행착오를 수없이 겪을 수밖에 없었다. 원만한 가정을 꾸려나가는 일, 아이들이 건강히 탈 없이 자라게 하는 일은 엄마로서 기본적인 임무라고 하기엔 워킹맘인 나에겐 버거운 일이었다.

그럼에도 일이 있었기에 지금까지 걸어왔고 이렇게 행복한 마음으로 쓸 수 있다고 생각한다. 아이들만 가르치기에 때로 우물 안을 헤엄치는 답답한 마음에 어머니 북클럽을 꾸렸다. 영어를 공부하고 싶은 학부모님들과 함께 읽고 싶은 원서를 매달 선정해서 읽고 나눈 추억들은 너무 아름답다. 마음에 감추어 두었던 고민과 슬픔뿐만 아니라 작품에 대한 감동이 전염되어서 행복이 두 배가 되었다. 무언가 인내심 있게 혼자 성취해나가는 것도 중요하지만 그 지식과 감상을 함께 나누었을 때 얻을 수 있는 지혜는 배가 된다는 것을 깨달을 수 있었다.

글쓰기라는 매체를 새로이 만나서 물 만난 물고기가 되었다. 여행과 독서는 내 호흡기였다. 나이가 더 들어 다리에 힘이 없어지면 여행과 점점 멀어지게 될지도 모른다. 노안이 진행될수록 좋아하는 책을 마음껏 볼 수 없을 것이라는 생각이 가끔 나를 우울하게도 한다. 하지만 글쓰기라는 영역은 나에게 영어라는 세계가 그랬듯이 미지의 시간과 공간을 열어가는 또 다른 설렘과 기대로 부풀게 한다.

이 글은 영어 선생으로서 어떻게 하면 영어를 잘하고 교육할 수 있는가에 대한 방법들을 쓰고자 하는 것이 아니다. 전문가들은 별처럼 많고 그 방법들은 무궁무진하다. 이 글에선 영어를 사랑해 온 나의 이야기와 우리 아이들과 어머니들을 추앙하며 그들과 나눈 삶들 속에서 배우고 느낀 소소한 이야기들을 함께 나누고 싶다.

다양한 아이들을 가르치면서 이론보다는 실전에서 경험한 교훈들과 내가 접한 언어에 대한 인상과 꿈들, 영어를 좀 더 즐겁게 해나갈 수 있게 길잡이가 되어준 원서들, 함께 나눈 어머니들의 이야기들을 들려주고 싶다. 미운 아이, 느린 아이, 똑똑한 아이, 개성 넘치는 아이 모두 다 우리의 모습이고 우리의 세상이다. 그들 또한 나의 동네 선생이다.

이 땅에서 워킹맘으로 산다는 것은 쉽지 않았다. 보잘것없는 체력과 지병으로 기대만큼 에너지를 펼 수 없었다. 그래도 포기하지 않고 나의 정답들을 하나씩 찾고자 노력했다. 꾸준히 운동하고 독서하고 번아웃이 와서 쓰러지기 직전엔 배낭을 메고 훌훌 떠날 수 있는 모험을 선택했다.

인생에 정답이 없듯이 똑 떨어지는 해답보다는 소박하지만 나름 꾸준히 해 온 방법들을 함께 나눌 수 있는 것만으로도 누군가에게 위안을 주고 작은 팁이 될 수 있었으면 한다.

혼자만의 시간을 누리고 온전히 자신을 만나는 방법으로 나 홀로 여행을 강력히 추천한다. 시간과 돈이 없어도 의지와 약간의 모험심만 있다면 어렵지 않다. 여행은 나에게 다이버의 산소통이었다. 칠흑처럼 깜깜하지만 좀 더 아래로, 아래로 내려가면 찬란하게 펼쳐지는 해저의 신비처럼 인생이란 긴 여정에서 뜻하지 않게 열리는 축제였다.

주말에 버스를 타고 가는 시내 서점 여행, 제주 올레길 걷기, 오랫동안 가 보지 않았던 내 유년 시절을 보낸 동네 여행 등 나만의 이벤트를 끊임없이 만들어 간다.

추억은 행복을 주고 또 일어설 힘을 준다. 동네 영어 선생이어서 행복하고 이렇게 글을 쓸 수 있어서 행복하다.

shift
alt
option
command

SIMPLE
is possible
IT SIMPLE

IS IT FRIDAY YET?

목차

제1장

저는 동네 영어 선생님입니다

제2장

어머니 북클럽은 사랑입니다

제3장

나의 영어 맛집 탐방기

제4장

여행을 쓰다

제5장

'나'라는 책을 읽고 쓰는 법

제1장

저는 동네 영어 선생님입니다

너의 꿈이
나의 꿈이 되다

대프리카 (대구와 아프리카를 합성해서 만든 조어) 태생답게 더위엔 어느 정도 맷집이 있다고 자부해 온 나다. 아쉽게도, 푹푹 내리꽂는 올여름의 더위엔 맥을 못 추고 있다. 하지만 에어컨 바람은 여전히 나의 천적이다. 실내에서만 사는 식물 신세나 다름없으니 에어컨을 피해 볼 도리가 없다.

연이은 불볕더위에 수업 중 에어컨 바람은 아이들에겐 천국을 선사하지만, 내 수분 저장고는 텅텅 비어갈 뿐이다. 아이들은 실내온도를 18도 냉동고의 수준으로 내리기 전까진 연신 부채질을 하며 호소한다.

"쌤, 학원이 왜 이리 더워요?"

'짜식이, 어디서 소라도 한 마리 잡아먹고 왔나?'

그래도 리모컨을 들어 온도를 낮춰주기 전에 이 꼰대의 잔소리 한마디는 어김없이 들어간다.

"야, 쌤 어릴 땐 70명이 바글거리는 콩나물시루 교실에서도 선풍기 한 대 없이 공부했어. 온몸에 흐르는 땀을 짜내면 나이아가라는 못 돼도 낙동강쯤은 흘렀을걸."

"헐, 쌤, 정말이에요?"

울 아기들, 그래도 순진하네. 둥그레지는 눈망울이 귀여워서 내 입꼬리는 자동으로 올라간다.

그래, 이 쌤은 이제 에어컨을 틀면 목에 스카프를 동여매야 하고, 이 시린 등짝엔 카디건이라도 걸쳐줘야 해. 너희들과 웃통 벗어 던지고 꼬부랑글자 책 집어던지고 저 푸른 계곡으로 달려가 시원하게 물장구도 치고 싶다. 현실은 이리 슬프구나! 선생으로서 이렇게 외칠 수밖에 없음이….

Patience is bitter, but its fruit is sweet! (인내는 쓰나, 그 열매는 달다)

아, 이건 아닌데. 이런 고리타분한 격언이라니. 좀 더 먹히는 쿨한 격언이 없나.

아날로그 선생의 한계가 쿵 하고 셔터를 내린다. 헌데, 무슨 열매? 꿈이라고? 온갖 잡다한 생각으로 이 쌤은 매일 꿈을 뒤숭숭하게 꾸는데. 그래, 그런 꿈 말고, Dream이지! 우리들의 달콤한 꿈은 대프리카를 떠나서 모두 시원한 북극으로 휴가를 떠나보는 것이잖아.

어느덧 시원한 에어컨 바람을 따라 아이들의 눈꺼풀은 세상에서 가장 무거운 발걸음이 되어간다. 까딱거리는 아이들의 인사를 계속 받자니 웃픈 생각이 든다.

그래, 너희들 꿈은 지금인 것 같다. 학원 순례를 돌다가 짬짬이 폰으로 게임하고, 친구랑 키득키득 톡 보내며 배시시 피어오르는 웃음 속에. 희미한 안개에 가려져 보이지 않는 곳에 있는 그 Dream보다 지금 여기에 있는 것 같다. 너희들의 꿈은 아득해 보이지만 가까이에 있어. 쌤의 손에 만져지는 느낌이야. 나는 느낄 수 있어. 생생해. 지금 너희들의 천진한 웃음과 호기심으로 반짝이는 눈빛 속에.

그렇담 내 꿈은 무엇이었더라. 글쎄, 그렇지! 쌤은 지금, 여기서 너희들이 앞으로 나아갈 수 있게 도와줄 수 있어서 행복한 사람. 그것이 꿈이었을 거야. 물론 사람이라고 기본적으로 모두 꿈을 가져야 하는 건 아니야. 그런데 지금 대한민국은 꿈을 가지지 않으면 현행범으로 체포되어 재판도 없이 아웃시키는 분위기지. 꿈이란 것도 마케팅 상품이 되었어. 그렇겠지. 자본 불패의 세상이니까.

쌤은 너희들을 처음 만날 때 항상 꿈을 물어보았지. 어머니랑 상담하러 왔을 때 레벨 테스트는 뒷전이고 꿈부터 물어서 너희들 얼굴을 붉어지게 했지. 지금 생각해보니 미안하구나. 어른들의 꿈을 소리 없이 강요한 거 같아서. 생각해보니 영어로 너희들 꿈에 날개를 달아줄 수 있다는 거창한 말로 어쭙잖게 있어 보이려 했던 것 같다. 쌤이 부끄럽구나.

코로나로 하나둘 너희들이 교실에서 사라질 때 쌤 마음이 어땠는지 모를 거야. 학원 문을 닫더라도 너희들이 이겨내고 아무 탈 없이 학교에 갈 수 있길 절박하게 기도했어.

"쌤, 배고파요~."라며 다음 학원 스케줄 때문에 간식 사 먹을 시간도 없다며 물만 연방 들이켜는 너희를 볼 때 쌤이기 전에 엄마로서 우울했단다. 그래도 어느 하루 몸이 물먹은 솜 같고 먹구름이 껴도 학원에 나와서 책상에 앉아 교실 문을 열고 들어서는 너희 얼굴을 보는 순간 무지개가 떠. 너희들이라는 꿈을 보는 순간이니까. 매일 매일.

내 꿈도 거창한 건 아니었어. 어릴 적부터 약하고 잘 아파서 집 안에서 책 읽는 걸 좋아했어. 그냥 막연히 가르치는 사람이 되거나, 재미있게 읽었던 이야기 같은 걸 나도 써 보고 싶단 생각을 했던 거 같아. 그래, 참, 막연하게 말이야. 근데 너희보다 좀 더 오래 걷다 보니 막연히 가졌던 그 꿈들이 너무 힘들어서 이젠 그만 걷고 싶을 때, 그냥 다리가 없어졌으면 했을 때, 나를 다시 걷게 해주는 페이스메이커가 되어줄 줄은 몰랐어.

마라톤 페이스메이커 알지? 너희 영어 교과서에도 나오잖아. 선수들의 기량을 이끌고 응원해주면서 함께 뛰며 숨은 조력자 역할을 하잖아. 훗날 너희들에게 진짜 소중한 꿈이 생기게 되면 결승점만 바라보지 마. 넘어지더라도 다시 일어난다는 것, 다시 뛴다는 것만 기억해.

한없이 길게만 펼쳐진 너희들의 시간이 새벽빛 같은 내 시간을 언젠간 따라잡겠지. 그러면 너희들도 알게 될 거야. 세상의 80억 사람들만큼 너희들의 꿈도 80억 개라는 걸. 지금은 꿈이란 게 뭔지 모르겠고, 공부고 뭐고 다 던져버리고 친구들과 마냥 놀고만 싶은 너희들. 그 모습도 사랑스러워. 하지만 우리가 80억 개의 꿈을 가지려면 80억 개의 땀방울도 흘려야 해. 꿈들은 꽃이고 그 꽃을 피우려면 우리는 날마다 땅을 일구고, 거름을 주고, 물을 주고 보살펴야 해. 우리들의 땀방울로 말이야.

때때로 교실을 들어서는 너희들의 축 처진 어깨를 보면 내 어깨도 내려가지만 잠시 뒤 다시 일어선 너희들의 눈빛이 내게로 향할 땐 그냥 행복해져. 그건 조건이 없어. 그리고 지금까지 나도 헛된 꿈을 품었던 건 아니라고 너희들은 말해주지. 우리는 분명 달리면서 넘어질 때도 있을 거야. 걱정하지 마. 일어나기만 해. 너희들과 함께하는 페이스메이커가 있으니까. 우리는 서로의 페이스메이커잖아.

변하지 않는 나의 친구,
'책과 글쓰기'

연락이 한동안 끊어졌던 초등학교 친구를 오랜만에 만났다. 살아오면서 돈독한 우정을 줄곧 유지하진 못했지만 내 생애 첫 친구다. 첫사랑이다. 초등학교 1학년 첫날 첫 짝꿍으로 만난 셈이니 우리는 서로 천연기념물 1호로 묶혀둔 사이랄까.

내가 살던 옆 동네의 이발소 집 딸내미였던 그녀는 뽀얗고 야리야리한 이미지를 가진 공주님이었다. 하지만 세월의 부침을 겪으며 결국 서울 생활을 청산하고 셋에서 둘이 되어 고향으로 돌아온 지도 20년이 되어간다. 내 기억 속 친구의 이미지는 흑백의 필름 속 성처녀였다. 가위로 오려서 매일 가지고 놀았던 순수하고 어리바리하기만 했던 종이 인형처럼. 대학 새내기가 되어 캠퍼스에서 우연히 마주친 그녀의 모습은 여전했다. 생명을 불어넣은 종이 인형은 캠퍼스의 신록을 배경으로 삼아 라일락 향기로 내 앞에 환하게 서 있었다.

30년이 흐르고 이제 우린 다시 만났다. 우리 사이에 있었던 미라보 다리는 없었다. 필름을 고속으로 되감은 듯이 오래된 친구일수록 물리적인 시간의 개념은 사라진다. 어제 만나서 커피를 마시고 깔깔거린 듯 서먹함이란 남의 이야기일 뿐이었다. 우리가 다녔던 초등학교는 아직도 그 자리에 있었다. 주위를 둘러싼 아파트단지들에 코웃음 치듯이 꿀림이라곤 전혀 없이 말끔하게 턱을 들고 있었다.

"이게 뭐야? 여기 맞아? 맞긴 맞네. 근데 우리가 다녔던 그 학교는 아니다."

"맞다. 그 학교. 다 갈아치웠잖아. 야, 내가 이 동네 터줏대감이잖아. 세월이 몇 갠데 그대로겠냐?"

그래, 내가 가지고 있던 이미지도 내 고집이라 믿을 건 못 된다. 친구는 내 기억 속의 이미지를 고스란히 간직해주었지만, 정작 우리가 다니던 학교는 배신을 때렸다. 인근 학교를 병합한 신설 학교에서 우리는 2부제를 다녔다. 오전반, 오후반. 지금 아이들에게 2부제 시절을 들려주면 어디 모르는 남의 나라 얘긴 줄 안다. 그렇다고 친구도 오전반 친구, 오후반 친구가 따로 있었던 건 아니었다. 우리는 늘 함께였다. 그 흑백의 시간 속에서 선생님께선 검은 칠판에 분필로 하얗게 쓰고 우리는 열심히 읽었다. 더위와 추위마저도 검은색 흰색이었다.

6학년이 되어서 나는 신문팔이 소녀가 되었다. 수업이 시작되기 전 매일 아침 모든 교실에 어린이 신문을 도맡아 배달했다. 흑백의 글자와 세상이 일순간에 컬러로 넘어갔다. 눈이 부신 나머지 아찔했다. 알록달록한 컬러로 단장한 신문을 배달하면서 신이 났었다.

중학생이 되어서 알파벳이란 문자를 배웠다. 하지만 내가 영어란 이미지를 접한 시점은 훨씬 이전이다. TV나 만화책 외엔 딱히 오락거리가 거의 없던 호랑이 담배 피우던 시절을 지금 돌아보면 나도 살았었나 싶다. 그 단순했던 시절이 미어지게 그립다. 서랍장 TV를 연다. (그렇다. 드르륵, 양쪽으로) 따라란! 명화극장 시그널 음악이 멋들어지게 깔린다. 알라딘에서 요술 카펫이 날아와 코앞에 척 대령하듯, 항아리 안에서 살모사가 솟아 나와 신비롭게 몸을 꼬듯이 난 마음껏 티켓도 필요 없이 미지의 여행을 떠날 수 있었다. 세기의 미남 알랭 들롱이 지중해의 햇살 아래 일렁이는 요트에 한가로이 누워 살인미소를 날렸고, 그야말로 표현할 수 없는 클라크 게이블과 말론 브란도는 완벽했다. 그들의 목젖에서 깊은 저음으로 분출되는 그 이름 모를 신비한 언어는 바로 영어였다.

나에게 영어의 이미지는 그랬다. 디즈니 애니메이션도 아니었고, 영어 유치원도 아니었다. 핵폭탄을 가슴에 품은 채 조신함을 강요당하던 여고생들이 영화 〈더티댄싱〉에 광분할 때조차도 나는 은밀하게 고전 영화들을 즐겼다. 알아

듣지 못하는 대사를 음미하고 그 대사들 사이 여백의 향기를 들이마셨다. (고전 영화의 대사는 느리고, 신파적이었다.) 활자 중독녀의 전형적인 패턴답게 유일하게 흥미를 느꼈던 과목도 영어와 국어일 수밖에 없었다. 슬프게도 '문송합니다'(문과라서 죄송합니다)라는 용어도 생겼다. (항상 광분한다. 이 문장 아닌 문장을 볼 때마다) 문과 출신인 나의 가성비를 따져 본다. 나름 꽤 쏠쏠했다는 착각과 자부심이 뒤섞인 감정이 들어서 다행이다. (내 만족이다.)

외국어란 영역은 결코 승부가 나지 않는, 완성할 수 없는 광대한 영역이다. 모국어도 맛깔나게 하기 힘든데 외국어를 정복하고자 하는 야심은 몽상에 불과하다. 나를 비롯한 이 땅의 학습자들을 수없이 좌절하게 하는 요인임을 일찍 깨달았다. 그래서, 동네에서 야심 없이 가늘고 길게 영어를 가르치며 살아왔다. 대학을 졸업하고 야심을 가지고 서울로 올라간 친구를 동경했던 적이 있었다. 나만 고향을 벗어나지 못하고 고인 물이 되어 지하로 스며들고 말아야 하나 한탄하기도 했다. 산전수전을 겪고 귀향한 친구는 이제 나를 부러워한다. 부러워할 게 무언지 모르지만 나는 내가 해보지 못했고 보지 못했던 세상을 경험한 친구가 부러울 뿐이었다.

내 이름으로 처음 학원을 열며 그래, 나도 한번 해보자, 적어도 아이들을 돈으로만 보는 원장은 되지 않을 것이라는 포부를 가졌다. 호기롭게 애매한 도덕성과 결합한 애매한 사업에 무작정 뛰어들었다. 결혼 이후 이사를 몇 번 다녔다. 화려하지 않고, 집값이 요동치지 않는 소박한 동네가 취향에 맞았다. 물론 우리의 경제 사정도 소박했다. 그런 동네에서 시골 선생처럼 조용히, 사부작사부작 가르쳤다. 학부모 설명회도 없고, 모두 하는 SNS 홍보도 전혀 하지 않고.

그리고 25년이 흘렀다. 그렇다고 돈을 버는 방법, 영어를 가르치는 방법론에서 자유로이 벗어나 이제 유유히 구름을 탄 현자가 된 건 아니다. 아직도 꼬맹이들의 주파수 맞지 않은 언어들에 뒷골이 당기기도 하고, 여전히 영어라는 절벽에 맞닥뜨린다. 대박은 터뜨려보지 못했지만 소박하게 살고, 언어라는 도구로 인생을 즐기게 해준 이 직업에 고마움을 느낀다.

철이 들면서 내가 가졌던 세상의 이미지가 가공과 허상이었을 수도 있음을 깨달았다. 언어도 마찬가지다. 변하는 세상에서도 변하지 않는 것도 있다는 걸 아는 순간 인생의 아름다움을 느낀다. 우리의 우정이 그렇고, 우리가 말하는 언어도 그렇다. 언어의 이미지는 변할 수 있다. 트렌드에 따라 신조어가 생기고 그것의 효용성도 바뀐다. 하지만 근본적인 역할과 기능은 변하지 않는다. 우리의 우정을 이어주고 마음을 나눌 수 있는 수단인 만큼 조심스럽게 다루고 사용해야 할 도구다. 말 한마디로 천 냥 빚을 갚을 수 있고, 뱉은 말은 주워 담을 수 없는 만만치 않은 대상이다. 모국어든 외국어든 언어는 소통의 도구이자, 독서와 글쓰기로 삶의 토대를 다져주고 풍요롭게 하는 재산이다.

비록 가공적인 이미지로 나의 언어 세상은 시작되었지만, 그것은 묵혀둔 장 같은 친구처럼 내 영혼을 먹여주고 살찌우며 진짜 세상을 배워 가게 해주었다. 변하지 않는 벗이다.

사람마다 맞는 템포와 스텝이 있다

금쪽이가 터덜터덜 들어선다. 뭐야, 여기가 도살장이라도 되나? 금쪽이를 보면 항상 마음이 편하지 않다. 또래 아이보다 작고 왜소한 몸집은 4학년인 금쪽이를 2~3학년으로 보이게 한다. 그래, 오늘도 스승님은 어김없이 납신다. 날마다 수행 거리를 던져주시는 나의 큰 스승님. 제 덩치보다 두 배나 되는 봇짐을 여러 개 매고 들고 발바닥은 땅과 헤어지기 싫은 듯 질질 끌려온다.

"오늘은 짐이 더 많네. 캠핑이라도 가냐?"

금쪽이는 앉자마자 무언가를 계속 가방에서 주섬주섬 꺼낸다. 학원 차 안에서 쪽잠을 잘 때 베는 펭귄 인형, 길고양이 먹이용 사료통, 거기다 오늘은 또 새로운 아이템이 등장했다.

"쌤, 이거 보세요."

꺾여진 화초가 일어나듯 금쪽이의 얼굴이 화사해진다.

"이건 또 뭐야, 오, 마이 갓!"

"오늘부터 기르려고요. 아는 이모한테서 분양받았어요. 헤헤헤."

고슴도치가 요렇게 귀여운 줄은 몰랐다.

"너, 뱀도 키우고 싶지?"

설마 하며 물어보았다.

"네! 키우고 싶어요!"

박자도 힘차게 내지르며 조그만 두 눈은 활짝 스마일 이모티콘이 된다. 그저께는 학원 오는 길에 냇가에서 잡았다며 종이컵에 달팽이를 한가득 담아와서 나를 심쿵 하게 만들었다.

"그래, 너 공부 열심히 해서 돈 많이 벌어라. 그래야 넓은 농장 사서 네가 좋아하는 동물 다 키우지."

나도 헷갈리는 앞뒤가 맞지 않는 잔소리로 금쪽이의 들뜬 기운을 워워 시키며 수업을 시작했다.

금쪽이는 가히 역대급이었다. 수많은 아이를 가르쳤지만, 함께 공부한 지 1년이 되도록 파닉스의 원리는커녕 알파벳도 인지하지 못했다. 영어 실력은 흔히 큰 항아리에 물을 한 바가지씩 채워 나가는 거라고 비유한다. 불투명한 거대한 독에 마음을 비우고 물을 붓다 보면 어느덧 독이 가득 차 있더라는 고수의 말씀. 금쪽이의 경우로 말하자면, 거대한 밑 빠진 독에 물을 계속해서 붓는 심정이었다. 선생으로서의 자괴감이 끊임없이 강물이 되어 흘렀다.

설상가상으로 금쪽이의 산만함은 극에 달했다. 교실에 들어와 앉아서 한 20분간은 이것저것 개인사에 바쁘다. 봇짐 안을 가득 채운 잡동사니들 꺼내서 정리하기, 화장실 가기, 물 마시기, 노트에 떠오르는 사유들 끄적이기, 엎드려 자기 등등이다. 수업 태도조차 예쁘지 않았다.

"왜요? 이거 하기 싫어요. 내가 왜? 애들은 다 다르잖아요."

에휴, 말이라도 못하면 밉진 않지. 따박따박 받아넘기는 덴 가히 천재적인 말재주였다. 학습장애니, ADHD 같다느니, 어쭙잖은 전문가 흉내를 내며 여러 차례 어머니에게 전화도 드렸다. 하지만 늘 한쪽의 일방적인 수용으로 끝났다. 선생님께서 넓은 아량으로 잘 봐주시라고, 잘 부탁드린다고. 하지만 막춤을 추면서 물을 마시러 가거나 교실을 돌아다닐 때마다 그 귀엽고 웃긴 행동에 결국 나는 백기를 들고야 만다.

어느 날 구독하는 유투브 채널에서 한 학원장님과 느린 아이에 대한 전문가가 나누는 대담을 우연히 보게 되었다. 아! 가슴이 묵직하고 뇌가 트이는 느낌이었다.

느린 아이는 문제가 있는 것이 아니다. 문제가 있다고 낙인을 찍는 것은 어른들이 가진 관념일 뿐이다. 느린 아이는 기다려 주어야 한다. 제 페이스대로 나아갈 수 있게 인내심을 가지고 존중해 주어야 한다. 다름을 견딜 수 없어 하는 어른들이 문제다. 그 전문가 선생님은 본인의 아이가 느린 아이였다. 시행착오를 겪으며 아이를 바라보며 기다려 주었다. 결국, 문제는 내가 가진 편견과 틀이었다. 문제 있는 부모가 있을 뿐이지 문제 있는 아이는 없다지 않는가.

손미나 작가의 아르헨티나 여행기인 『다시 가슴이 뜨거워져라』에서 작가는 탱고를 배우기 위해 탱고 거리로 유명한 밀롱가를 찾는다. 소개받은 댄서에게 레슨을 받으면서 탱고란 혼자서 잘 추면 되는 춤이 아니라는 걸 절실히 깨닫는다. 탱고를 추는 동안엔 사랑에 빠진 연인이 되어야 한다. 상대방의 호흡과 눈빛, 몸짓과 함께 리듬을 타며 사랑을 나누어야 한다.

털어서 먼지 안 나는 사람 없다고, 돌이켜보니 나도 그랬다. 나는 초등학교 2학년까지 신발을 바꿔 신고, 구구단을 큰오빠에게 매로 맞아가며 배웠다. 왼손잡이가 장애도 아닌데 밥 먹고 글 쓰는 데 왼손으로 쓴다고 호된 꾸지람도 많이 들었다. 매사에 느리다고 채근받고 불안에 시달렸던 소심한 꼬마는 반항도 못 해본 채 밤마다 가위에 눌리다가 깰 뿐이었다.

그래, 느린 아이일 뿐이다. 느린 아이에겐 거기에 맞는 템포와 스텝을 밟아주어야 한다. 탱고를 추는 댄서처럼 상대방의 스텝이 나아가는 방향을 예측하고 한 몸이 되어야 한다. 마음이 성급할수록 스텝은 꼬일 뿐이다. 성질

급한 나는 탱고를 배워야 하는구나. 나 혼자 굿판에서 무당춤을 추었구나.

최근에 영화 〈아바타〉를 보았다. 1, 2편을 통틀어서 가장 인상적인 대사 한 줄. “I see you.”

상징적이며 영화 전체의 메시지를 담고 있는 이 대사의 속내는 ‘당신을 안다.’, ‘당신의 본질을 본다.’라는 깊은 의미를 담고 있다. 당신의 본질, 내면을 본다는 의미는 단순한 사랑이 아닌 교감, 에너지, 영혼, 마음이 하나가 됨을 의미한다.

금쪽이에겐 금쪽이의 세계가 있었다. 동물을 돌보고 키우길 좋아하고, 춤추기 좋아하는 사랑스러운 아이. 그 세계에 미지의 꼬부랑 외계어를 어떻게든 욱여넣으려고 하니, 나도 금쪽이도 아플 수밖에.

춤추기를 좋아하는 아이, 그리기를 좋아하는 아이, 친구랑 잘 사귀는 아이 등 아이들은 저마다의 결을 타고난다. 곱든 거칠든 그 결대로 잘 빗겨주면 풍성해진다. 영어를 잘하고, 수학 문제를 잘 푸는 능력만으로 평가되고 재단되면 안 되는 것이다. 가르치는 사람으로서 아이들의 타고난 본성을 들여다볼 줄 아는 혜안이 있으면 더없이 좋겠지만 그 부족함을 깨닫고 나부터 돌아봐야겠다. 나는 내 타고난 결을 빗겨주려고 노력해왔는가. 나를 알아가기 위한 진지한 시간을 가져보았는가.

금쪽아, 선생님도 이제부터 기다리고 지켜보는 공부를 열심히 할게. 너는 너의 탱고를 맘껏 추렴.

아이들에게서 인생을 배우다

TV 드라마를 보지 않은 지도 10년이 넘었다. 9시만 넘으면 눈이 감기고야 마는 새 나라의 어린이니 10시 이후에 눈을 반짝이며 TV를 보는 호사는 누릴 수 없다. 사실, 드라마만 보는 아줌마라는 낙인을 피해 보고 싶은 속내도 없지 않았다. 더구나 한 편을 보면 바로 코가 꿰어 그 막장 스토리와 다음 회에 대한 호기심의 늪에서 헤어 나오지 못할 나를 잘 알기 때문이기도 했다.

아이들이 어릴 때도 케이블방송조차 달지 않고 정규방송만 보았다. 거실엔 TV 대신 책장으로 도배를 했다. 남다른 교육열 때문이 아니었다. 틈만 나면 멍하니 TV 앞에서 넋을 놓고 널브러져 있는 남편과 아이들의 모습이

보기 싫었던 이유가 우세했다. 이랬던 내가 몇 년 전부터 넷플릭스에 홀릭되었다. 좋아하는 영화를 원 없이 볼 수 있어서 천국이었고 지나간 드라마를 보는 재미도 쏠쏠했다.

그중에 본 하나가 드라마 〈미생〉이다. 원작이 '직장인들의 교과서'로 불리며 화제를 모았던 웹툰이다. 방영 연도를 보니 10년도 훌쩍 넘었다. 과연 뒷북의 고수답다. 무엇이든 화제가 되고 인기가 있을 땐 심드렁해하며 관심을 가지지 않다가 시간이 지나고서 인연이 닿으면 비로소 내 것이 된다. 본방사수하던 90년대 꽃다운 시절이 새삼 그리워지기도 한다.

이 드라마엔 바둑의 룰이 사이사이 등장한다. 큰아이 어릴 때 1년 정도 배우게 한 것 외엔 바둑에 대해선 문외한이다. 바둑뿐 아니라 어떤 것이든 인생에 적용할 수 있다는 것이 살면서 배운 하나의 지혜다. 그 규칙을 잘 활용하면 승자가 될 수 있고 삶의 지혜를 얻을 수 있다. 어학도 마찬가지다. 잘하고 싶은 욕심이 누구나 크지만, 전략과 뚝심이 받쳐주지 않으면 멀어져만 갈 뿐이다.

드라마 〈미생〉은 바둑만 해 오다가 그 꿈을 포기하고 대기업 계약직 신입사원이 된 장그래의 성장 스토리였다. 바둑에서는 집을 두 개를 만들 때 '완생'이라 부르며 집이 완전히 살아 있지 않은 상태를 '미생'이라 한단다. 극중 오 차장이 장그래에게 하는 대사에도 '완생'이란 표현이 나온다. 미생(未生)이란 '아직 태어나지 않은 이'라는 뜻으로 우리는 모두 '미생'이다. 언제까지라도 '완생'이 될 수 없다.

우리 인생 자체가 미생이고 부족한 것을 채우며 살아간다는 것에 공감한다. 우리는 완벽함을 추구할 뿐이지 완벽할 수는 없으니까. 미생 장그래는 부족함을 채우며 '완생'으로 나아간다. 성장해간다.

소설이든 영화든 주인공이 성장해나가는 것을 보면 행복해진다. 한없이 부족한 나에게 주는 위로를 느끼며 영감을 받는다. 영어를 시작했을 때도 그랬다. 결혼하고, 아이를 낳고, 내 일을 해오며 모든 것이 서투르고 부족했다. 걸음마를 시작하며 한 발 떼고 넘어지기를 반복하는 아기에 불과했다. 넘어져서 두 팔 벌리며 칭얼대기 바빴다. 이미 언급했지만, 영어 실력은 계단을 하나씩 하나씩 올라가듯 가파르게 상승하지 않는다. 불투명한 큰 항아리에 한 바가지씩 물을 퍼 담는 것이다. 보이지 않아서 답답하고 부질없이 느껴져 포기하고 싶지만, 인내심을 가지고 한 바가지씩 물을 퍼 담다 보면 소기의 목적을 달성할 수 있다. 내 항아리가 언제 가득 찰지는 아직도 모른다. 하지만 내공이 어느 정도 쌓이다 보면 인고의 세월을 견뎌야 하는 부담감이 사라진다. 그때부턴 전략의 틀이 바뀌게 된다. 습관화다. 습관화된 내 팔이 자동화되어서 로봇처럼 지금은 그냥 반복적으로 물을 퍼 담을 뿐이다. 외국어를 배우며 나는 인생을 배웠다. 시행착오를 겪으며 조금씩 성장해가는 과정을 맛볼 수 있었다. 내 인생이 차곡차곡 다져지고 내 항아리가 차오르는 걸 확인해가는 즐거운 여정이었다.

'선생님, 선생님!' 하며 백 퍼센트의 믿음을 투사하는 아이들에게 나는 여전히 '미생'일 뿐이다.

선생(先生)이란 단지 먼저 난 사람에 불과하다. 그들보다 단지 몇 발짝 앞선 사람인 것이다. 모든 것을 안다고 감히 내가 가진 미천한 지식을 남에게 가르쳐서 그를 바꾼다고 생각하면 오산이다. 내가 가진 것을 조금이라도 나누며 함께 걸어가는 사람이라 생각한다. 그래서 보람과 기쁨을 느낀다면 세상 부럽지 않다. 원생이 넘쳐나고 돈을 많이 버는 동료 선생들이 부러웠던 적도 있었다. 공교육과는 달리 사교육에 종사하는 건 마케팅 기술과 영업력도 장착해야 하는 멀티플레이어를 의미한다. 단순히 실력만으로는 성공할 수 없다. 처음에는 그들의 흉내를 내어보기도 했지만 얼마 지나지 않아 그만두기로 했다. 영어를 가르치는 일은, 곧 나 자신인데 내 진심과 나만의 스타일이 녹아 있지 않고 상술만을 개발시킨다면 공허하고 무의미하다는 것을 깨달았다. 그래서 한 발 한 발 내 페이스대로 나갔다. 곁눈질하지 않고, 남 의식하지 않고 앞만 바라보았다. 그 후로 유일하게 나를 열등감에 빠지게 하거나 위축시킨 건 바로 나약한 나 자신일 뿐이었다. 나의 경쟁자는 나였다. 쉬지 않고 책을 읽고, 공부를 하며 한 바가지씩 의지라는 바가지로 독을 채워 나가는 것만이 나의 필살기였다.

드라마 후반부에 오 차장의 이런 대사가 나온다. 상사맨은 땅을 딛고서도 별을 볼 줄 알아야 한다고.

구름 위에서 별을 보기는 누구나 쉽다. 열악한 환경, 비정한 세상 속에서도 꿋꿋이 버티며 나아가는 것이 이기는 것이라고. 그것이 완생으로 나아가는 길이라고. 지나간 사랑, 지나간 풍경이 더 아름답듯이 지나간 드라마도 아름다웠다. 방송이든 인생이든 '본방'만 못하다고 하지만 그 당시의 나는 풋내기였고 미생에 불과했으니 세월의 풍파에 좀 더 여물어진 나는 인제야 지혜를 배운다. 깨우침도 늘 뒷북이다.

사람들은 나이를 앞세운다. 벼는 익을수록 고개를 숙인다는 말은 옛말인 것 같다. 아집도 나이에 비례해간다. 그러지 말아야지 결심하다가도 문득문득 아이에게, 남편에게 설교하고 있는 나를 보면 흉하다. 학원에선 아이들같이 순진하게 눈높이를 맞추다가 집에 오면 부모인 척 선생인 척한다. 직업병이라고 합리화하기엔 이제는 자신에게 통하지 않는다. 나이만 들어간다고 나는 '완생'이라고 착각에 빠져 있었던 걸까.

우리는 모두 미생이다. 미생이라서 애처롭지만 아름답다. 선생도 미생일 뿐이다. 돌아보면 아이들에게 가르친 것보다 그들이 나에게 가르친 것이 더 많다. 느린 아이, 산만한 아이, 마음이 아픈 아이, 빠른 아이. 그들은 모두 나에게 가공하지 않은 원석 그대로를 온전히 주었다. 아이들의 세계는 협소해 보이지만 무한한 우주를 담고 있다. 태어난 것은 끊임없는 세포의 분열로 성장해가듯이 아이들의 작은 세계 속에선 끊임없이 빅뱅이 일어나고 새로운 우주가 창조된다. 부모의 조건 없는 사랑, 부족한 사랑, 교우관계, 학업에 대한 압박, 고민, 인정받으려는 욕구, 질투가 실시간으로 상영된다. 그렇게 아픈 만큼 성장하고, 인생의 바다로 나아간다.

나는 아이들에게서 인생을 배웠다. 부족하지 않은 부끄럽지 않은 선생이 되기 위해 끊임없이 공부하고 자신을 연마하고자 했다. 여전히 부족하지만, 부족한 게 인생이지만 그로 인해 내 삶에 의미를 가져왔음을 깨닫는다. 아이들도 나도 미생이다. 부족함을 서로 채워주며 완생으로 가는 동지가 되어준다. 오늘도 완생으로 나아가는 모든 미생에 마음의 박수를 보낸다.

나는 아날로그 선생님이다

요즘 유행하는 영어학습법들은 게으른 학습자들을 코너로 몰아만 가는 것 같다. 그렇다면 고백건대 나도 그중 하나가 되어야 마땅하다. 고막이 뚫리도록 듣기를 하거나 혀에 쥐가 나도록 쉐도잉을 해 온 것도 아니기에. 사실, 이 방법들은 나에게 고행이다. 고행은 롱런할 수 없다는 진리를 믿는다.

그러면서 아이들에겐 이 두 가지를 무기로 스파르타식 수업을 이끌어왔다. (이율배반적인 선생 맞다.)

물론 영미권 나라에서 태어났다면 언어는 습득이 자연스럽겠지만, 교실을 나서면 영어 한마디 사용할 일 없는 우리의 환경에선 초급자들은 최대한 많이 듣고, 많이 말해보는 게 정답이라 생각한다. 재미도 있어야겠지만 우선 학습으로 접근해서 튼튼한 기초공사를 해 놓아야 제대로 된 집을 지을 수 있다.

외국어를 모국어의 습득 방식으로 가르치는 건 우리와 같은 환경에선 비효율적이라는 것을 시행착오를 겪어 본 이는 누구나 알 것이다. 당장 이민하거나, 유학하러 가야 하는 경우처럼 발등에 불이 떨어진 사람들이라면 24시간 영어환경을 만들고 불철주야 전투적으로 돌입해야 하겠지만 그 외에 취미나 교양으로 외국어를 배우려는 사람들에겐 막가파식 방법들은 적합하지 않다. 얼마 못 가 전의를 상실하고 링 밖으로 우수수 나가떨어진다. 나의 방식에 맞고, 즐거움도 주며, 지속해서 할 수 있는 방법을 찾아야 한다. 평소에 책 읽기를 좋아하고 그로 인해 배경지식이 풍부한 아이들은 우리말도 조리있게 잘한다. 그런 아이들이 영어를 늦게 시작하더라도 잘하게 되더라는 이야기는 남의 얘기가 아니다. 오랜 시간 현장에서 목격해 온 사실이다.

아이들은 저마다의 학습유형을 가졌다. 모두가 다르다. 어떤 아이들은 지루하게 듣고만 있는 것이 고행이고, 입을 열기 싫어하는 내성적인 아이에게 쉐도잉을 강요하는 것은 학대일 수 있다. 학대라는 말이 나오니 떠오르는 장면이 있다. 20대 꽃다운 초보 선생 시절 대구의 강남이라 불리는 수성구 어느 영어 유치원에서 영어를 가르쳤다. 교육열로 들끓는 그 지역에서 교육열이라곤 전혀 없었던 부모님 아래에서 자란 막둥이 딸은 과열된 동네의 공기에 숨이 막혔다. 원어민 선생과 코 티칭을 하며 마음이 안 맞는 건 고사하고, 부유하지만 진상인 학부모들을 상대해야 하는 일이 나에겐 넘치는 그릇이었다.

3세 반 수업을 하다 보면, 바람개비처럼 늘 환하고 팔랑거리던 아이가 점점 말을 잃어가고 짜증을 내곤 했다. 모국어는 못 쓰게 하고 외계어만을 주입시키니 어찌 어린 영혼에 멘붕이 오지 않으랴.

영문학을 전공하며 소설과 시를 읽고 영어란 도구를 낭만적으로만 접했던 나에겐 '이건 아니다'였다.

하지만 수십 년이 흘러도 여전히 이건 아니다가 '이건 맞다'가 되고 있었다. 동종업계를 비난할 마음은 결코 없다. 개인의 철학이고 마인드니까. 어차피 얄팍한 상술이 올바른 교육관이라는 포장으로 잠식해버리는 세상이다. 난 어차피 트렌드를 무시하는 동네 영어 선생이다.

어릴 때부터 바깥 활동을 즐겨하기보다는 조용히 방 안에서 활자와 데이트를 즐겼다. 마음과는 달리 약했던 몸이 따라주지 못한 탓이기도 했다. 활자 안에는 무한의 세계가 있었다. 영어도 공부했다기보단 '덕질'을 했다고 할 수 있다. 로맨스, 스릴러, 미스터리 등 좋아하는 장르의 원서를 즐기면서 읽었고 좋아하는 배우가 나오는 영화를 그냥 자막도 가리지 않은 채 줄기차게 보았다.

지금도 나는 게으른 덕질파다. 1일 1 넷플을 하며 감동적으로 본 영화의 원작을 찾아 읽는다. 영화가 모두 담지 못한 내용과 깊이를 고기 씹듯 음미한다. 또 하나의 나만의 쾌락이다. 외국인과 소통에 별 불편 없이 여행을 즐기고 밥벌이로 아이들에게 영어를 가르쳐오고 있다면 그 덕질을 통해 성공한 거 아닌가 생각한다. 각자의 성향에 맞는 방법으로 재미와 함께 실력이 향상되었다면 그 방식대로 가면 된다고 생각한다. 어차피 영어는 단거리 승부가 아니다. 천 리 길을 떠나는 마음으로 한 걸음 한 걸음 자기 페이스대로 내디뎌야 한다.

하루는 3학년 아이 학부모가 전화로 불평을 하셨다.

"선생님, 우리 애는 왜 단어 숙제를 60~70개씩 안 내주세요? 얘 사촌이 다니는 학원엔 그렇게 하는데요." (그러니 여기는 왜 아이를 팽팽 놀리느냐.)

"아유, 어머님, 우리 금쪽이가 얼마나 열심히, 재밌게 공부하는데요."

(왜 잘하고 있는 애를 닦달하시지.)

"선생님, 훈련하기 나름이죠. 우리 애 빡세게 시켜주세요."

"어머니, 3학년 아이에게 단어를 매일 70개씩 외우게 하는 건 학대입니다."

아, 이건 괄호 안의 대사가 아니다. 급기야, 질러버렸다. 그래, 난 속에 있는 말은 하고야 만다. 결국, 당연히, 우리 귀여운 금쪽이를 다음 달부턴 더 이상 볼 수 없었다.

선생도 트렌드가 있다. 유행하는 학습법으로 무장하고 학원의 발전을 위해서는 학부모의 요구에도 맞춰야 한다. 트렌디한 선생이 되지 못하면 아웃될 수밖에 없다. 특히나 공교육이 아닌 사교육 시장에선.

그럼에도 아날로그는 사라지지 않는다. 내가 말하는 아날로그란 디지털의 반대 개념만이 아니다. 시대에 저항하는 아집이 아니다. 소신이다. 아이의 성향과 감성에 맞게 보조를 맞출 줄 알고, 무리하게 주입하는 교육을 지양하는 것이다.

특히 요즘 금쪽이들은 글보다 먼저 영상을 접한 세대이다. 아이들은 스마트폰을 자신의 아바타처럼 여기며 거의 하루를 보낸다. 적어도 교육에서는 본질적이고 깊이 있는 고전적인 방법이 트렌드와 융통성 있게 균형을 이루어야 한다고 본다. 많이 읽고, 깊이 생각하며 능동적으로 참여해야 한다. AI의 등장으로 지각 대변동이 예고된다. 사람이 만든 AI에 지배되느냐, 그것을 슬기롭게 이용할 것인가의 문제를 고민해보는 상황이다. 후자를 지향해야 하는 것은 자명하다.

적어도 내 교실에서는 디지털 영상 미디어로 끝나는 수업이 아닌 직접 뇌를 쓰고, 말해보고, 써 보는 오감을 활용하게 한다. 언어는 능동적으로 해야 한다. 어느 정도는 아날로그의 방식으로 해야 할 필요가 있다. 입 열기 싫어하고 스스로 하기를 꺼리는 친구들도 조금씩 조금씩 습관을 쌓아가다 보면 일취월장으로 보답한다. 올드한 선생은 올드하게, 소신 있게 오늘도 최선을 다할 것이다. 나는 아날로그 선생이다.

언어에도 색깔이 있다
- 영화 <시실리> VS <노팅힐>

언어에도 색깔이 있고 계층이 있고 삶이 있다. 여성이 있고 남성이 있다. 언어의 매력은 끊임없는 변신과 만남 속에 있다. 나는 덕질하던 영화 속 배우들의 목소리 톤, 뉘앙스, 자신만의 어투에서 영어의 참맛을 발견해나갔다. 그들이 말하던 언어는 살아서 펄펄 뛰는 물고기가 스크린 밖으로 뛰쳐나오는 3D 영상과도 같았다. 그 언어는 그들만의 대사가 아니라 관객과의 소통이었다. 때때로 미드를 볼 때가 있다. 발랄한 젊은 배우들의 통통 튀는 속사포 같은 대사를 따라가다 보면 어느새 드라마를 보는 재미는 달아나버린다. 슬랭이나 새로운 표현들도 그렇지만 단발적으로 소비되고 마는 광고를 보는 느낌이다. 세대 차이인가. 그럴지언정 세대를 막론하고 영화광들은 닮은 점이 있다. 영화 자체보다 자신과 코드가 맞는 배우에 꽂힌다는 점. 그 배우와 사랑에 빠져버린다. 그의 모습, 취향, 말투, 행동과 카피캣이 되고 싶어진다.

나의 최애 배우였던 고전 영화 배우 말론 브란도는 스크린에서 마초성과 카리스마가 넘치는 캐릭터의 극강을 구현했다. 그렇다고 내가 마초적인 남성을 좋아하는 것은 아니다. 다정하고 매너 있는 남성이 모든 여성의 이상형이 아닌가. 나는 스크린 안에서 말론 브란도가 연기한 독보적인 마초성에 빠져들었다. 그가 거침없이 뿜어내는 언어는 거칠고, 자유로웠다. 영화 〈대부〉의 그 짧은 도입부는 영화 전체를 장악하고 영화사의 명장면을 만들어냈다.

"I'll make you an offer you can't refuse." (거부할 수 없는 제안을 하지.)

저음도 아닌 약간의 비음이 섞인 독특한 그의 영어를 영접한 순간, 그의 잊을 수 없는 연기와 더불어 나의 여린 감성은 지각변동을 일으켰다.

'내 시실리로 가고 말리라.' 유감스럽게도 아직 시실리에 가지 못했다. 요즘도 마피아가 있으려나.

초등학교 때 시내 극장에서 영화 〈지옥의 묵시록〉을 상영했다. "넌 여자애가 남자들 보는 영화를 좋아하냐?" 말리는 세 오빠를 억지로 울며 따라갔다. 까치발을 하며 입석으로 서서 보았던 무자비한 전쟁 속 말론 브란도의 광란의 모습은 쇼킹했고, 배우란 존재감이 그렇게 선명히 남았던 것 같다. 사후에 세계적으로 이슈가 된 미투운동과 관련한 스캔들로 그의 명성에 많은 오점이 생겼지만, 나의 유년 시절 스크린 위에 그가 선명히 남겼던 족적은 아직 퇴색되지 않았다.

여자들은 나쁜 남자를 좋아한다는 말이 있다. 공감하지 않는다. 나쁜 남자가 아니라 여성성의 반대인 남성만이 가질 수 있는 독특한 매력에 끌린다는 의미라 생각한다. 결혼 전에 남편의 마성의 매력에 끌렸다. 그 지나친 마성을 인제 와서 원망해 본들 무슨 소용이 있을까? 남편이 다시 태어난다면 영화 〈노팅힐〉의 휴 그랜트가 될 수 있을까? 'I don't think so'다.

휴 그랜트의 영어는 브란도의 것과는 극도의 대비를 보여준다. 한없이 부드럽고 달콤한 소프트아이스크림이다. 마구마구 음미한다. 멈출 수 없다. 좋아하는 여자 앞에서 남자가 속눈썹을 파르르 떨며 수줍음으로 말을 더듬는 그 모습 자체는 여자들을 비현실의 공간으로 순간 이동시킨다. 어쩐다냐…. (할 말을 잊은 한숨뿐) 노팅힐의 서점과 집에서 할리우드 유명 스타인 줄리아 로버츠(안나 역)와의 조우 뒤에,

"Well, it was nice to meet you. surreal but nice." (만나서 반가웠습니다. 비현실적이지만 좋았어요.)

휴 그랜트의 영어는 너무나 사랑스러워 안아주고 싶다. 무라카미 하루키의 『상실의 시대』의 인물인 미도리에게 바쳐진 찬사인 봄날의 곰처럼 사랑스럽다. 언어도 마찬가지다. 언어는 곧 사람이니까. 추상적인 사념들로 이루어진 기호들은 공기의 흐름을 진동시키며 전달되고, 상대에게 흡수되어 영원한 잔상으로 남는다. 덕질파인 나는 영어도 이러한 매력들로 한껏 버무려 내 지적 저장고에 하나씩 쌓아두길 좋아한다. 그리고 즐긴다. 덕질은 곧 재미가 되고 꿈으로 이어진다.

'내 시실리에 가보리라. 마피아쯤은 두렵지 않다.' 수년 전 런던에 갔을 때도 아쉽게 노팅힐엔 가보지 못했다. 그래, 노팅힐이란 꿈도 꼭 이룰 것이다.

모두가 자신만의 즐거움이 있을 것이다. 이왕이면 일시적인 유희들로 소비되지 말고 그 즐거움이 곧 언어로 조성되고 꿈으로 이어지길 바란다. 외화 번역가 이미도 선생님도 영화를 통해서 영어를 만났다고 한다. 어려서는 영화와 연애를 했고, 크면서 영어와 연애하기에 이르렀다. 자연스럽게 영화를 읽어주게 됐고, 생생하게 살아 있는 영어를 전달해주는 사람이 되었다고 한다.

내가 어릴 때부터 보아온 숱한 외화들 또한 바깥세상을 보여주는 창이 되어준 번역가들이 없었다면 꿈으로 이어지지 못했을 것이다. 요즘 어머니들은 자막 없이 디즈니 애니메이션을 틀어준다. 외국어를 배우는 지름길이 될 수도 있을 것이다. 하지만 모국어라는 튼실하고 든든한 뿌리 없이 외국어만을 있는 그대로 받아들인다면 우리의 정서와 정체성은 혼란스러울 것이다. 아이가 모국어를 인지하기 시작하고 튼튼히 뿌리를 내릴 때 다양한 문화를 더 효율적으로 흡수할 수 있으리라 본다.

내가 사랑한 남자들은 이미 갔거나 황혼을 바라보며 지난 삶을 음미하고 있을 것이다. 하지만 그들이 스크린에 남긴 언어와 발자국들은 여전히 선명하다. 그들은 나의 영원한 애인이다. 사랑은 일시적인 것이 아니다. 언어에 대한 나의 사랑도 그렇다. 정복할 수 없는 외국어는 짝사랑일 뿐이지만 사랑하는 모국어는 늘 내게 곱절로 사랑을 돌려준다. 어떤 감미로운 음악보다도 사랑의 밀어를 속삭여준다. 일어서라고, 살아가라고 말과 글로 사랑을 깨우쳐 준다.

좋아하는 하나의 언어를 선택해서 즐기고 직업도 가지게 되었다. 언어를 배우며 느낀 건 언어 그 자체도 매력적이지만 그 언어에 담긴 문화를 즐기며 무한한 기쁨을 누릴 수 있다는 것이다. 문화는 곧 사람이기 때문이다. 언어의 일차적 기능은 사람과 사람이 소통하는 수단이다. 하지만 그 수단이 단지 도구적인 기능으로만 머문다면 우리가 그토록 많은 에너지를 퍼부으며 배울 가치는 1차원에만 머물게 된다. 문화와 역사 그리고 인류에 대한 교양과 지식 속에서 살아 숨 쉬는 언어를 발견할 때 진정한 가치를 더할 수 있다. 영어로 된 책과 영화를 수없이 읽고 감상하며 내 언어 세계는 넓어지고 깊이를 더할 수 있었다고 본다.

언어란 진정 마술사다. 가공할 만한 무기가 될 수도 있고 사람을 살리고 살아나가게 하는 생명이 될 수도 있다. 한때 언어학자가 되고 싶다는 소망을 잠시 품어보기도 했었다. 학자의 언어도 좋지만, 일상에서 늘 친구처럼 애인처럼 함께하는 나의 언어가 더 좋다. 자신의 일상이 우물 안 개구리처럼 좁고 무료하게 여겨진다면 영어든 무엇이든 한 가지 외국어를 배워보는 것은 어떨까? 하나의 언어는 하나의 세계다. 단조롭던 일상은 영화처럼 드라마틱하게 변할 것이다. 그 언어를 도구로 삼아 세상을 제대로 느끼고 살다 보면 어느덧 인생은 풍요로워질 것이다.

'나'라는 화분을 길러보세요

식물을 사랑하고 윤이 나게 키우고 거기에다 치유라는 덤도 얻게 된 사람들을 은연중에 부러워했다. 마음의 여유와 흔들리지 않는 안정된 삶이 보였기 때문이었다. 유튜브를 찾아보니 '식테크'가 대세다.

식물을 소담스럽게 키워서 되팔면 품목에 따라 고가를 벌 수도 있단다. 꼭 돈만이 목적이라면 에너지가 많이 가는 '식테크'를 할 리가 만무하다. 기본 타고난 금손에다 식물을 돌보고 사랑하는 마인드가 덤으로 추가되어야 한다는 걸 안다. 나도 무언가를 길러보려고 시도했었다. 아니, 흉내를 내려고 했었다. 얼마 안 되지만 내 짧은 양육 히스토리다. 실패는 성공의 어머니다.

햄스터. 실패했다. 세 마리가 분양받은 지 불과 몇 주 안에 서로 물어뜯고 싸우다 장렬히 전사했다. 까만 두 눈이 예쁘고 순수해 보여서 유순한 아이들인 줄 알았는데, 웬걸, 아주 터프한 녀석들이었다.

금붕어. 열 마리에서 출발해 마지막으로 남은 세 마리가 의리 있게 버텼으나 짝수가 아닌 홀수였던 이유인지 한 마리씩 유명을 달리했다. 햄스터는 사실 아이들의 열정으로 초대된 손님이었지만 나는 짧은 기간 동안 끝내 정을 줄 순 없었다. 털 난 동물을 기르기에 부담을 느꼈던 터였다. 알레르기도 한몫했다. 그나마 물 안에서 존재하지 않은 듯 보는 즐거움을 선사했던 금붕어들이 가버렸을 땐 가슴이 조금 먹먹했다. 언젠가 금붕어를 다시 길러볼 의사는 있다.

최장기간 그나마 제대로 내 손과 마음을 오롯이 바쳐 길렀다기보다는, 보살펴 본 동물은 비둘기였다. 어느 날 길고양이에게 처참하게 당한 비둘기를 늦둥이 막내가 집으로 데려왔다. 하루가 이틀이 되고 소리 없이 석 달이나 흘렀다. 완전체가 된 비둘기를 집 앞 공원에서 날려 보내며 참 울기도 많이 울었다. 오랜만에 실연 후에 수많은 나날을 베갯잇을 적셨던 내 청춘의 날들이 돌아온 듯했다.

나는 사람조차도 기르는 덴 별 소질이 없는 것 같다. 아이들은 스스로 자랐다고 믿으니까. 아이들의 겨드랑이에선 날개가 돋아난다고 한다. 믿고 기다려 주면 알아서 스스로 무럭무럭 자란다며 육아전문가들은 우아하게 조언한다. 일하는 엄마라는 핑계도 있었지만, 아이들에게 알뜰살뜰 무한한 모성으로 올인할 자신은 애초에 없었다. 남의 아이들을 가르치면서 내 아이는 실컷 놀렸다. 아니, 방목했다. 사교육 시장에 종사하는 부모들의 부류는 흑과 백으로 나뉜다. 그 중간지대는 없다. 제 자식도 마우스 트랩 안에 몰아넣고 빡세게 돌리거나, 아니면 저 푸른 초원 위에 맘껏 풀어놓고 하염없이 풀을 뜯고 뛰어놀게 한다. 난 후자였다. 어설픈 교육관 때문이 아니라 환경이 그렇게 만들었다는 또 하나의 핑계에 불과했다.

이제 식물. 이사 가기 전 집의 베란다엔 20개 이상의 화분들이 있었다. 그 식물들을 케어하는 것은 늘 남편의 몫이었다. 물 주고, 영양제 먹이고, 잎사귀 하나하나 닦아주는 그 정성을 당연히 내 영역이 아니라 생각했다. 게으르고, 무지했고, 무심했다.

오랜만에 집과 학원을 동시에 옮기면서 새로 들어간 상가의 삭막한 교실 안에 고무나무 하나를 맘먹고 사서 정수기 옆에 놓았다. 별 신경 쓸 필요 없는 조화만을 애용하다가 우연히 마트에 갔을 때 저렴하게 진열된 녹색 잎이 큰 고무나무에 나도 모르게 끌렸다.

6개월 정도 LED 빛만을 받고도 고무나무는 생기 있게 버텨주었다. 그런데 불필요한 욕심이 돋아서인지 어느 날부터 플라스틱 싸구려 화분이 미워 보였다. 어차피 좁은 화분 안에서 커 가는 나무는 분갈이가 필요했다.

마침, 학원 근처에 식물원이 있었다. 예전에 다쳤던 비둘기를 데리고 동물병원에 갔던 그 심정으로 화분을 싣고 갔다. 화분값도 따로 받지 않고 분갈이를 해주시는 사장님에게 가졌던 흐뭇함도 잠시, 분갈이한 이후로 무엇이 잘못되었는지 모르지만, 고무나무는 한 잎 한 잎 옷을 벗어 던지더니 급기야 완전 나체시위에 돌입했다. 분갈이를 한 지 한 달도 채 되지 않아서 마지막 잎새마저 보내야 했다. 분한 마음에 애꿎은 식물원 사장님께 따질까도 생각했다. 새 화분도 아닌 낡고 투박한 화분으로 분갈이를 해서 그런가 부질없이 온갖 생각이 들었다. 그렇지, 내가 무슨. 타고난 이 똥손을 탓할 수밖에. 화분마저 처분한 뒤 며칠 동안 아픈 마음을 달랬다. 그리고 마음먹고 이사 오기 전의 동네에 있던 꽃집을 찾아갔다. 온갖 식물들을 마주하며 결정장애를 겪고 있을 때 사장님은 한눈에 맘에 드는 아이를 골라 주셨다.

스노우 화이트. 백설 공주가 환하게 미소를 날렸다. 뽀얀 그녀의 살결처럼 하얗고 매끄러운 도자기 화분도 고급스러웠다.

그래, 새 술은 새 부대에. 보낸 것에 미련을 갖지 말자. 화분도 그렇고, 썩은 포도주의 찌꺼기 같은 내 삶의 미련과 후회들도. 금손이든, 똥손이든 이제 나한테 온 건 최선을 다하자. 어떤 아이든 나랑 연이 다 할 때까지 포기하지 않듯이. 일이든 사람이든 환경이든 내게 온 운명을 불평하지 말고 나를 떠나도 아쉬워하지 말고 잘 길러보자.

New wine must be poured into new wineskins. (새 술은 새 부대에)

하지만 새 부대도 결국 낡고 헤지게 되어 있다. 시간의 법칙은 무시할 수 없으니. 우리는 항상 고집스럽게 자꾸 낡은 부대에 새 술을 담으려 한다. 관성적으로. 오래된 습관과 고착된 사고로 장착된 기기를 버리려 하지 않고. 낡은 부대에 담긴 새 술은 이미 새 술이 아니다. 바로 썩기 시작한다. 어느 순간 나를 리셋하지 않으면, 더 이상 새 술을 음미해 볼 기회는 없을지 모른다. 환경을 바꾸면 마음이 따라가고 몸도 따라간다. 몸이 먼저 움직여야 마음이 따른다는 사람들도 많지만, 나의 경우엔 일단 새 부대가 먼저다. 백설 공주를 산 꽃집 사장님 왈, 고무나무가 죽은 이유는 분갈이를 토분에 했기 때문이란다. 토분은 물 마름이 엄청 빠르단다. 오히려 플라스틱 화분이 물 마름도 적절하고 가볍고 저렴해서 가장 이상적이란다. 시커먼 색깔이 안 이쁜 게 흠이지만. 분갈이해주신 화원의 사장님도 고의는 아니었으리라. 공짜로 얻어서 좋아라 했던 토분이 문제일 줄은 몰랐다.

모든 것은 있을 자리를 제대로 찾았을 때 피어나는가 보다. 늘 지금이, 여기가 내 자리인가 의심하고 헤매는데 골몰해왔다. 의심은 건전하지만, 한탄만 하면 내 인생의 잎은 하나씩 떨어질 뿐이다. 흙이 문제인지, 화분이 문제인지 파악할 필요가 있다. 시행착오를 통해서 깨달아갈 수밖에 없는 인생이지만 조급함을 가져서는 안 된다. 잎이 열리고 꽃이 피어나기 위해선 시간이 필요하다. 자신에게 물과 거름을 주며 정성껏 살펴야 한다. 나라는 화분을 양육할 타임이다. 서서히 내 삶을 리셋하며 조금씩 조금씩 채워가면 된다. 몇 달 사이 백설 공주는 훌쩍 자랐다. 실내에 갇혀서도, 햇볕을 아낌없이 받지 않고도 스스로 해나가고 있다. 음, 일곱 난쟁이는 필요가 없군.

인생은 맥락이다
- 얘들아, 책 좀 읽자!

숙제로 내준 단어를 구두로 테스트하고 있었다. 영어 단어는 단어집을 사용해서 따로 주입식으로 암기시키기보다는 그날 읽어야 할 텍스트의 내용과 관련된 어휘를 익히게 한다. 내용과 주제의 맥락 안에서 하는 어휘학습이 더 효과적이기 때문이다.

금쪽이는 긴장하며 허공으로 눈동자를 굴리고 있었다.

"자, '부족'!"

"Tribe!"

"OK, Good job!"

다음 단어로 넘어가려다 찜찜한 마음에 제동을 건다.

"금쪽아, 너 '부족'이 무슨 뜻인 줄 알아?"

"네, 저 그건 알아요."

어느덧 성숙해 보이는 6학년 금쪽이의 얼굴에 긴장이 풀리며 살포시 미소가 떠오른다.

"그래, 설명해보자."

"충분하지 않다는 말이잖아요."

또다시, 오, 마이갓! 금쪽이 너마저….

나는 뚜렷한 설명을 위하여 휴대폰을 들어 바로 검색한다.

"그 '부족'이 아니라 이 '부족'이다. tribe는…."

'혈통이 같으며, 가족 단위를 뛰어넘는 일시적, 영구적인 정치통합과 공통의 언어, 문화, 사고방식 등의 전통에 의해….'

"아니다. 쉬운 말로 하자면 같은 곳에 사는 무리를 말해. understood?"

민망한 듯 금쪽이는 말끝을 흐린다.

'책 좀 읽자. 폰만 하지 말고.' 목젖까지 올라온 나의 음성은 전진하지 못한 채 다시 목 아래로 후퇴해버린다.

"선생님, 여긴 문법은 안 해요? 다른 학원엔 3학년부터 문법에 들어가던데요."

문법! 문법! 아직도 문법이냐? 영맘들도 별수 없다. 문법은 영어 선생인 나에게도 '사랑하기엔 너무 먼 당신'이다. 한창 책을 읽혀야 할 때 무슨 국어 문법도 아니고 영어 문법이란 말인가? 모국어 어휘 부족도 심각한데. 이런 넋두리가 통하지 않음을 당연히 잘 알지만 그래도 한 마디는 결코 빼 먹지 않는다.

"어머니, 문법은요…."

나도 오로지 독해와 문법 중심의 교육을 받은 세대다. 하지만 정작 잘 읽고, 잘 쓰기 위하여 받은 그 문법 중심 교육에 내 영어가 자유롭지 못했음을 절실히 느껴왔다.

모국어로 외국어 문법을 공부하는 방법은 영어 학습에 별 도움이 되지 않고 오히려 영어를 학문화시켜버렸다. 그래서 성인이 되어서도 다시 시작, 포기의 사이클을 반복시킨다. 아이들이 저학년 때 회화 위주로 재밌게 영어를 접하다가도 중학교에 들어가 친 시험지를 보면 시험 문제의 반 이상을 문법이 차지한다. 문법을 모르면 사지선다형은 물론 서술형 문제엔 손도 댈 수 없다. 문법 교육이 잘못되었다고 주장하고 싶은 것이 아니다. 학습 순서가 뒤바뀌었고, 지나치게 비중을 차지한다는 것이다.

나는 되도록 문법을 늦게 다룬다. 다양한 읽을거리를 충분히 접하게 하고 난 뒤 자연스럽게 문법으로 연결하면 아이들은 거부감을 최소로 하여 받아들인다. 배경지식이 쌓이니 이해도 빠르고, 학습효과도 훨씬 좋다.

영어를 전공하면서 나 또한 문법식 교육으로 휘감긴 족쇄를 풀기 위해 꾸준히 노력했다. 나름대로 연구해낸 방법은 다독과 정독이 병행된 부단한 읽기였다. 만만한 소설부터 철학, 에세이, 잡지, 전문 서적까지 손에 잡히는 대로 읽어 나갔다. 엄청난 비용과 시간을 들여 유학하느니 방구석 유학을 하겠다는 객기 어린 결심도 한몫했다. 취향에 맞는 흥미 있는 원서를 꾸준히 읽어가다 보니 영어 본연의 맛과 매력에 눈뜨게 되었고, 영어를 영어로 이해하게 되는 사고체계가 형성되어갔다.

발길을 돌리는 학부모들을 붙잡지 않는다. 나의 학습 방식이 통하지 않을지라도 그분들 나름의 교육관을 존중하기 때문이다.

'문법보다는 맥락'이라는 방법은 짧지 않은 인생의 길에서도 확인할 수 있었다. 삶이란 문법처럼 규칙에 맞게 적용되어 각으로 떨어지는 것이 아니다. 변수가 존재하는 스토리다. 한 편의 소설로 쓸 수 없는 인생이 있을까? 마음먹은 대로 자신이 세운 룰과 계획대로 되지 않는 것이 우리 인생이다.

인생 자체가 맥락이다. 우리는 타인을 볼 때 내가 본 그의 모습과 행위만을 케이크의 조각처럼 잘라서 맛을 보고 평가한다. 나의 주관적인 느낌과 인상만으로 그를 구속하고 심판한다. 억울하지만 내 삶의 맥락은 나만 알 뿐이다. 하지만 돌아보면 나조차도 내 인생의 맥락을 볼 줄 몰랐고 남의 잣대로 생선의 머리꼬리 자르듯 내 삶을 토막 내고 재단했다.

이런 내게 가르침을 준 스승은 책이다. 다양한 경험과 직업을 가져보지 못한 나에게 독서는 세상으로 통하는 창이었다. 외국어를 배우려면 그 언어의 배경이 되는 문화를 알지 못하면 별 의미가 없다. 언어는 문화와 역사의 뿌리이기 때문이다. 그 나라의 문화를 직접 체험해 볼 여건이 못 되는 사람들은 독서와 영화 같은 간접적인 매체에 의존할 수밖에 없다. 문자는 영상이 가지는 한계를 극복하게 한다. 문장과 문장 사이의 세계는 사색과 성찰이라는 여백을 제공한다. 책은 세상과 나를 연결하는 스승인 동시에 내 영혼을 치유하는 의사이자 상담가의 역할도 했다. 영혼이 한없이 허기져서 아사 직전에 놓일 때마다 나를 먹여준 건 독서였다. 책 속의 세상은 두 발을 딛고 꿋꿋이 걸어갈 세상으로 이어졌다.

문법보다, 영어 단어보다 아이들이 책을 많이 읽었으면 좋겠다. 체험이 독서만큼 중요하다고 생각하지만 제한된 환경 속에서 아이들은 쳇바퀴처럼 하루를 굴리고 있다. 다양한 체험에 대한 부족을 독서라는 영양분으로 채워야 한다. 텍스트 전체를 읽고 이해하는 아이들의 능력이 점점 떨어지고 있다. 부모들조차도 손에서 폰을 놓지 않는다. 부모 스스로 책을 읽고, 아이에게 책을 읽어주는 것 자체만으로도 놀라운 학습 효과를 얻을 수 있다.『다시, 책으로』의 저자인 매리언 울프는 말한다. "문해력은 호모사피엔스의 가장 중요한 후천적 성취 가운데 하나입니다." 문자를 읽고 텍스트에 담긴 맥락 속에서 느낌과 생각이 연결되면서 공감력이 생긴다. 책을 읽는 행위는 단지 지식을 습득하는 것이 아니라 인생을 배우는 것이다.

"이솝이야기 읽어봤지? 황금알을 낳는 거위 배 가른 얘기 있잖아. 고사성어로 말하면 '소탐대실'이잖아."

중학교 3학년 교재를 읽으며 시험 대비를 하고 있었다. 금쪽이는 머리를 긁적인다.

"못 읽어 봤는데요."

믿을 수 없겠지만 『이솝이야기』나 『그리스 로마 신화』를 읽어 본 아이들이 점점 드물어진다. 결국 유발 하라리의 『사피엔스』에서 말하듯이 인류는 집단의 공통된 스토리로 이어져 왔다. 이야기는 곧 지혜이자 소통이고 삶이다. 타인의 삶을 공감하고 이해하지 못해서 벌어지는 비극적인 일들이 점점 늘어가고 있다. 책을 읽을 때 앞뒤의 문맥을 파악하며 찬찬히 읽으면 몰입할 수 있듯이 나와 타인을 알기 위해선 눈에 보이는 단면이 아니라 서로의 삶의 맥락을 공유해야 한다. 그 스토리를 알아가는 것은 독서와 같다. 독서는 나와 타인의 인생을 읽고 배우는 행위이다. 얘들아, 인생은 맥락이거든. 책 좀 읽자! 책 많이 읽으면 영어도 덤으로 잘하게 된단다.

제2장

어머니 북클럽은 사랑입니다

나만의
운 쌓기

모두 약속이라도 한 듯 복학생 선배들은 일제히 카키색 점퍼를 걸치고 돌아왔다. 밀리터리 룩 물결이 도서관을 서서히 잠식할 때 '짠' 하고 트렌치코트 자락을 휘날리며 열람실에 등장한 이가 있었다. (참고로 나는 90년대 학번이다.) 어찌 온 누리에 후광이 비치지 않았겠는가. 지금은 트렌치코트라 불리지만 당시엔 상표 그대로 버버리코트라는 명칭이 고유명사처럼 쓰였다. 순식간에 도서관의 셀럽으로 등극한 그 주인공은 아쉽게도 붙박이 CC(대학 내 커플)로 밝혀져 뭇 여학생들의 한숨을 흘리게 했다.

촌스러운 예비역들이 전세 낸 도서관에서 그의 트렌치코트는 가히 문명의 상징이었으며, 지적이고 세련된 이미지 그 자체였다. 요즘 유행하는 '꾸안꾸패션'(꾸민 듯 꾸미지 않은 옷차림)이라고 할까. 어쨌든 트렌치코트는 누구나 입어도 무난히 어울리고 분위기 잡게 하는 독특한 매력이 있었다.

20대 한 때의 유행에 동참해서 봄, 가을이면 줄기차게 코트를 걸치고 시내로 나갔다. 거리는 온통 베이지색 코트의 물결로 넘쳤고 그 가을가을한 분위기에 도취하곤 했다. 나이가 들어가면서는 적당히 몸에 붙지만 활동하기에 편한 옷들에 손이 가게 되었다. 고로 나의 트렌치코트는 하염없이 옷장 구석에서 고이 동면에 빠져 있다. 지금도 여전히 트렌치코트를 입고 거리를 거니는 사람들을 보면 그 흐트러지면서도 분위기 있는 뒤태를 보기 위해 다시 한번 보게 된다. 영화 〈카사블랑카〉를 보았을 때도 아름다운 잉그리드 버그만 보다는 트렌치코트가 너무도 잘 어울리는 험프리 보가트가 우월하게 내 인상에 남았다.

'운을 쌓지 못했다. 그래서 패배했다.'

최근에 읽은 한은형 작가님의 소설『레이디 맥도날드』의 구절이다. 이 도입은 나를 앉은 자리에서 소설 전체를 단번에 흡입할 수 있게 해주었던 마성의 문장이다. 수년 전에 TV에서 그 유명한 맥도날드 할머니의 사연을 흥미로우면서도 안타깝게 보았다. 이 소설은 트렌치코트 단 벌로 거리의 카페와 패스트푸드점을 집으로 삼아 오랫동안 생활해 온 그녀의 삶을 모티브로 했다. 담담하면서도 객관적인 시선을 놓치지 않은 스토리 안에 담긴 할머니의 삶은 내 가슴을 일렁이게 했다. 세간의 비난과 동시에 동정의 표적이 된 그녀의 삶을 작가는 애정과 존중을 불어넣어 한 편의 소설로 빚어냈다.

부모의 사랑을 독차지하고, 명문대와 좋은 직장을 다녔던 구김 없는 인생을 살았던 한 사람은 가림막이라곤 없는 세상의 허허벌판에서 하나의 피사체가 되어 있었다. 할머니는 매일 새벽까지 맥도날드의 의자에 꼿꼿이 앉아서 영자신문과 책을 읽고, 햇볕을 쬐고, 때때로 조는 듯 기도하는 듯한 일상을 보낸다. 그녀는 자신만의 위엄을 끝까지 잃지 않았다. 사람은 누구나 자신만의 운이 있을 것이다. 그녀는 운을 쌓지 못해서 패배했다는 메모를 유언처럼 남겼다. 이 문장은 트렌치코트와 분신이 되어버린 그녀와 함께 나의 뇌리에 오래도록 남았다.

그 당시 TV를 함께 보던 남편이 말했다.

"자기도 저렇게 될 가능성이 있으니 조심해."

"뭐? 말 다 했어? 내가 왜?"

"자기도 책만 볼 줄 알고 현실감이 없잖아."

단세포적인 남편의 비난에 단도로 찔린 듯 깊숙이 상처를 입었고, 본능적인 반격은 맹공으로 이어졌다. 수년이 지나고 흥미와 가십거리로 스쳐갔던 그녀의 삶이 승화된 이 소설을 우연히 읽어 보았다. 남편에게 상처 입었던 당시의 내 자존심이란 것은 하잘것없었다. 그리고 자존심과 자존감은 본질적으로 차이가 난다는 것을 알게 되었고 그 차이를 재고해 볼 기회를 가질 수 있었다.

'운'이란 무엇이고, '패배'란 무엇인가? 시간이 갈수록 '운'이란 것은, '패배'란 것은 우습게도, 무섭게도 느껴진다. 한 개인의 인생을 운이나 패배란 단어들로 읽거나 쓸 수 있는지, 그렇게 가벼이 남의 인생과 내 인생을 판단했다가 화를 당하지는 않을는지. 작가님이 전달하는 메시지는 곧 나의 화두가 되었다.

그 이후로 '운'에 대해서 고민해보았다. 나에게 '운'이란 무엇일까. 그 결과 '운'이란 그저 생기는 것이 아니라 쌓아가는 것이란 가르침을 얻었다.

꽃 같다는 20대에 많이 아팠었다. 가망이 없다는 말까지도 들었었다. 철이 어느 정도 들면서 세상 속에서 한 인간으로 대접받기 위해, 서기 위해 절치부심했다. 약해서 스러져만 가는 내 인생에 화가 났고, 분해서 이를 갈고, 마음을 썩였다. 애초에 불리한 패를 받았다 생각했다. 인생이 그렇게 쉽게 호의를 베풀 것이라는 기대는 안 했지만 나만 버림을 받은 것 같았다. 하지만 이를 갈고 마음을 쓸수록 내면은 움츠러들 뿐이었다.

영어 단어 'luck'은 행운, 행복, 재수를 뜻하고 있다. 사람들은 행운이 곧 행복이고 행운이 있어야 행복할 수 있다는 관념을 은연중에 가지고 있다. 그래서 해가 바뀌면 신수를 보러 가고, 복권을 산다. 운이 와야 내게 행복이 벼락처럼 내려올 것이란 생각은 일종의 집착으로 이어진다.

하지만 살다 보면 결국 행복이란 동화에서처럼 파랑새에 불과하며 '운'이란 자신이 쌓아가야 할 과제임을 깨닫게 될 때 비로소 행복의 문턱에 들어서게 된다. 내 텅 빈 곳간에 제대로 된 운을 내 손으로 차곡차곡 쌓기로 마음먹었다.

귀찮고 찌뿌둥해도 매일 어떻게든 운동을 하고, 나에게 독이 되는 먹거리들은 멀리한다. 가르치는 선생으로서 당당하기 위해 매일 공부하고 숨 쉬듯이 책을 읽는다. 대박을 바라고 운을 쌓는 것이 아니다. 누구에게라도 민폐를 끼치지 않고 나만의 자존과 위엄을 쌓아가는 성스러운 루틴을 만들기 위함이다. 오로지 나로 설 수 있고, 빛나기 위해서다.

그녀가 말한 '운'이 어떤 건지는 잘 모르겠다. 그녀가 늘 백마 탄 왕자님을 기다린다고 말했듯이 그것이 세상의 부와 명예인지, 안락한 삶인지 타인인 나는 그녀의 삶을 얼핏 들여다만 볼 뿐이다. 연민할 뿐이다. 가족에게, 친구에게, 세상에 내 존재를 인정받으려 살아온 나날이었다. 엄마로서, 배우자로서, 일로 늘 결과만을 평가하며 나를 질책했다. 경쟁사회를 혐오했지만, 어느새 나 또한 그 잣대로 내 인생을 재단하고 있었다. 책 속의 수많은 인생은 이렇게 화두를 던져준다. 세상에 의해 재단되고 평가받는 삶이 아니라 내가 운을 쌓아가고 디자인하는 삶을 살라고. 위엄과 자존감이 없으면 불가능한 미션이다.

우리는 결국 그 미션을 수행했을 때 삶에 떳떳해지게 된다. 자신에게 떳

떳한 사람은 타인의 삶도 함부로 재단하고 평가하지 않는다. 그 어떤 삶에도 공감과 인정과 존중을 바칠 수 있다. 세계관이 좁은 내가 책을 읽는 이유이다. 그녀는 마지막까지 자존과 위엄을 지키며 자신만의 개성과 색깔을 지닌 채 갔다. 그녀는 진정 '레이디'였다. 한낱 행려병자에 머물렀을 한 인생에 위엄을 주고 애정과 존중으로 날개를 달아준 작가님의 역량에 박수를 보내고 싶다. 이번 가을엔 오랫동안 잠들어 있던 트렌치코트를 꺼내 봐야겠다.

나만의 불꽃이 꺼지지 않도록 살피기

모태 아침형 인간인 나는 TV 드라마 본방을 볼 수 없다. 밤 9시만 넘으면 잠자는 방구석의 미녀로 스러진다. 이 태생적인 유전자로 인해 밤의 세계라는 신비를 누릴 수 없어서 안타깝긴 하다. 얼굴 보기 힘든 남편과 때때로 맥주 한잔 기울이며 안부를 묻기도 할 시간, 밤의 정적 속에서 일기도 몇 줄 끄적여볼 그런 기회들 말이다.

일찍 일어난다고 해서 딱히 새를 잡거나, 요즘 유행하는 모닝 페이지를 쓰는 것도 아니다. 그래도 운동도 하고, 책도 읽고 하는 이른 아침의 몇 가지 나만의 루틴은 있다. 이것마저 없다면 당당하게 아침형 인간임을 내세울 순 없을 것 같다.

늘 뒷북을 치고, 졸다가 뒤늦은 한 발짝을 내딛는 내 운명엔 일찌감치 순응했다. 그래서 드라마 본방은 포기하고 철 지난 아이 중 보고 싶은 것을 골라서 OTT로 감상하는 것으로 만족한다. 그때그때 핫한 젊은 배우들도 모르는 게 당연지사다.

하지만 몇 해 전에 연인 사이였던 어느 배우들에 관련된 스캔들이 한동안 미디어를 달구었을 땐 연예계에 대해 무심하면서도 잠잠했던 내 호기심의 불씨에 스파크가 일었다.

아름답고 촉망받는 배우들. 그러고 보면 세상엔 참으로 매력적인 동시에 재능을 가진 이들이 많다. 소인배로서 내게 없는 것들을 소유한 자들에 대한 선망과 질투심을 가지기도 했다. 그로 인해 또 다른 욕망과 고뇌로 이어지는 삶의 수레바퀴에 깔려 살아왔음을 고백하지 않을 수 없다. (그렇다고 다음 생에 대인배로 태어나지도 않을 것 같다.)

내가 좋아했던 여배우 중엔 헐리우드 고전 영화의 주인공이었던 잉그리드 버그만이 있다. 머리부터 발끝까지 그녀의 모든 분위기를 좋아했다. 나는 특히 입매가 아름다운 여배우를 좋아한다. 순전히 개인 취향이다. 그녀의 우아한 입매에 많이도 매혹되었던 것 같다. 한때 어딘가에서 외국어를 잘하는 여성이 구강구조가 참하게 발달 되어 아름다운 입매를 가지게 된다는 구절을 읽고서 외국어에 더 열정적으로 매진하기도 했었다. 믿거나 말거나지만 말이다.

그녀가 주연했던 영화 중 〈가스등〉(Gaslight) 이란 영화를 수십 번 보았었다. 당연히 '가스라이팅'이란 용어가 회자되기 전이다. 바로 이 영화에서 유래되었다는 사실도 뒷북 연주자인 나에겐 신선한 충격이었다. 보석에 눈이 멀어 그것을 소유하려고 의도적으로 접근한 남편은 부인의 허약한 심리를 교묘히 지배한다. 심리극의 성격이 짙은 이 영화를 보면서 잉그리드 버그만의 미몽에 잠긴 눈빛과 바스러질 듯 심약한 유리멘탈 캐릭터에 빠져들었었다. 당시 어린 소녀였던 나의 마음엔 결혼이란, 부부란 저런 것인가 충격을 받기도 했다. 그러면서 죽어도 결혼 따위는 하지 않을 것이라는 결의를 막연히 다지기도 했다. 더불어 나처럼 약하고 매사에 겁이 많은 인간은 100퍼센트 저런 유형의 남편을 만나고야 말 것이며, 그 마수에 갇혀 일생을 고통스럽게 허우적거릴 것이라는 망상을 꽤 오래 품고 살았다. (나는 나를 '가스라이팅'했다!)

그런 자기암시에도 불구하고 어쩌다 말랑한 곳은 전혀 없는 대리석처럼 강한 남자를 만났다. 가스라이팅은 당하지 않기 위해 결혼과 동시에 내가 쓰지 않았던 새로운 가면으로 무장했다.

나는 나이고, 내가 원하지 않는 것은 하지 않겠다며 이어진 액션들에 대해선 후회하지 않는다. 성숙한 척하려 했던 과잉 액션을 융통성과 부드러움으로 대처할 수 있었더라면 하는 아쉬움은 있지만. 그래도 자아를 잃지 않기 위해 선택했던 그 가면이 지금의 나로 다질 수 있게 일조를 했다고 믿는다. 나라가 나라를 지배하듯이 사람이 사람의 심리, 아니 영혼을 지배한다는 것은 어쩌면 영원히 풀 수 없는 비극이라는 생각이 든다.

나약한 한 마리 짐승 같았던 초등학교 2학년 소녀가 떠오른다. 지금으로 말하자면 '짱'이라고 할 수 있을까. 풍성한 파마머리를 화려한 머리띠로 왕관처럼 치장하고 다녔던 그 애는 홀로 반 전체 아이들을 지배했다. 결코 힘이나 근성이 아니라, 그 애가 무기로 휘두른 것은 상대의 영혼의 빛을 바래게 하고도 남을 사악한 눈빛과 말이었다. 그 애는 수업을 마치고 같은 동네에 사는 아이들을 일렬로 세워서 매일 집으로 걸어가게 했다. 당시 학교에서 집은 멀었다. 언덕을 넘고 다리를 건너야 했다. 그 애는 선두에서 막대기를 휘두르며 조금이라도 대열에서 이탈하는 아이에겐 지옥에서 온 사자처럼 감당하지 못할 공포와 위협을 가했다.

내가 살던 동네의 재래시장 안에서 그 애의 엄마는 정육점을 했다. 뽀얗게 분을 바르고, 빨갛게 칠한 입술은 한 송이 모란꽃 같은 자태였다. 환한 미소를 담아 칼질을 하며 손님을 맞던 그 애의 엄마는 결코 그곳에 어울리지 않는 존재였다. 한마디의 표독스러운 말로 몇 초 안에 상대의 눈에서 또르르 눈물을 흘리게 만드는 그 애가 정육점에서 천사의 얼굴로 엄마의 품에 안겨 있던 모습을 몇 번인가 본 적이 있다. 머지않아 아이의 티를 벗을 무렵 나를 비롯해 동네 친구들은 그 애의 손아귀에서 벗어났다.

가끔 생각이 날 때가 있다. 지금 그 애는 어디에서, 어떻게 살고 있을까. 거기까지다. 그 이상 내 생각은 달리지 않는다. 첫사랑을 지독한 실연으로 마무리하고, 수많은 사람과의 관계 속에서 생각했다. 과연 사람과 사람 사이에서 백 퍼센트의 대등한 관계가 존재하긴 할까, 이 세상에서. 부모와 자식, 부부, 직장 상사, 연인, 친구 이 모든 관계 속에서 오늘도 우리는 영혼의 미세한 균열을 지니고 살아간다. 그 균열이 새살이 돋듯 회복되리라는 기대에 너무 집착하지 않는 게 낫다. 트라우마처럼 언제, 어느 때곤 그것들이 올라오는 것을 피할 순 없다. 비록 영화에선 남편이 가스등을 조절해서 부인의 영혼을 지배할 수 있었지만 우리는 이제 더 이상 내 안의 가스등을 타인이 조절하게 해선 안 된다. 그 불빛이 꺼지지 않게 늘 돌보며 지켜야 하는 임무는 바로 나의 것이다.

가스가 떨어져 어느새 불빛이 잦아들며 방 안이 어두워진다. 내 눈이 어두운지 방 안이 어두운지 혼란스럽다. 마음이, 영혼의 불이 잦아드는 것이다. 아, 가스가 떨어져 가는구나. 그땐 가냘픈 소리에라도 귀를 기울이면 된다. 절대로 그 소리를 무시하면 안 된다. 그리고 가스를 공급해주면 된다. 나를 공격하는 세파와 무기력에 굴하지 않아야 한다. 그리고 내가 세운 루틴을 묵묵히 수행한다. 운동이면 운동, 독서면 독서, 사랑하는 사람들과의 담소. 이 일상의 조약돌 하나하나가 나를 다시 이어 준다. 징검다리가 되어 나를 건널 수 있게 한다. 내 불꽃이 소중한 만큼 타인의 불꽃도 그렇다. 섬세하게, 정성스레 살펴야 한다. 함께하지 않고서 홀로 꺼졌다 홀로 타오를 수 없다. 서로가 필요할 때 이끌어주고 보듬어 줄 때 꺼져가는 불꽃은 다시 환하게 타오를 수 있다. 오늘도 나는 내 안의 가스등을 주시한다.

엄마는 예술가

문풍지 사이로 스며든 시베리아 칼바람이 단잠을 깨울 때면 나는 따끈한 아랫목 이불 속으로 더 깊숙이 파고만 들었다. 그러다 한쪽 눈을 찡그리며 뜨면 어스름히 비치는 새벽빛 그림자를 등진 엄마의 굽어진 뒤태가 들어왔다.

'과라니 마라니 중얼중얼… 마하바 사바나 중얼중얼….'

엄마의 성스럽고 고요한 시간이었다. 단잠을 깨운 엄마가 늘 미웠지만, 그 다가서지 못할 기운에 문득 한기를 느꼈던 나는 다시 이불 속으로 파고만 들었다. 해뜨기 전부터 시작해 고단한 하루를 마무리하며 엄마는 항상 무언가를 읽었다. 그것은 내가 하는 영어 낭독도 아니었고 끊임없이 공중 분해되는 삶의 넋두리도 아니었다. 경전이었다. 엄마는 평생을 살면서 꽤 많은 종교를 섭렵하셨다. 천주교, 불교를 비롯해 사이비라 불리는 종교들을 믿고 따랐다. 남들은 하나의 종교도 가지기 어려운데 엄마는 부지런하게도 일신교와 다신교를 넘나들었다. 종교 생활의 노른자위라 할 수 있는 기도가 내게 있어선 무얼 달라는 저차원적인 읊조림에 불과하지만, 엄마의 기도는 차원이 달랐다. 내 기도는 이기심과 이권으로 가득 찼지만, 엄마의 기도란 매일 경전을 통째로 암기하고, 낭독하고, 묵상하는 학자나 성자 차원의 고난도의 행위였다.

엄마는 기도뿐 아니라, 온 삶을 – All or nothing! (하려면 제대로 해라!)이란 모토로 보여주셨다. 엄마의 그런 기질과 품성이 내게로 오지 않았다는 것이 아쉽다. 비록 초등학교밖에 나오진 못했지만 내 기억 속의 엄마는 늘 활자를 가까이하셨다. 아주 사소한 것도 맞춤법이 틀린 글씨로 아이들이 쓰다 버린 종이나 신문지에 메모하셨다. 그녀가 제대로 된 교육을 받았다면 훌륭한 학자가 되었을 거라고 의심치 않는다. 그렇지만 엄마의 가방끈은 자식인 우리 중 누구의 것보다 길었다고 생각한다.

어쨌든 종교를 믿는다는 것은 고되고 힘든 일로 나에게 인식될 수밖에 없었다. 엄마의 그 지나친 열정과 부지런함에 반발해 게으른 내가 지금의 무신론자(아니면 범신론자)가 되지 않았을까 하는 추측도 해본다.

그녀는 '스펙'이란 말조차 들어본 적이 없지만, 세상의 모든 알바와 부업을 통해서 장인의 경지에 이르렀다. 온몸으로 체득한 기술과 경험의 융합에서 나오는 말발은 어느 억대 몸값의 강사 못지않았다.

안타깝게도 나는 그녀가 가진 그 어느 하나의 재능도 물려받지 못했다. 그녀처럼 강인한 체력도 없고 근성도 부족하다. 그녀는 박봉의 공무원이었던 아버지와 살면서 오 남매를 키웠다. 소처럼 일했고, 사자처럼 지혜로웠다. 사람과 부대끼면서 온정을 베풀며 손해와 상처도 많이 받았지만, 끝까지 저버리지 않았다. 말년을 병석에 누워서 고통스럽게만 가시지 않았다면 그녀의 인생은 완벽했으리라는 생각도 했다. 하지만 지금 돌아보면 어리석은 판단이었다. 섭렵하셨던 종교의 교인들과 우정을 쌓아왔던 친구들, 그녀에게 도움을 받았던 먼 지인들의 발길로 쇄도한 그녀의 병석은 마지막까지 외롭지 않았다. 그리고 그녀의 그 마지막 순간에 나는 홀로 임종을 지킬 수 있었음을 모든 종교의 신들에게 감사드린다.

그녀는 진정한 예술가이자 생활의 달인이었다. 무에서 유를 창조하는 예술가답게 항상 부족한 살림살이 속에서도 끊임없이 무언가를 창출했다. 하나를 가졌지만 반을 나누었고 그것은 두 배, 세 배로 돌아왔다. 융통성 없고 하나밖에 모르는 배우자를 환상적으로 보완했다. 비록, 떠나간 그녀를 회상하며 부족한 나를 아쉬워할 뿐이지만 한편으로는 나를 끊임없이 극복하고 나아가길 바라는 그녀의 염원을 늘 새기며 살려고 한다. 내가 그녀에게 보답할 수 있는 최선이자 유일한 방법이다.

가르치는 사람은 끊임없이 충전이 필요한 배터리다. 동료도 없이 늘 혼자서만, 게다가 아이들이라는 제한된 환경에서만 활동하다 보면 매너리즘에 자주 빠지게 된다. 어느 순간 나를 충전시키고 탑업된 그 에너지를 주고받고 싶은 욕구가 생겼다. 엄마와 달리 사교적이지 못한 나의 세계는 좁을 수밖에 없었다. 고민 끝에 어머니 북클럽을 만들었다. 내가 할 수 있는 독서와 영어를 활용해서 함께 나누고 싶었다. 또한 에너지를 받고 싶었다. 예상과는 달리 5년 동안 이어진 북클럽은 그 이상을 내게 주었다.

어머니가 되었을 뿐인데 학업과 경력이 단절된 학부모들 몇 명이 모였다. 원서 읽기에 부담도 되고 두려움도 컸지만, 의지를 가진 소수의 어머님은 끝까지 남으셨다. 아주 쉬운 영어 동화책부터 시작했고 가능하면 누구나 공감할 수 있고, 감동도 받을 수 있는 이야기들을 골라서 함께 읽어 나갔다. 어떤 분은 소녀처럼 가슴 두근거리며 영화 속 벤자민 버튼의 시곗바늘처럼 10년을 회귀하셨고, 사해의 소금물보다 더 짜고 인색한 어느 어머님은 값비싼 눈물을 아낌없이 흘리셨다.

무언가를 나눌 때 가치 또한 창출된다는 걸 배울 수 있었다. 혼자서 읽으며 느꼈던 재미와 감동을 삶을 매개체로 함께 나누자 공감과 위로라는 고귀한 선물로 돌아왔다. 일주일에 한 번 그나마 제일 한가한 오전 두 시간을 함께 울고 웃으며 보낸 시간이 지금도 너무 그립다.

틴 노벨 시리즈, 동심과 교훈이 담긴 명작 동화들, 재치와 유머가 가득한 로알드 달 어린이 명작들을 비롯하여 시드니 셸던의 성인 막장 소설들, 랜디

포시의 『마지막 강의』, 미치 앨봄의 『모리와 함께 한 화요일』 같은 삶의 통찰력이 담긴 이야기들을 읽어 나갔다. 어머니들은 어느새 아이 영어 공부에만 관심과 에너지를 쏟던 학부모에서 한 여자, 한 인격체로 무르익어갔다.

그런 어머니들의 모습을 보면서 늘 경전을 읽고 메모를 하시던 엄마의 일상이 오버랩되었다. 진정한 예술가란 공장에서, 학교에서 찍어낸 상품이나 시장성 스펙들에서 나오지 않는다. 헌신과 전념에서만 나올 수 있다. 그래서 아우라를 가진다. 그 아우라를 아낌없이 받으며 우리는 자랐고 어머니가 되었다. 우리 안에는 물려받은 예술가의 피가 흐르고 있다. 목숨을 걸고 아이를 낳았고, 길렀고, 헌신했다. 어느 순간 껍데기만 남은 자신이 느껴질 때, 엄마를 생각한다. 지금보단 백 배나 열악했던 시간 속에서도 삶을 예술로 만들었던 엄마를. 우리 안에 있는 그 예술가의 피를 느끼는 순간은 오고야 만다. 우리는 모두 예술가의 딸들이기 때문이다. 삶이 지금은 하루하루 치러야 할 전쟁이겠지만 그 전쟁이 예술로 승화될 시간이 오고야 만다. 자신을 믿고 용기를 내면. 엄마가 온 삶으로 우리에게 하셨던 것처럼.

비록 정규교육을 받지도 못했고 세련된 기술훈련을 받을 기회도 없었지만, 나에겐 엄마는 진정한 예술가였다. 그 아우라의 눈부심에 새벽마다 나는 한쪽 눈을 찡그리면서 일어났던 것 같다. 그래서 오늘도 이렇게 새벽녘 남은 달빛을 커튼 삼아 엄마를 떠올리며 세상의 모든 어머니를 추앙하며 이렇게 몇 자 끄적여본다.

너, 오늘 하루도 잘하고 있니?

어머니 북클럽에서 읽을 첫 소설을 선정하면서 꽤 고심했다. 학업을 종료하면서 영어 또한 굿바이한 어머니들에게 ABC가 아닌 쉬운 교재가 필요했다. 하지만 아이들이 읽는 한 두 문장의 글 밥과 그림으로 대부분 이루어진 책을 읽을 수는 없었다. 아무리 왕초보라도 성인 학습자는 살아오면서 쌓여온 배경지식과 정신연령을 고려해야 한다. 어머니들은 취업이나 학업에 대한 특정한 목표가 없지만, 영어에 대한 로망을 가졌다. 아이들을 가르치거나 해외여행을 갈 때 멋지게 영어를 구사하는 자신을 마음에 한 번쯤은 품고 계셨다. 영어 동화책의 장점은 쉽고 간결한 문장 속에 살아 있는 어휘들이 많다는 점이다. 또한 대화체가 많아서 실용적인 영어도 배울 수 있다. 물론 재미와 감동은 덤이다. 그래서 성인인 나도 배 잡으면서 읽었던 재미있고도 교훈적인 책 중 로알드 달 작가의 시리즈를 골라보았다.

로알드 달은 우리나라에선 아동문학 작가로 많이 알려졌지만, 의외로 추리물이나 미스터리 장르를 언급할 때 간혹 언급되기도 한다. 그는 현대동화에서 "가장 대담하고, 흥미롭고, 유쾌하고, 신나고, 뻔뻔스럽고, 재미있는 어린이책"을 만든 작가라는 평을 받고 있다. 『찰리와 초콜릿 공장』, 『마틸다』는 영화로도 제작되어 인기를 끌었다. 세계적으로 사랑받는 대표작들 가운데 개인적으로도 좋아하는 『매직핑거』(The Magic Finger)가 우리 북클럽의 첫 게스트가 되었다.

로알드 달 작가의 주인공들은 아이들이다. 특히, 나는 지혜로운 여자아이가 한 인간이란 완전체를 대변하여 이야기를 이끌며 메시지를 전달하는 작품들을 좋아한다. 그의 작품 중 하나인 『마틸다』가 바로 그 대표적인 캐릭터라 할 수 있다. 『매직핑거』는 표면적으로는 여자아이가 주인공으로 등장하지만, 실질적인 주연은 소녀의 매직핑거의 응징 대상이 되는 그래그 가족이다. 소녀는 화가 날 때면(순수하면서도 진지한 광기다) 붉은빛을 보고 온몸이 달아오른다. 여기까진 흔히 볼 수 있는 우리의 민낯이다. 하지만 간질거리는 손가락 끝을 들어 올려 응징할 대상을 향해 파~밧! 하며 초능력을 통쾌하게 한 방 날리는 소녀는 이미 초월적인 존재라고 할 수 있다. 어린아이조차 총을 들고 사냥에 나서는 그래그 가족이 소녀의 레이다에 딱 걸려 거위들로 변신했을 땐 마냥 유쾌하지만은 않았다.

"어머나, 왠지 소름 끼친다." 깔깔거리던 어머니들도 새초롬해지신다. 그래그 가족의 쾌락적인 취미로 희생양이 된 오리들은 복수혈전을 시작한다. 몹쓸 인간들의 집을 접수한 오리들이 오리가 되어 나무 위에서 비참하게 생활하는 그래그 가족들에게 총을 겨눈다.

"제발 쏘지 마라."

"너희들은 항상 우리를 쐈잖아."

그래그 가족과 위치가 바뀐 오리 가족은 파워를 가졌다. 만물의 영장이라는 인간은 무소불위의 권력을 휘두르며 생태계를 마음껏 지배해왔다. 그래그 가족은 자신들이 맘껏 사냥을 할 수 있는 권한을 스스로 주었다는 말을 이 상황에서도 당연하게 하고야 만다. 천부인권이 따로 없다. 마침내 오리 가족도 그 권한을 손에 넣어서 인간의 버릇을 따끔하게 고쳐주고자 한다.

이 장면은 여러 가지 생각들을 던져주었다. 자연과 인간과의 관계, 더 나아가서 내 입으로 당연하게 들어가는 자연 동지들. "좀 착잡하네요. 그냥 애들 읽는 동화가 아니네요." 어머니들의 얼굴은 진지하고도 경건한 빛을 띠었다. "맞아, 맞아. 하하하." 어느 어머니가 명랑 소녀답게 분위기를 바꾸려고 깔깔거리신다. 꾀꼬리 같은 웃음은 곧 전염되어 어머니들은 10대 소녀처럼 화통하게 온몸을 흔들며 소리 높여 웃으신다. 로알드 달 작가의 파트너인 퀜틴 블레이크의 일러스트도 작품을 살아 있게 하는 일등 공신이다. 나도 오랜만에 작품을 읽으며 어머니들과 실컷 웃으며 카타르시스를 느낀다.

"총이 문제긴 해요." 한 어머니가 미국 여행에서 겪었던 에피소드를 추가하셨다. TV 뉴스로 심심하면 터지는 미국 학교의 총기 난사 사건을 접했을 땐 끔찍하지만 어느 별나라에서 벌어지는 일이라 생각하셨단다. 막상 여행을 가서 동네 마트를 들렀는데 한 코너에서 버젓이 총기를 팔고 사는 것을 보고 슈퍼 강대국 미국이란 나라는 살 데가 못 되는구나 하고 새삼 다짐하셨단다. 이렇게 하나의 동화 속에도 세상의 이치가 담겨 있다. 아이들은 결국 어른의 축소판이다. 아이들의 행동과 입을 통해서 세상의 추함과 아름다움을 보고 들을 수 있다. 다른 어머니께서 말씀하셨다. 동화는 고작 아이들이나 읽는 것이라 여겼는데 성인들도 적극 동화를 읽어야겠다는 생각이 드신단다. 그렇지만 혼자서 읽었다면 여전히 유치했을 거라고. 이렇게 영어로 함께 읽고 감상도 나누니까 재미가 열 배는 있다고 하셨다.

책을 읽으면 육체를 벗어날 수 있다. 시공간을 넘나들며 나이를 초월할 수 있다. 더불어 우리 의식의 세포들도 싱싱하게 살릴 수 있다. 살면서 매직핑거를 날리고 싶은 대상들이 많을 것이다. 갑질하는 직장의 상사, 거래처 회사, 진상 손님, 상처 주는 가족 등 내 영혼을 어둡게 하고 고통에 빠뜨리는 그들과 수많은 전쟁을 치른다. 하지만 진정 그들을 처참하게 응징해서 불행에 빠뜨리고 싶은지 자신에게 반복적으로 물어보아야 한다. 나 또한 그러지 못했기에, 같은 실수를 반복했기에 자신이 응징받아야 했다.

가족들에게, 친구들에게, 지인들에게 살아오면서 알게 모르게 받았던 상처들을 끊임없이 투사했다. 진정 불의라고 느낄 땐 비겁하게 침묵했고, 내 이기심을 위해서는 온몸과 영혼을 다하여 필사적으로 공격하고 방어했다. 나이가 들면 나도 지혜로워지리라 여겼던 막연한 생각은 망상에 불과했고 나뿐만 아니라 상대를 징벌의 대상으로 만들며 추하게 행동했다.

따끔한 맛을 보여주기 식이었다는 뻔한 엔딩이겠지만 타인의 고통과 비극은 결국 진정한 교훈이 되지 않는다. 내가 응징한 대상의 비극으로 과연 내가 치유될 수 있고 행복을 누릴 수 있을까.

소녀는 개과천선한 그래그 가족의 평화로운 모습을 지켜본다. 결국 자연과 우리는 서바이벌 게임을 할 수 없다. 함께 살아야 한다는 것을 모두 알고 있다. 오리들은 일시적으로 그래그 가족을 용서했을지도 모른다. 하지만 자연이 우리를 끝까지 용서하리라는 보장은 없다. 우리는 우리 자신을 구원할 수 없다. 공존 속에서 평화를 찾고 나누며 찾아가야 한다. 약자를 대하는 근본적인 마인드를 아이들에게 끊임없이 가르쳐야 한다. 그 어떤 지식이나 명예보다 소중하고 값진 유산이다. 아이들을 대하는 직업을 가진 나 또한 약자로 동화되고 같은 편에 설 수밖에 없다. 어른들의 무심한 말과 행동으로 아이들은 쉽게 부서질 수 있다. 자연에 더 가까운 아이들, 동물들은 우리에게 치유를 주는 대상이다. 진정 약자를 배려하는 마인드를 가질 때 우리가 그토록 희구하는 선진국의 대열에 들어설 수 있을 것이다. 오늘도 끊임없이 읽고 책 속의 주인공들과 대화를 나누며 나에게 물어보아야 한다. 너, 오늘 하루도 잘하고 있냐고. 네가 응징해야 할 대상은 과연 누구냐고. 나에게 반복적으로 물어본다.

우리는 모두 산티아고,
연금술사다

자네가 무언가를 간절히 원할 때 우주는 자네의 소망이 실현되도록 도와준다네. 어리석게도 사람에게는 꿈꾸는 것을 실현할 능력이 있음을 알지 못한 거야.

When you want something, all the universe conspires in helping you to achieve it.

의심하는 산티아고에게 늙은 왕이 전하는 이 구절은 오래도록 회자되었다. 파울로 코엘료의 『연금술사』를 처음 만났을 땐 당시 쇄도하는 인기에도 불구하고 별 감흥이 없었다. 평소 너도나도 읽는 베스트셀러엔 별 관심이 없고 비중을 두지 않았다. 유행 따라 한 번 읽어나 볼까 생각만 할 뿐이었다. 판타지 분위기의 이 짧은 소설이 품고 있는 우주적인 깊이를 알 길이 없었다. 대학원을 다닐 때 교양으로 수강한 강의에서 과제로 제출할 교육학 에세이를 쓰기 위해 선택한 이 책을 그제야 읽어 보았다. 에세이를 쓰려면 어쩔 수 없이 책을 정독해야 했다. 여유로운 마음으로 음미하는 대신 줄거리에 담긴 상징이나 의미들을 교육학적으로 고찰하며 읽었다. 한 작품을 읽더라도 어떤 각도로 초점을 맞추느냐에 따라 독자가 가져가는 수확도 달라진다. 당시에 이 작품은 나에겐 단지 탁상공론에 불과했고, 적당한 판타지 요소가 가미된 자기개발서를 닮은 우화에 불과했다.

남편이 운전하는 포터를 타고 남산처럼 부푼 배를 부여잡고 흔들리며 한 시간의 거리를 매일 출근했다. 아이를 낳고 온몸 깊숙이 스민 시린 기운을 떨치지도 못한 채 한 달 만에 바로 수업을 나가야 했다. 숨 가쁘고 메마르기만 한 시간이 흐른 후 어머니 북클럽을 위해 선정한 이 책을 다시 만났다. 돌고 돌아서 온 내 메마른 시간의 모래밭에 단비가 내렸다. 펼쳐지지 못했던 사막에 별빛이 총총했고 나는 어느새 낙타를 타고 있었다.

소설의 키워드 중 하나인 'Personal Legend(자아의 신화)'에 대해서 어머니들과 많은 이야기를 나눴다.

"난 어떻게 달라져야 하는지도 모르겠고, 별로 달라지고 싶지도 않네. 지금 이대로의 내 상황이 만족스러워." 아이를 어느 정도 키우고 안정적인 삶을 누리는 어머니들은 약간의 무심함과 냉소를 띠며 말씀하셨다. 그랬다. '어머니, 우리는 모두 모험을 떠나기 전 자아의 신화를 찾기 전의 산티아고 아닐까요?' 난 감히 이 대사를 내뱉을 수 없었다. 그래 각자의 만족과 행복은 다르지.

"꿈이 무언지 모르겠어요. 난 다 이루었다고 생각해요. 애들 공부 잘하고 건강하게 잘 자라주니까요. 남편도 별로 사고 안 치고."

"맞아요. 그게 어디에요? 그러면 됐죠."

어느 날 산티아고는 보물이 묻혀 있는 피라미드의 꿈을 꾸고 길을, 모험을 떠나게 된다. 어릴 땐 모험 이야기를 읽을 때마다 가슴이 뛰고 눈에 힘이 들어갔다. 그게 본능이었다. 하지만 어른이 되면 대부분 가진 걸 잃고 싶지 않고 안정된 삶을 추구하게 된다. '떠나보지 않은 자는 결코 알 수 없는데….' 어머니들에겐 남편과 아이들이 그들의 신화였고, 우주가 보내는 주파수였다. 안타까웠다.

석사논문을 마칠 때쯤 나의 스트레스는 극에 달했고 늘 충분히 적재되지 못했던 에너지도 고갈되어버렸다. 일과 육아와 공부라는 저글링을 위태롭게 해왔기 때문이었다. 막연한 별빛 하나를 좇아 이집트로 갔다. 여행이 시작되기도 전에 오랫동안 잠잠했던 지병이 재발되었다. 나의 신화를 찾는 길인지, 고난의 십자가의 길이었는지 몰라도 그로 인해 이집트 여행은 내 생애에서 가장 특별한 기억으로 남았다. 떠나기 전엔 산티아고처럼 사막을 가로지르며 별을 보고, 보물을 찾고 싶었다. 하지만 병으로 너덜너덜해진 몸이 결국, 나의 자아가 되었고 신화가 되었다. 검게 출렁이는 나일강을 바라보며 간절히 기도했다. 철모를 적 꿈이 객사였다지만 가슴 깊이 차오르는 그 순간의 기도는 말했다. 제발 한국 땅에 도착해서 남편 품에서 죽게 해 달라고. 왜 나는 치기 어린 모험을 떠났던가. 나이만 먹었지, 충동과 감상에 빠져 주변을 돌아볼 줄 모르는 철부지를 언제 졸업할 것인가. 스스로 택한 고난의 행군 내내 자책했다. 하지만 이집트 여행을 마쳤을 때 분명 나는 예전의 내가 아니었다. 그 여행이 천로 역정이었는지, 내 신화의 기록이었는지는 몰라도 적어도 잃어버렸던 한 마리 어린양을 가까스로 되찾은 기분이었다.

어머니들은 여러 자아를 가지고 살 수밖에 없다. 아내, 엄마, 며느리…. 태초에 불리던 그들의 고운 이름은 사막 끝 깊은 우물 안에 잠들어 있다. 금쪽이 엄마, 금쪽이 아버지 안사람 내지 와이프가 그들의 이름이 되었다.

이 책의 메시지는 모든 등장인물의 대사에 담겨 있다. 사람들은 현재에 머물러 살고 있지만, 마음은 과거의 많은 기억과 불확실한 미래의 걱정과 함께 살고 있다. 현재에 머물 수 있다면 진정 행복한 사람이라고 한다. 이러한 철학적인 대사를 음미하다 보면 마치 고매한 스승에게서 삶의 지혜를 배우고 터득해 나가는 것 같다. 우리 엄마들은 자신의 이름을 잃어버린 듯했지만, 결코 아니었다. 우리는 현실의 땅을 딛고 서 있고 머리는 별빛을 향해 있었다.

수업 초반에 어머니들에게 가졌던 안타까운 내 마음은 오래가지 않았다. 기우에 불과했다. 작품이 끝나갈 때 그들의 눈동자엔 별빛이 반짝였다. 우리는 일상의 먼지와 모래바람에 뒤덮여 있을 뿐이다. 산티아고처럼 의심의 재 속에 묻혀 있지만 언젠가는 그 재를 털고서 떠날 것이다. 이 작지만, 우주와 같은 소설은 나를 끊임없이 깨운다.

수년이 지나고 도예를 배우러 나간 어느 공방에서 한 회원이 아이의 수행평가를 위해서 이 책을 빌려 갔다. 책을 돌려받으며 오랜만에 펼쳐보았을 때 산티아고와 그의 보물은 다시 내게로 왔다. 빈곤했던 나의 곳간은 풍요롭게 차 오르기 시작했다.

피라미드 아래에 보물이 있었더라면 이 이야기는 거기서 더 이상 날개를 펴지 못했을 것이다. 이야기 내내 줄곧 던져왔던 메시지들은 공허한 우주의 파편으로 날아가 버렸을 것이다. 보물이 있어야 할 장소는 결국 피라미드가 아니라 이야기 초반에 나왔던 산티아고 고향 마을 교회와 나무가 있는 곳이었다.

주식이니, 코인이니, 재테크가 요즘의 보물이 되어가고 있다. 젊은 나이에 경제적 자유를 이루고 은퇴를 하는 파이어족도 대세다. 고물가에 흔들리는 경제 상황은 나날이 불안을 부추기고 있다. 눈에 보이는 보물은 갈증을 채워줄 수 없다. 갈증과 욕망은 영원하기 때문이다. 산티아고의 보물은 눈에 보이지 않는 것이었으리라. 먼 길과 시간을 돌고 돌아서 찾게 된 진정한 자신이라는 보물일 것이다. 보물은 우리 자신이다. 소위 몸값을 올리라는 말이 있다. 경제적으로 환산되는 몸값이 아닌 온전한 나만의 몸값을 높여야 한다.

건강한 습관이나 하고 싶은 공부 어느 것이든 상관없다. 꼭 결과가 나오고 물질적인 대가를 얻을 수 있는 것이 아니다. 자신을 바로 설 수 있게 하고, 넓고도 깊은 나만의 공부와 의식은 자존감을 높이고 보물 같은 존재로 거듭나게 한다.

우리의 마음에 보물이 있다는 진리, 하지만 그 진리를 깨닫기 위해서 모험은 필요하다. 그 모험은 물리적인 먼 거리를 떠나 찾아 나서는 것이 아니다. 여기 이곳에서 나라는 보물을 끊임없이 정교하게 세공하는 것이다. 일상에서라도, 내 몸과 마음에 귀를 기울이면서. 나이가 들었다고, 몸과 마음이 쇠약해져 간다고 우리의 신화를 더 이상 쓰지 않아서는 안 된다. 신화는 여전히 계속되며 우리는 금붙이를 내 안에서 만들어낼 수 있다. 우리는 산티아고이며, 연금술사다.

나의 기억전달자
- 글쓰기

'완벽한 삶'에 대해 누구나 한번 그려본다. 어느 잘나가는 배우가 찍은 광고처럼 아침부터 저녁까지 셀럽의 일상을 다음 생이 아닌 이번 생에 산다. 오래전부터 번아웃이 온 나는 에너지를 더 이상 발산하지 못하는 흐느적거리는 해파리다. 이제 AI 시대가 도래하니, 이런 나를 이끌어주고 관리해주는 AI 멘토가 등장한다. 나는 선택하지 않아도 되고 결정장애로 더 이상 시달리지 않아도 된다. 불안하고 막연했던 미래라는 무지개다리를 건너지 않아도 된다.

"모든 것이 완벽하게 통제된 세상이라…. 너무 멋져요. 나도 차라리 이렇게 살고 싶어요. 무엇을 하며 살아야 할지 고민하지 않아도 되고, 자식 땜에 속 썩을 필요도 없고. 뭐, 환상이네요.” 한 어머니께서 연극 대사를 읊조리듯이 탄식조로 말씀하신다.

주인공 조나스의 세계는 완벽하다. 모든 것이 통제되어 있다. 커뮤니티 구성원의 뇌에선 색깔, 감정, 기억, 다름이 삭제되었다. 전쟁도, 공포도, 더 이상의 고통도 없다. 따라서 선택도 없다. 공동체 내의 모든 사람은 정원사, 보모, 교사, 상담사 등 각자에게 주어진 역할을 맡고 있다. 그들은 컬러가 없는 흑백의 세상에서 완벽한 삶을 살아가고 있다. 12세가 되어 조나스는 기억전달자(The Giver)에게 기억 보유자(Reciever)로 발탁되어 특수한 훈련을 받는다. 스승만이 보유한 진정한 고통과 기쁨의 기억을 특수요원처럼 전달받고 훈련받는다.

“전 Delete키로 삭제하고 싶은 기억밖에 없어요. 지금도 사는 게 힘들어요. 왜 이리도 모든 일이 잘 안 풀릴까요?” 자전거로 장을 보러 가다가 다리를 다쳐 깁스를 하고도 북클럽에 나오신 한 어머니의 하소연이다. 기억이라는 것. 한때, 아니 내 생애 반을 그 기억이란 것에 저당 잡혀 왔다. 나를 옭아맨 족쇄가 된 그 기억들에서 벗어나고 싶어서 도망쳐왔다. 그렇다. 금쪽이 어머니 말씀처럼 내 인생의 Delete키가 있으면 얼마나 좋을까. 싹 다 지워버리고 다시 그릴 수 있게 말이다. 무지한 어른들에게 상처 받았던 기억, 늘 병약했던 몸으로 세상의 구석진 곳에서만 쪼그리고 있었던 기억, 안락하리라 여겼던 결혼과 가족이란 시장판에서 먹다 목에 걸려 숨을 멈추게 했던 생선 가시 같은 기억들.

"살아. 살다 보면 알게 될 거다. 지나가야 안다. 살이 되고 피가 되는걸." 엄마는 내가 목이 아파서 숨쉬기 힘들 때마다 등을 토닥여 주며 말씀하셨다. 그럴 때면 생각했다. 차라리 조나스의 세계처럼 모든 상처와 고통의 기억들이 삭제되고 삶에서 가질 수밖에 없는 두려움이 배제된 공간에서 살 수 있으면 했다. 내가 바라는 완벽한 세상인 듯했다. 공허한 인조인간 같지만, 고통을 피할 수만 있다면 타협할 수도 있을 거 같았다.

젊은 어머니들은 시행착오를 더 두려워한다. 아이들이 안전하고 빠른 길로만 가기를 원한다. 아이가 배고프면, 목마르면, 추우면, 더우면 즉각적으로 반응하고 채워준다. 그래서 그런지 아이들은 칭찬만을 바란다. 조금이라도 지적을 하면 걷잡을 수 없이 상처받는다. 여리고 여린 유리잔이다. 아이가 스스로 질문을 던지지 않고 개척하려는 의지 없이 타인이 만든 로드맵에 따라 사는 데 만족하는 사람이 되기를 원하지는 않을 것이다. 조나스가 스승으로부터 하나씩 기억을 전달받으며 사랑, 고통, 즐거움, 공포, 굶주림 같은 온갖 감정을 체험하며 진실을 각성해나가는 인격체가 되어갈 때 그의 세계는 혁명을 일으킨다. 헤르만 헤세의 소설 『데미안』에서처럼 알을 깨뜨리고 나와 창공을 향해 비상하는 새가 된다.

나는 성장소설을 좋아한다. J.D 샐린저의 『호밀밭의 파수꾼』, 은희경 작가님의 『새의 선물』등은 내 인생의 책들이다. 로이스 로리의 『The Giver』는 SF 장르의 미래소설이지만 현재 우리의 이야기다. 우리가 성장할 수 있는 원형을 제시한다. 이끌어주는 스승이 있지만, 스승도 완벽한 존재가 아니라는 점과 그럼에도 제자는 모든 것을 걸고 알을 깨고 나간다는 성장 이야기다. 어머니들은 묵시론적이며 영화 같은 이 이야기에 깊은 울림을 받았다고 나누셨다.

"선생님, 너무 재밌어요. SF 소설은 처음인데 읽을 만하네요. 영화로도 찾아봐야겠어요."

원작을 읽고 그 영화를 보면 실망하는 건 당연하다. 물론 예외적으로 원작을 능가하는 영화도 있지만, 이 소설의 경우는 실망이 컸다. 고민하고 방황하는 주인공의 고뇌가 배우들의 미숙한 연기로 인해 발하지 못한다는 느낌이었다. 영어 문장의 맛을 느끼며 한 줄 한 줄에 묘사된 그 장면들을 떠올리며 상상과 결합해 보는 이 과정은 영화라는 매체가 단면적으로 보여주는 비주얼과는 비교할 수 없다. 독서도 홀로 하는 것보다 나누면 배가 된다. 어머니 북클럽에서 읽은 책들은 어머니들의 고유한 인생들과 시너지를 일으켜 작품 이상의 작품이 된다.

열린 결말은 늘 멋지다.

For the first time, he heard something that he knew to be music. He heard people singing.

(난생처음으로, 그는 들었다. 그가 음악이라 알고 있었던 것을. 그는 들었다. 사람들이 노래하고 있음을.)

기억이 없으면 희망도 없다. 내가 부여잡고 왔던 고통의 기억들이 나의 희망이었음을 알았을 때 자각할 수 있었다. 인생이란 것이 그래도 살만하다는 걸. 하루의 일상이 AI 알고리듬에 지배되어 가고 있다. 영화로만 보던 영상들이 지금 나의 일상에, 머릿속에 일어나고 있다. 잃지 않으려고 바둥바둥했던 내 자존조차 지배받고 있다. 의지는 꺾이기 쉽고, 패배감이 스멀스멀 올라온다.

니콜라스 카의 『생각하지 않는 사람들』을 읽은 적이 있다. 미디어, 특히 인터넷이 뇌에 끼치는 영향에 관하여 서술한 명저다. 아직 밝혀지지 않은 영역이 더 많을 정도로 인간의 뇌는 신비한 존재다. 사소한 환경과 행동의 변화에도 영향을 받고 하루하루 쌓인 습관이 뇌 회로에 영향을 준다고 한다. 중요한 것은 뇌는 아이처럼 유연하고, 다채롭고, 변화무쌍하지만 즉각적인 빛과 같은 속도로 전달하는 경쟁적인 메시지와 자극으로 결국 산만해져 간다. 디지털 세계에 지배되고 있는 나의 기억과 사고는 위기에 처해 있는 것이다. 뇌과학과 심리, 미디어가 인간에게 끼치는 영향을 쉽지 않게 서술한 책이지만 그 메시지만은 명확하다. 생각하지 않는 사람들은 현실에 이미 도래해 있고, 괴물로 배회하며 이 별을 채워가고 있다.

조나스가 가짜가 아닌 진실한 감각의 세계를 발견했을 때 그의 지축은 흔들리고 지각이 뒤집혔다. 새로운 세상이 왔다. 글을 쓰기 시작했을 때 고통으로 얼룩진 기억들이 흐르는 강물처럼 내게로 왔다. 삭제시키고 싶었던, 외면해왔던 그 기억들과 감각들이 오롯이 되살아났다. 하지만 그 기억들은 천둥과 뇌우가 아니었다. 대지를 감싸고 품어주며 내리는 잔잔한 가랑비였다. 내 황량했던 대지에 촉촉이 스며들어 싹을 틔웠다. 글쓰기란 오묘한 치유의 매력이었다. 지우고픈 그 기억들은 오히려 거름이 되어서 내 삶의 밭을 기름지게 하고 있다. 나의 완벽한 세상은 성스러운 농부의 일상처럼 그렇게 조금씩, 한 걸음 한 걸음 다가오고 있다. 오늘도 운동하고, 공부하고, 읽고, 쓰고, 대화하는 것은 나를 잃지 않기 위함이다. 따뜻한 차 한잔을 마시며 베란다에 서서 먼 산들의 능선을 바라보며 넋을 놓는 것 또한 나를 잃지 않기 위함이다. 나는 어떤 기억을 보유해서 전달해 줄 것인가? 나만의 의미와 시간으로 채워진 기억들, 고통과 슬픔도 차곡차곡 정성스레 녹여 기름진 퇴비로 채워놓은 기억의 곳간을 전달하고 싶다.

어깨 위의 작은 새,
사랑을 말하다

유일한 딸이었던 내게 엄마는 의지를 많이 하셨다. 의지라기보다는 하소연이라는 게 맞겠다. 결국 의지와 하소연이란 단어는 같은 맥락이다. 둘 다 믿음과 공감이 담겨 있지 않으면 젓갈 빠진 김치니까. 남자들 천지인 집안에서 아들들이 엄마에겐 우선이었다. 든든했으리라. 하지만 여자로서의 모든 비밀과 슬픔을 공유할 수 있었던 대상은 내가 될 수밖에 없었다. 그래서 나를 힘들게 했던 엄마였지만 그래서 원망스러웠지만, 마지막 길을 가시기 전의 엄마는 힘겹게 온 숨을 토하며 속삭였다.

"이제 우리 공주 못 보겠네, 우짜노."

그렇게 가시면서 내게 주신 그녀의 온 사랑과 온 슬픔이 쓰나미로 덮쳐와 한동안 휘청거렸다. 하늘과 땅 사이에 홀로 버려진 성인 고아가 되어서 헐벗고 굶주렸다.

미치 앨봄의 『모리와 함께 한 화요일』을 읽으며 병상에 누우신 엄마가 내내 떠올랐다.

모리 교수와 제자인 미치가 나눈 영혼의 교감들을 보며 엄마가 가시기 전에 우리에게 주어진 소중했던 하루하루를 되돌려보았다. 죽음의 그림자가 떠돌던 그 늦가을의 병실에서 미동도 없이 누워만 계시던 엄마를 하염없이 바라보아야만 했을 때 무슨 생각을 했던가. 왜 이리 살아계실 때와 가실 때의 경계선이 구분되지 않고 모호한지. 죽음이란 원래 이런 것인지. 숨 가쁘게 쳐 내야 할 일과들을 쌓아둔 채 지루한 병상을 지키며 나는 지쳐가지 않고 모든 순간에 진심이었을까. 엄마와의 작별은 수없이 펼쳐지는 나를 보게 했다. 성공과 야망을 품었던 미치에게 크나큰 정신적 유산을 온몸으로 남기고 간 모리 교수처럼 엄마의 가신 자리가 크면 클수록 내 안에 존재하는 그녀의 유전자의 힘은 강해져만 간다.

삶과 죽음, 인생의 의미에 대해 죽음을 앞둔 노교수와 그의 제자가 나누었던 열네 번의 강의는 예전의 젊고 발랄했던, 세상에 겁이 없었던 내 젊은 날을 상기시켰다. 아버지에 대한 원망을 떨쳐버릴 수 없었고 용서의 손길도 내밀 수 없었다. 아버지에 대한 엄마의 조건 없는 순종과 이해도 납득할 수 없었다. 무지했고 고집만 센 노새였다. 아버지가 가실 때 침묵으로라도 옆에서 그의 영혼과 대화를 나누었더라면 나았을까. 그 당시 나 또한 난치병으로 요양을 가 있었기에 그의 임종을 지키지 못했다. 아버지를 제대로 보내드리지 못했다. 아버지는 평안하게 가셨겠지만 하지 못한 숙제처럼 아직도 내 가슴 한쪽은 여전히 서늘하다. 그 뒤로 '죽음'이란 것은 '준비되지 않은', '미완성된' 같은 불안정한 형용사로 내 무의식에 남게 되었다.

불교도들이 하는 것처럼 하게. 매일 어깨 위에 작은 새를 올려놓는 거야. 그러곤 새에게 '오늘이 그날인가? 나는 준비가 되었나? 나는 해야 할 일들을 제대로 하고 있나? 내가 원하는 그런 사람으로 살고 있나?'라고 묻게 하는 거지.

어머니 북클럽 도서로 이 책을 선정했을 땐 엄마가 가시고 그리 오랜 시간이 흐르지 않은 시점이었다. 이 고전과 같이 잔잔한 치유의 손길을 느낄 수 있는 이야기를 함께 나누며 아직도 아물지 않은 나의 아픔을 위로받고 싶었는지도 몰랐다. 하지만 아쉽게도 아이들을 키우는 어머니들은 아직 젊었고, 삶에 대한 기대와 열정이 넘쳐흘렀다. 그들에게 있어 '죽음'이란 것은 해가 뜨기 직전의 새벽 그림자에 불과했다. 슬프지만 아름다운 이야기라 공감은 하지만 깊은 성찰의 나눔은 불가능했다. 내 슬픔에서 비롯된 이기심에 한편으로는 죄송하기도, 서운하기도 했다. 하지만 이 아름다운 이야기를 함께 나눈 추억만으로도 언젠가는 그들이 깊은 슬픔의 바다에서 좌초되었을 때 잔잔한 위안의 파도가 되어주리라 믿는다.

이 소설의 문체는 가볍지만, 결코 쉽게 넘어가지 않는다. 페이지마다 모리 교수의 주옥같은 어록들로 가득 차 있기 때문이다. 어떻게 죽을지 배우면, 어떻게 살지 알게 될 거라는 그의 말은 죽음이라는 현상조차도 배우고 적용할 수 있다는 철학자의 태도다. 물질은 결코 우리를 만족시킬 수 없지만 우린 그것에 너무 깊이 몰두하고 있다며 일침을 가한다. 그리고 우리가 가진 관계, 우리를 둘러싼 우주, 이것들을 너무 당연하게 여기고 있다며 통탄한다.

나이가 들어갈수록 '죽음'을 성찰하는 이야기에 손이 가게 된다. 최근에 읽은 폴 칼라니티의 『The Breath becomes air』(숨결이 바람이 될 때)도 감명 깊게 읽었다. 물리학적인 죽음만이 현실인 신경외과 의사의 투병 이야기다. 애도하고 슬퍼하는 여유도 각박한 현실이다. 타인의 죽음은 한낱 가십거리가 되어가고 우리의 슬픔도 무디어만 간다. 가공할 만한 사고 속에 값없는 죽음들이 늘어만 간다. 오늘 하루가 무탈하게 지나갈 수 있기를 매일 기도하고픈 심정이다. 죽음의 색깔은 저마다 다르다. 그 어떤 형태의 죽음도 타인에게 영향을 끼치지 않는 것은 없다. 다만 고개를 돌리게 되고 외면하고 싶어지는 것은 무의식적이고 본능적인 이유다. '죽음'이란 신은 누구나 두려움에 떨게 한다. 모리 교수도 마지막 순간에 두렵다고 고백한다. 하지만 자기의 죽음을 지켜보고 싶다고, 용기를 잃고 싶지 않다고 덧붙인다. 취재 차 모여든 방송국 사람들 앞에서도 그는 스탠딩 코미디를 하듯이 담담하면서도 유머스러움을 잃지 않는다. 책을 읽으면서 죽음 앞에서 이렇게 완벽한 사람이 있을까 생각했다. 아무리 사실에 기반한 이야기라지만 작가가 미화한 부분도 있지 않을까 하는 추측도 했다. 진실이든 추측이든 어떤 죽음은 그 이상으로 깊은 메타포와 메시지를 전달한다.

엄마의 마지막 인사는 나를 감싸고 있는 우주적인 사랑이었다. 짧은 생애를 살아오며 피할 수 없는 애증의 모녀 관계였다. 그 사랑을 엄마도 생전에 알아주기를 바랐으리라. 하지만 자식이란 존재는 한 치 앞을 보지 못한다. 자신의 시력으로 보고 싶은 것만 볼 뿐이다. 아이가 속 썩일 때 내 사랑을 알아주지 못할까 봐 분노했다. 내가 그랬던 것처럼 그 아이도 그럴 뿐인 것을. 사랑이란 그런 것이 아닐진대 아직 나는 어리석고 부족하기만 하다. 지나고 나야 맑게 열리는 하늘처럼 진실을 볼 수가 있다는 건 어쩌면 축복일 수도 있다. 엄마의 사랑과 엄마가 된 내 사랑은 항상 그 자리에 머문다는 것을 깨닫는 축복.

이제 나는 더 이상의 상실감을 느끼지 않는다. 그 이상 무엇이 더 필요할까? 내 기억 속에 영원히 존재할 죽음은 더 이상 죽음이 아니며, 남겨진 무엇이기 때문이다. 타인의 죽음과 나의 죽음은 누군가에게 남겨 줄 선물이 될 수도 있다. 온 생을 살며 쓴 한 권의 경전일 수도 있다. 부족한 우리를 일깨워주는 스승이다. 나에게 죽음을 준비한다는 것은 알람 시계를 맞추는 것이다. 일어날 시각을 설정해놓고 베개에 이마를 대고 오늘을 생각하고, 내일을 떠올리는 것이다. 아직 그 외엔 없다. 더 나은 죽음을 맞고 싶은 나만의 의식이고 소망일 뿐이다. 얼마나 내공을 쌓아야 내 어깨 위에 작은 새를 올려놓을 수 있을까.

제3장

나의 영어 맛집 탐방기

맛있는 영어독서

외국어를 배우는 학습자에겐 저마다의 러닝 스타일이 있다. 아이들을 가르쳐보면 어김없이 드러난다. 각기 다른 성향의 아이들을 하나의 그룹으로 몰아넣고 인내심 있게 수업을 진행하는 선생님을 어찌 신의 경지에 이르렀다고 말하지 않을까. 열악한 조건 속에서도 꿋꿋이 해나가는 학교 선생님과 학원 강사들에게 존경을 표한다. 난 인내심과 체력에 일찌감치 한계를 느껴 일대일 코칭 방식으로 수업을 진행해왔다. 그 결과 각자의 성향과 속도에 따라 아이들의 능력과 나의 교수법을 조화시키고 최적화시킬 수 있었다.

학원을 시작한 초창기엔 시간이 어떻게 가는지도 모르게 재미있고도 흥미로운 원서를 많이 읽혔다. 외국어 학습에 있어서 그 나라에 대한 문화를 접하고 탐구하는 일은 필수적인데 문화를 흡수할 수 있는 가장 효과적이면서도 간접적인 방법은 원서 읽기와 영화 보기다. (직접적인 방법은 물론 그 나라에 가서 짧든 길든 살아보는 것이다.) 아이들은 짧은 동화부터 챕터북까지 오디오로 들으면서 읽고 말하기와 간단한 쓰기로 감상을 표현했다. 하지만 사교육 시장에서 시류를 따르지 않으면 살아남을 수 없다. 입시라는 아성이 굳게 버티고 있는 이 나라에서 공교육뿐 아니라 사교육의 영역에서조차 소신껏 버텨가기란 힘든 법이다.

학부모들은 체계적인 시스템을 원했다. 아이들이 열나게 영어 단어를 외우고 시험에 대비할 수 있는 학습용 영어를 원했다. 북클럽 어머니들은 늘 말씀하셨다.

"우리 금쪽이도 이렇게 영어소설 읽고 토론하는 수업을 했으면 좋겠어요. 너무 좋은 방식인 것 같아요. 우리만 하기엔 아깝다는 생각이 드네요."

"어머니, 제가 정말 지향하는 수업이에요. 하지만 학교 시험도 대비 안 할 수가 없네요. 내신 준비하랴, 수능 준비하랴, 할 것도 많은데, 원서 읽기는 방학 특강으로밖에 할 수 없네요. 현실이…."

이렇게밖에 말씀드릴 수 없는 마음에 씁쓸하고 안타깝기만 했다. 진짜배기 영어 학습을 알지만 불안함을 떨칠 수 없는 학부모들의 심정을 백 번 이해하기에 눈물을 머금고 그 시류에 편승할 수밖에 없었다. 하지만 남의 땅으로 망명을 가지 않고 이민 가지 않는 한 이 땅에서 진정성 있게 영어를 지치지 않고 재미나게 습득해나가는 방법은 원서 읽기가 가장 효율적이라고 감히 자부한다. 물론 개인의 차가 있겠지만 적어도 나에겐 그랬기에 적극적으로 권한다.

나의 원서 탐방기는 아주 오래전에 시작되었다. 오래된 동네의 오래된 집에서 오랫동안 유년 시절을 보냈다. 마당엔 작은 빌딩 높이의 목련 나무와 붉은 사루비아 화단이 있었다. 바람이 불면 자목련 꽃잎들이 춤을 추며 요구르트 향내를 내뿜었다. 사루비아 꽃잎을 뜯어서 빨대처럼 쪽쪽 빨면 꿀물이 입가에 흘렀다. 내가 평생 살아왔던 집 중 가장 아름다운 곳이었다. 문간방에는 할머니 한 분이 세 들어 사셨다. 독실한 종교인이었던 간소한 할머니 방에는 이불과 책들이 유일한 살림살이로 가족을 이루고 있었다. 외롭고 심심했던 나는 그 방에 들러서 이리저리 놓여있는 소책자나 그림책 성경 같은 것을 집어 들고 읽었다. 그러다 보면 나도 모르게 이상한 나라의 앨리스가 된 기분이 들곤 했다. 할머니의 종교 소책자들은 영어로 된 것도 많았다. 비록 읽을 수는 없었지만 풍부한 삽화들로 얼추 내용들을 파악할 수 있었다. 하지만 시간이 갈수록 어린 마음에 그 이국적인 꼬부랑 문자들을 모두 이해하고 싶은 갈증이 커져만 갔다. 그 당시엔 (80년대 라떼는) 재미있는 원서를 구하기는 불가능했다. ABC도 모르는 아이는 그 종교 서적들을 읽고 싶어서 안달이 났고 어리석게도 애꿎은 할머니를 졸라댔던 것 같다. (할머니 죄송해요. 그리고 그립습니다.) 대신 TV에서 방영되는 미드나 외국 영화를 탐식하는 걸로 갈증을 어느 정도 해소할 수 있었다.

대학에 진학해서 우연히 학교 도서관에서 발견한 영어소설들은 신세계였다. 강의 시간에 교수님이 읽어주시는 셰익스피어가 아니라 (나에게 셰익스피어는 지루했고 재미가 없었다!) 내가 정신없이 첫사랑에 빠져든 연인은 다니엘 스틸의 달달한 로맨스나 시드니 셸던의 막장 소설들이었다. 치열한 경쟁 끝에 간신히 대출해온 원서들을 정신없이 읽다가 가운데가 뜯겨나간 부분을 발견하면 정신이 혼미해졌다. 재미와 서스펜스가 결합된 이야기들은 영화 이상의 쾌락을 선사했다. 가끔 손때 묻은 이 소설들을 들춰보면 하도 많이 읽어서 예전과 같은 열정과 흥미를 느끼진 못한다. 줄거리를 훤히 알고 있기도 하지만 사랑이나 복수 같은 주제들에 대한 내 열정 또한 세월과 함께 퇴색되었기 때문이기도 하다. 하지만 욕하면서 보는 게 막장드라마라 하듯이 질리지 않고 잘 넘어가는 통속소설로 원서 읽기를 시작해 보는 것도 영어의 밭에 풍부한 거름을 줄 수 있는 꿀팁이라 본다.

요즘은 킨들 같은 전자책이나 오디오북도 인기가 있고 온라인 원서 읽기 프로그램도 다양하다. 하지만 나는 재생 용지로 만든 페이퍼백의 질감과 냄새가 더없이 좋다. 해외로 여행을 갈 때마다 반드시 빠뜨리지 않는 나의 습관이자 취미는 서점에 들러서 읽고 싶은 원서를 한 아름 구매하는 것이다. 집에 돌아올 때면 기념품이나 선물은 뒷전이고 책들로 가득한 짐들이 뚝딱 한자리를 차지한다. 외출 시에 휴대하기도 간편하고, 누군가를 기다리며 자투리 시간에 어디서나 펼쳐서 읽으며 즐길 수 있는 나의 유일한 최애 영어 학습법이다.

유발 하라리의 『사피엔스』(Sapiens), 『호모데우스』(Homodeus), 제라드 다이아몬드의 『총, 균, 쇠』(Guns, Germs and Steel), 마이클 센델의 『정의란 무엇인가』(Justice) 같은 인문, 철학서들을 요즘엔 많이 읽는다. 영어가 어렵다기보다는 내용이 어마어마하게 넓고 깊어서 사색하며 반복해서 읽는다. 인간과 세상에 대한 좁은 식견이 넓어지는 기분이다. 아이들뿐 아니라 모든 생애 학습자(우린 모두 평생 학습자들이다.)가 원서의 바다에서 넓고도 깊게 헤엄쳐가기를 바란다. 요즘 말로 가성비 짱인 학습법이자 덕질이다. 읽기만 하면 말하기도 잘할 수 있느냐고 많이 물으신다. 마지막까지 함께하신 북클럽 어머니께서 어느 날 말씀하셨다. 해외에서 일하는 남편 덕에 휴가로 가족이 1년에 한 번은 여행을 가신단다. 수년을 꾸준히 함께 영어소설을 읽었던 어머니는 가랑비에 옷 젖는다고 외국인을 보면 저도 모르게 마구 말을 붙여보고 싶은 충동을 느끼셨다. 어느새 점점 하고 싶은 말을 거리낌 없이 하는 자신을 발견하고 너무 뿌듯하고 대견하셨단다.

꾸준히 차고 넘치게 읽다 보면 어느 순간 쓰고 싶은 표현의 욕구가 일 듯이 외국어 또한 마찬가지다. 충분히 인풋이 되면 자연스레 아웃풋의 욕구가 일게 된다. 어머니들이 자투리 시간에 손에 폰 대신 책을 잡았으면 좋겠다.

책 많이 읽고 우아하게 영어도 할 수 있는 날은 멀리 있지 않다. 어느 유명한 언어학자의 강연을 보았다. 치매를 예방하는 법. 하루 한 잔 커피를 마실 것, 한 가지 외국어를 배울 것, 독서를 할 것. 이 세 가지를 한 방에 충족시키는 법이 있다. 매일 커피를 마시면서 원서로 된 책을 읽을 것. 멋지고 위트 넘치는 강연이었다. 원서 읽기 방법은 각종 매체에도 많은 꿀팁을 제공하지만, 변하지 않는 절대적인 진리가 있다. 자신의 수준과 취향에 맞는 책을 선정해서 꾸준히 읽어 나갈 것.

책 속에서 피어나는 동심

세수하고 거울을 보며 꼼꼼히 얼굴을 살펴보는 시간이 점점 드물어만 간다. 보습제 하나 대충 찍어 바르고 최대한 빨리 거울에서 돌아선다. 어느 날 눈을 떠 보니 거울 속엔 달덩이처럼 환히 빛나던 탱탱한 젊음은 온 데 간 데 사라져버리고 주름을 덕지덕지 떨군 흉측한 마귀할멈이 있었다. 그다지 외모에 집착하는 타입은 아니지만, 드디어 나에게도 정상까지 올라간 롤러코스터가 이제 하강할 시기가 오고야 말았다는 자각의 시간이 왔다. (막둥이 언어로 말하자면 '현타'라고나 할까.) 롤러코스터는 갈수록 가속도가 붙을 것이다. 산 정상에서 깊은 골짜기로 진입한 열차는 어떻게 될까? 부디 정동진역까지 남은 힘을 다해 달려가 황홀한 석양을 등지며 무사히 플랫폼에 안착하는 풍경을 떠 올려본다. 〈모래시계〉까진 찍지 않아도 좋다.

그래도 늘 젊음의 에너지를 수혈하고 새싹들의 푸릇한 기운을 받으며 하루를 보낼 수 있는 나의 일이 있어 행복하다. 방과 후 아이들이 학원 문을 열고 들어온다. 어떤 아이는 제 덩치만 한 등짐을 지고 양손엔 보조 가방을 질질 끌며 구부정하게 들어온다. 어떤 아이는 문도 채 열기 전에 "선생님, 선생님, 오늘 학교에서요…." 하며 석류알이 터져 통통거리며 구르듯 들어온다. 아이들의 모습에 따라 내 어깨 또한 구부정해졌다가 환히 젖혀지는 날개가 되기도 한다. 아이들도 나도 일용할 습관이란 양식으로 하루의 쳇바퀴를 굴린다. 학교 가고, 학원 가고, 숙제하면 하루가 간다. 밥하고, 청소하고, 일하면 하루가 간다. 하지만 그들의 세계와 나의 세계는 4차원과 3차원의 세계다. 숨 쉬는 공기도 다르고 꾸는 꿈도 다르다. 마땅히 그럴 수밖에.

나도 한때 야생인이었다. 가방만 던져두고 해가 질 때까지 고무줄놀이, 술래잡기, 낯선 동네 탐방에 야산 탐험까지, 〈나는 자연인이다〉 프로그램을 날마다 찍었다. 도시 태생에다 바람 불면 날아갈 듯 연약한 체력이었지만 내 안은 미지의 세계에 대한 동경과 호기로 들끓었던 것 같다. 쥘 베른의 『15소년 표류기』 중 한 명도 되어보고, 보물섬을 찾으러 합류한 짐 호킨스가 되기도 했다. 야산 어딘가에 묻혀 있을 것 같은 어느 백만장자가 강탈당한 거액의 존재를 믿어 의심치 않았다. 그럼 우리 집은 부자가 될 것이라는 꿈에 두둥실 부풀기도 했다. 우리 아이들은 어디에서 탐험할까? 디지털의 정글 숲에서? 그들의 의식과 세계에 동참하고 싶지만, 디지털 문명인이 아닌 나는 그럴 수 없다. 어느새 서로가 쓰는 언어조차도 낯설어져 갔다. 그들과 나 사이엔 통역사가 필요하다. 조만간 통번역대학에 들어가야 할 것 같다.

"선생님, 어제 3지구에 친구랑 마라탕 먹으러 갔는데, 존맛탱이었어요. 근데 제 친구는 맵찔이였어요."

"뭐라구? 선생님은 무슨 말인지 모르겠다. 다시 말해봐."

그들과 나 사이에 존재하는 보이지 않는 벽을 한탄할 수밖에 없다. 20세기의 인간이 21세기를 사는 아이들을 어찌 따라잡으랴. 백 년의 시간을 광속처럼 뛰어넘은 의식을 어떻게 쫓아가랴. 그렇지만 로알드 달의 『마틸다』와 『찰리와 초콜릿 공장』을 읽고 키득 키득대는 아이들을 볼 때는 나도 그들의 세계에 함께 있다. 저 북구의 신비한 나라에서 말을 타고 칼을 높이 치켜든 용감하고 기괴한 삐삐 롱스타킹이 된다. 더불어 평범하고 순수한 찰리가 초콜릿 포장지 안에서 골든 티켓을 발견하듯이 성실하고 겸허한 사람들이 인생의 로또를 맞았으면 꿈꿔본다. 허영과 이기심으로 가득 찬 어른들에게 통쾌하게 한 방을 날리는 지혜로운 마틸다들이 많이 나오길 바란다.

'아이돌이 되고 싶어요.', '유튜브 크리에이터가 되고 싶어요.' 아이들의 꿈은 나의 꿈과 다르다. 그들의 꿈은 어른들이 장치한 영화 세팅 속의 그것처럼 보인다. 영화 〈트루먼 쇼〉처럼 정교하고 완벽하게 만들어진 가공적인 세계의 꿈이다. 어쩌면 이마저도 나의 갇힌 시선일지도 모른다. 아이들의 그릇은 용량이 없고, 국경도, 깊이도 없는 무한의 세계인데 나의 쓸데없는 노파심이 그들을 규정해 버리는 것이다. 내가 디지털 원시인이라서 그런지 모르겠다. 아니면, 인정할 수밖에 없겠지만 꼰대가 되어버렸기 때문인지도.

"선생님, 좀 전에 경찰에 신고했어요."

"무슨 일이야? 싸웠어?"

"아니요, 요 앞길에 휴대폰이 떨어져 있기에 제가 주워 경찰에 신고했어요."

"우와~ 세세토록 복 받을지어다~!"

부끄러웠다. '경찰'이란 단어에 부정적인 검은 구름 떼만 머리에 두둥실 떠올렸다. 한때 정의로웠던 삐삐 롱스타킹이 낡고 해졌지만 버리기 아까워 식탁 의자 발에 신겨준 덧버선이 돼버리다니. 가장 중요한 것은 살아 있어야 한다. 아이들에게 옳고 그름, 정의와 불의를 판별할 수 있는 능력의 씨앗을 심어주는 임무는 어른인 우리에게 있다. 결국 아이는 어른의 거울이다.

틴 노벨 시리즈나 챕터북을 읽어보면 잃어버렸던 동심을 발견할 수 있다. 주저하지 않고 두 주먹을 불끈 쥐고 눈에 힘을 주며 소리쳤던 나를 찾을 수 있다. 계산기를 우선 두드리고, 비굴하게 물러서고, 가슴보다는 머리를 먼저 굴리게 된 나는 찾아볼 수 없다. 차라리 무식하게 돌진하는 티라노사우루스가 백 배 낫다는 교훈도 얻을 수 있다. 변함없이 챕터북계에서 스테디셀러의 자리를 지키고 있는 메리 폽 오스번의 『매직 트리 하우스』 시리즈는 초보 원서 독서가들에게 인기가 높다. 잭과 애니 남매가 시공간을 넘나들며 모험을 하고, 성장해가는 이야기들 속엔 시간여행이란 매력적인 키워드와 더불어 흥미로운 지식도 보물처럼 쌓여 있다. 스토리에 깊이 빠진 아이들은 자신도 모르게 시간여행을 즐길 수 있다. 종이책을 만지면 마음이 편안해지고 흑백의 간결한 삽화는 상상력을 부추긴다.

온라인 프로그램이 장착된 커리큘럼으로 수업을 하는 영어 학원이 대세다. 선생님은 필요가 없다. 로그인과 로그아웃으로 끝나는 수업의 주인공은 오롯이 AI이고 아이들은 관객이다. 그래서 누구나 이제 영어 학원도 마음만 먹으면 창업할 수 있는 시대다. 이러한 시장에서 나 같은 아날로그 선생은 언제든 대체될 것이다. 시간문제다. 구식 아날로그 선생을 만난 아이들은 거친 재생 용지의 종이책의 질감을 느끼며 20세기로 회귀한다. 이 디지털 세계에 나 같은 사람도 하나쯤 있으면 색다르지 않을까 싶다. (어쩌면 AI가 지배하는 세상에서 오히려 대체 불가한 존재가 될 수 있을지도 모른다.)

중요한 건 20세기 건, 21세기 건 그들 한 명 한 명의 꿈을 소중하게 어루만지고 보듬어야 한다는 것이다. 아이들의 세계가 최대한 온전히 보전될 수 있도록 앞장서야 한다. 포기해선 안 된다. 온갖 해충과 비바람을 맞고서도 강인하게 활짝 피어나는 한 송이 한 송이의 꿈들로 여물 수 있도록. 더불어 묻혔던 나의 꿈들도 기지개를 일으키며 깨어나기를 소망해본다.

'나'라는 고유의 작품

크리스마스 시즌이 마냥 반갑지만은 않은 한해다. 팬데믹의 여파로 모든 것이 달라졌다. 물가도 폭등하고 덩달아 마음도 위축된다. 그래도 아이들의 마음엔 아직도 크리스마스 트리가 따뜻하게 반짝이고 있다. 크리스마스 선물을 하나씩 예쁘게 포장했다. 오랜만에 손글씨로 카드를 써 보았다. 얼마 만인지. 수백 년은 되었을 것 같다. 평소 악필이라고 생각했기에 한 글자 한 글자 쓰는 데 시간이 더 걸렸다. 아이들은 모두 다르기에 카드에 넣는 메시지도 다양하게 쓰고자 신경을 썼다. 아이의 취향과 성격에 맞게 의미를 담아서 개성 있게. 코로나로 무신경했던 내 감성이 별안간 살아난 걸까. 위축되어 자신의 시간을 누리지 못하는 아이들이 여느 때보다도 더 안쓰러웠을까.

손마디와 팔은 아팠지만, 마음은 괜히 설렜다. 크리스마스가 지나고 아이들에게 물어보았다. 선물이 맘에 들었느냐고. 한 아이가 말했다. 선물보다 손글씨 카드가 맘에 들었다고, 손글씨 카드는 처음이었다고.

그래, 이제 전통이다. 내 손글씨 카드는 매년 계속될 것이고 내 팔이 아픈 만큼 내 맘은 행복할 것이다.

다행이다. 이렇게 글을 쓰는 여유조차 사라진다면 올겨울은, 연말은 견딜 수 없이 춥고 황량할 것이다.

어릴 때 시내와 그리 멀지 않은 동네에서 살았다. 몸과 마음이 춥고 외로울 땐 30분 남짓의 길을 걸어서 시내로 갔다. 당시엔 저작권 문제가 없었기에 거리는 온갖 음악이 별세계처럼 쾅쾅 울리고 수많은 인파와 더불어 축제로 넘쳤다. 어른들 틈에 휩쓸려서 때로는 흥겹고 때로는 슬프고 애잔한 음률에 취했다. 좌판 위에 수북하게 쌓여 있는 신기하고 멋진 물건들과 화려한 쇼윈도에 나는 넋을 잃어버리곤 했다. 그 시절의 크리스마스는 유난히 기억에 남는다. 요이~땅 하고 12월로 달력이 넘어가자마자 거리엔 온통 캐롤의 물결이 들이닥쳤고 구세군의 종소리가 딸그랑딸그랑 어우러지는 이국의 문화에 내 가슴은 마냥 부풀어 올랐다.

찰스 디킨스의 『크리스마스 캐롤』은 크리스마스가 돌아오면 빠지지 않는 단골 레퍼토리였다. TV에서 방영되는 영화로 처음 접한 이 작품을 원작으로 읽고 나서 디킨스의 소설들을 게걸스럽게 찾아 읽었다. 이렇게 재미있는 이야기꾼이 있구나라는 한숨과 함께 『올리버 트위스트』 또한 영화로도 보고 소설을 찾아 읽었다. 『위대한 유산』을 보고, 읽고 난 후 생각했다. 이 사람은 천재라고. 영화를 먼저 보고 원작을 읽는 경우는 그래도 낫다. 하지만 그 반대의 경우는 대폭망이었다.(내 기대가 너무 컸을 수도 있다) 물론 영화와 소설은 서로 다른 예술 장르지만 원작을 스크린으로 옮긴 경우는 자연스럽게 둘을 비교하지 않을 수 없다.

로렌 와이스버거의 『악마는 프라다를 입는다』는 영화로도 크게 성공했었다. 하지만 내 눈엔 샤넬, 디올, 마놀로 블라닉(이것이 구두 상표라는 것도 처음 알게 되었다) 등 온갖 명품에 초점을 맞추며 패션계의 화려함과 역동성, 그 세계에 종사하는 인물들의 외면만이 두드러진 영화였다. 원작을 읽어 보았다. 패션계의 전문 용어와 슬랭이 꽤 등장하는 대화들이 세련되게 느껴졌지만 정작 나에게 인상적으로 와닿은 주제는 사회 초년생 앤드리아의 성장이었다. 악마 같은 상사에게 갑질을 당하며 좌충우돌하는 가운데 차츰 성장해나가는 그녀의 성년식 통과의례가 주는 감동이 오래도록 남았다. 이전에 말했듯이 나는 성장소설을 유난히 좋아한다. 내 안에 여전히 끊임없이 성장하고픈 욕구가 있어서 일지도 모르겠다. 『그리스 로마 신화』의 모든 영웅담이 그렇듯이 헤라클레스 같은 불완전한 데미 갓(반신반인)은 자신에게 주어진 죽음보다 더한 역경들을 극복하고 성장해나간다. 이러한 영웅담이 평범한 인간의 삶으로 구현된 작품들은 언제든 즐거움을 준다. 때로 늘어지고 풀죽은 패배자로 느껴질 때 위로와 용기를 준다.

엘리자베스 길버트의 『먹고, 기도하고, 사랑하라』(Eat, Pray, Love)는 흥미로운 제목에 이끌려서 원작을 먼저 읽게 되었다. 도입부에 사랑이 떠나가고 절망한 리즈가 어느 날 욕실 바닥에 무릎을 꿇는 장면이 있다. 자연스럽게 절망의 기도를 읊조리는 리즈의 눈물은 소설 전체에서 유일하게 나에게 아로새겨진 장면이다. 요즘 말로 하면 '현타'(현실 자각 타임)가 왔다고나 할까. 하지만 이 말로는 부족하다. 당시에 나 또한 벼랑 끝에 몰려 폭풍이 불어닥치는 절벽에 홀로 서 있었다. 지푸라기 하나도 잡을 수 없이 발가벗겨져 맨몸으로 차가운 세상에 내쳐진 시간과 나는 하나였다. 실제로 샤워를 하다가 나도 모르게 바닥에 주저앉아 무릎을 세우고 머리를 감싸 쥐며 펑펑 운 적도 있었다. 리즈의 절망과 아픔이 곧 나의 것이었다. 하나의 작품을 감상하는 개인의 취향은 천 겹의 밀푀유처럼 저만의 서사로 고이 저장된다. 욕실 바닥에서 일어난 뒤 리즈가 다른 생을 살기로 결심하는 순간 어느덧 나도 그녀와 함께 이태리, 인도, 발리로 떠나고 있었다. 그녀가 되어서 먹고, 기도하고, 사랑했다. 책의 마지막 장을 덮는 순간 달콤한 아쉬움과 함께 내 피는 다시 돌고, 입술은 장밋빛으로 생기를 띠었다.

하지만 영화는 30대 이혼녀가 남자를 찾아 헤매는 단순한 연애담에 음식과 이국의 풍광을 적절히 버무려 놓은 값싼 샐러드로 전락해 있었다. 줄리아 로버츠라는 관록 있는 배우의 연기는 예상과는 달리 깊이가 부족했고, 삶의 고뇌와 치유, 균형이라는 원작의 메시지는 어디에서도 볼 수가 없었다.

그 이후로 결심했다. 영화는 영화로 즐기고, 쓸데없이 원작을 찾아보는 수고로움은 하지 않겠다고. 줏대 없어 보이는 이 결심도 신뢰 못 할 변덕스러운 취향이다. 물론 언제나 예외가 있듯이 내 인생의 넘사벽(넘을 수 없는 사차원의 벽)을 넘어버린 영화가 있긴 있었다. 이문열 작가님의 소설이 원작인, 박종원 감독님의 영화 〈우리들의 일그러진 영웅〉이다. 원작의 결말과 달리 안티 히어로인 엄석대의 위엄을 지켜준 감독의 배려와 창의력이 돋보였다. 그 바뀐 결말이 화룡점정이랄까. 가슴으로 쿵 들어왔다. 그 영화를 보고 '아! 원작보다 훨씬 더 낫구나, 능가하는구나, 이것이 감독의 역량이구나.' 하는 한숨이 원작의 결말에 다소 헛헛했던 내 결핍을 채워주었다. 그 행복감이 한동안 올라가는 엔딩 크레디트와 함께 흘렀다.

원작이든 영화든 쉽게 접할 수 있는 생활 속의 예술이 있기에 행복하다. 그 많은 재료와 레시피가 쌓여 맛있는 생각들이 만들어지고 삶을 윤택하게 한다. 무조건 책만 많이 읽어라, 만화책은 보지 마라, 이런 훈계들 틈으로 비밀리에 나만의 기쁨의 샘을 간직해왔다. 음악을 들을 때, 그림을 그리거나 감상할 때, 흙을 빚어 찻잔을 만들 때, 유리창을 닦을 때 하늘의 모든 영감의 새들은 살포시 내려앉는다. 이렇게 내가 느꼈던 감상을 나누고자 글로 한 자씩 쓰는 순간에도 기쁨과 기대가 줄줄이 사탕처럼 이어진다.

고달픈 하루를 마감하며 각자가 좋아하는 자신만의 예술을 즐기는 시간을 가질 때 우리의 인생은 넘사벽을 쌓아 올릴 수 있다. 자신만의 시간이 없다며 한탄하지만, 자투리 시간마다 무의식적으로 폰을 들여다본다. 티끌 모아 태산이라고 그 시간의 티끌을 모으면 쏠쏠하다. 그 시간은 나만의 시간이다. 예술은 나와 동떨어진 게 아니다. 좋아하는 책을 읽고, 영화를 감상하는 것만으로도 생활 속 예술을 즐길 수 있다. 소설이나 영화에서 인상 깊게 남은 장소를 여행해본다면 금상첨화다. 박경리 작가님의 『토지』를 읽고 하동을 여행했을 때 감회로 가득 차올랐다. 가슴속에서만 머물렀던 작중 인물들이 물리적으로 구현되는 듯했다. 소설 속의 삶은 넘사벽 같지만 결국은 우리의 삶이 소설이고, 오리지널이다. 나란 원작은 누구도 넘을 수 없는 독창성이다. 나라는 원작을 넘사벽으로 만들어가는 오늘은 위대한 예술가의 삶이다.

가성비 만점
인문학 원서 읽기

유발 하라리의『사피엔스』와 제라드 다이아몬드의『총, 균, 쇠』를 원서로 읽는다? 에베레스트산을 올려다보는 고개는 꺾이고 가슴엔 쿵 에밀레종이 떨어진다. 인문학을 원서로 읽는 것은 Page Turner(흥미진진해서 책장이 잘 넘어가는 책)인 추리소설이나 연애소설을 읽는 것과는 차원이 다르다고 생각할 수도 있다. 일단 책의 두께에서 압도되고 제풀에 꺾일 수 있다. 딱딱하고 건조한 문체와 뭔 말인지도 모를 난해한 단어들이 줄을 잇고 갈수록 산 넘어 산이다. 단어 하나하나를 찾아서 겨우 한 문장을 해독한 후 다음 문장으로 넘어간다. 한 줄의 블록이 꽉 채워지면 사라져버린다. 테트리스 게임이다! (소싯적에 많이 한 게임이다.)

『총, 균, 쇠』를 읽을 땐 고급 영어에 대한 로망과 당시의 인문학 열풍이라는 트렌드를 맹목적으로 쫓아가고자 하는 허영심도 한몫했다. 초반에 나가떨어지지 않기 위해 사전은 아예 옆에 두지 않았다. 모르는 단어에 부딪히자마자 그 실체를 벗기고자 하는 원초적인 본능을 억누르고자 했다. 머리에도 힘을 뺐다. 다이아몬드라는 세계 유수의 석학이 아닌 이웃집 아저씨랑 편안하게 대화하고자 마음먹었다. 인문학은 어차피 인간을 다룬 학문이다. 그냥 계급장 떼고 인간 대 인간으로 서로를 알아가며 저자와 진솔하게 소통하는 것이다. 『총, 균, 쇠』를 읽고 눈물지었다는 말은 지금까지 누구에게도 고백한 적이 없다.

전공을 선택할 때 문학도 좋았지만, 고고인류학이나 역사에도 관심이 갔다. 영화 〈인디아나 존스〉의 영향을 받았는지는 모르겠지만 고고인류학과 동아리 친구들을 볼 때마다 약간의 선망도 있었다. 그들은 자칭 '노가다'라 불렀지만, 인류의 비밀을 발굴해서 세상에 알리는 작업이 나에겐 더 없이 매혹적으로 보였다. 이 책은 내용도 내용이지만 그 이면에 흐르는 저자의 인간을 향한 절절하고 깊은 애정을 마주할 수 있었다. 동양과 서양, 북반구와 남반구, 이 푸른 지구라는 별의 80억 인간에 대한 고차원적인 포용과 이해와 애정이 없었다면 이 명저는 나오지 못했으리라 확신한다. 나 또한 잘못된 역사관과 편협한 시각에서 비롯된 우주관의 노예였다. 선천적이고 유전적인 우월함이 인종 사이에 존재하고, 문화의 다양성이 아니라 상위와 하위의 문화가 존재한다고 믿었다. 아프리카 대륙이나 파푸아뉴기니가 낙후되고 빈곤할 수밖에 없는 이유를 깊이 생각해 본 적도 없었고, 식민지와 피식민지 간의 관계는 단순한 힘의 논리로 여겼다. 접시 물에 코를 박고도 숨이 멎을 수 있을 정도로 내 우주는 우물 바닥에서 보이는 동그란 하늘에 불과했다.

인생은 '랜덤'임을 당연히 믿어왔다. 내가 잘못해서 내 유전자가 열등해서 금수저로 태어나지 못했다는 논리는 결코 가져본 적이 없었다. 자본주의와 정치의 폐해로 우리 개인은 희생타가 되었을 뿐이며 금수저, 흙수저 또한 태어나보니 그렇더라는 우연에 불과할 뿐이라 생각했다. 그로 인해 부러움을 느끼거나 자괴감에 빠진다는 것은 내 자존감을 스스로 짓밟는 행위라고 생각했다. 하지만 인류의 역사 또한 '랜덤'이었다는 저자의 주장은 나에게 신선한 충격이었다. "어떤 특정한 문명을 만든다는 것은 인간의 창의력이나 지능의 문제가 아닌 필요와 기회 때문이다."라고 저자는 말한다. 내가 생각했던 문화의 우월과 열등의 개념은 모두 허상이었고 피정복자에 대한 정복자의 정당화였다. 요약하면 이 책은 환경의 차이와 특정한 조건으로 어떤 문명은 발전할 수 있었고, 어떤 문명은 퇴보할 수밖에 없었다는 시각, 즉 베이스와 출발선이 다른 인류의 발전 과정을 새로운 각도로 조망했다는 것이다.

물론 모든 것을 우연의 산물로 받아들이는 건 어리석다. 우연이란 걸 패배자들의 자기합리화로만 결론짓기엔 삶이란 것은 그리 단순한 것이 아니다. 개인은 주어진 불리한 환경을 탓하지만 말고 딛고 일어서서 극복해야 한다고 주장하는 자기 계발서의 성공한 사람들이 미디어에 넘쳐나는 오늘이다. 서점이나 유튜브를 방문할 때면 성공한 이들의 얼굴이 대문짝처럼 박혀 있는 책들이 전면에 진열되어 있고 그들의 강연장은 환호로 들끓는다. '성공'이란 단어는 신흥 종교의 교주가 되었고 '마약'으로 유통된다. 구대륙, 신대륙 할 것 없이 승자만이 기억되고 나머지는 루저로 묻힐 뿐이다. 인생이, 인류사가 랜덤이면, 그 랜덤이라는 카테고리 안에서의 성공이, 승자가 과연 무슨 의미가 있을까? 1퍼센트의 승자가 99퍼센트의 루저 없이 홀로 빛나고 번영하는 별로 지탱할 수 있을까?

혼자 살기에 약한 존재라서 두려운 게 아니다. 공존하지 않을 수 없는 존재라는 것이 두렵다. 그 신성하고도 오래된 진리를 외면해왔다는 사실이 두렵다. 랜덤이라는 건 그러한 책임이 내포되어 있는 것이다. 우연과 포기만을 따르는 것이 아니다. 500여 페이지의 장을 덮은 후에 서로 다름을 인정하고 보듬어 주어야 공존과 번영을 할 수 있다는 열린 답이 내 가슴으로 스며들었다.

빈번히 등장하는 단어와 표현들에 익숙해져 가다 보면 영어라는 장벽을 넘어 재미와 감동, 지혜를 얻을 수 있다. 사실 처음엔 우리말 번역본을 읽어 보려 했다. 내심 어려운 책이라 여겨 원서를 먼저 읽는다는 건 부담으로 와 닿았다. 하지만 막상 3분의 1 정도 인내심 있게 읽어 나가다 책을 덮어버리고 말았다. 번역본 문장들이 더 어려워서 집중이 되지 않았고 책장은 넘어가지 않았다. 오히려 원서를 읽어보니 그리 어렵지 않은 문장들이 더 쉽게 이해가 되었다. 갈수록 흥미로운 내용과 생각해 볼 만한 주제들로 이어지는 사이에 책장은 술술 넘어갔다. 역사학도인 큰 애에게 이 책을 적극적으로 권했음은 말할 것도 없다. 이 책을 읽고 나서 유발 하라리의 『사피엔스』, 『호모 데우스』, 『21세기를 위한 21가지 제언』, 마이클 센델의 『정의란 무엇인가』, 『돈으로 살 수 없는 것들』 등 그간 서점에 갈 때마다 부러움의 눈길로만 바라보던 작품들을 나만의 인문학 향연으로 이어가며 가슴을 열고 원서로 즐길 수 있었다. 인문학서를 몇 권 읽었다고 내가 더 똑똑해지고 고급 영어를 구사하게 되었는가? 그렇지 않다. 인문학 열풍이 부는 트렌드를 따라 교양 있고, 있어 보이기 위해 인문학을 읽는다면 차라리 일일 연속극을 보는 게 낫다고 생각한다. 사람을 알고 이해하기 위한 경건한 의도를 가지고 읽는다면 백 배의 성과를 거둘 수 있다. 성공이란 결국 돈이 아니라 사람을 알아야 한다. 그 첫 출발은 나 자신이다. 마지막 장을 덮었을 땐 결국 그것은 나를 알아가는 공부였고, 내가 기록으로, 역사로 남았다.

'Kill two birds with one stone', 'the best of both worlds'

우리말로 한 가지 일로 두 가지 이익을 얻는다는 '일석이조', '일거양득'의 속담에 해당하는 표현이다. 가성비를 좋아하는 요즘이다. 인문학을 원서로 읽으면 교양과 지혜와 더불어 고급 영어의 맛도 느낄 수 있다. 1+1이 아니라 1+α라는 꿀템을 할 수 있다. 여기서 α란 '나'다.

영화 속 그녀들처럼 나도 글을 쓰렵니다

글 쓰는 여자들을 언제부터 동경했는지 모른다. 19세기에 태어난 여자도 20세기에 태어난 나도 다를 바는 없는 것 같다. 자식을 낳고 일을 하면서도 가사를 처리해야 하는 멀티테이너다. 물론 보모를 두고 도우미를 쓰면서 안락한 삶을 누리는 여자들도 있다. 지금도 여전히 계급사회니까. 그렇다고 이들을 괄호 밖에 두고 싶진 않다. 그것이 품위 유지건 대외활동이건, 그들만의 삶의 고락을 겪고 있기에. 그들을 동경한 적은 없었다. 쓸데없는 관심과 질투심으로 에너지를 낭비하고 싶지 않았다. 하지만 이상하게도 글을 쓰는 여자들에 대한 동경은 멈출 수 없었다. 프랑수아즈 사강처럼 유복한 환경에서 방종하게 살다 가든, 소박하게 살든, 우울증에 시달리다 스스로 생을 마감하든, 단명하든, 다양한 계층과 환경에도 불구하고 부단히 글을 썼다는 것은 자신의 흔적을 남겼다는 것이고 제한적인 시대와 사회 속에서도 자신을 표현하고자 했던 용기와 의지를 가졌다는 것이다. 그래서 그들을 향한 나의 해바라기는 오늘도 타오르고 있다. 영화 속에서 구현된 그들의 모습은 내 가슴을 고동치게도 했고 우수에 젖게도 했다.

서로 다른 시간과 공간을 살아가는 세 여자의 삶이 유기적으로 연결되는 영화 〈디 아워즈〉(The Hours)는 버지니아 울프의 마지막 순간으로 시작된다. 양 주머니에 가득 조약돌을 채우고 강물 속으로 잠겨 드는 장면은 비극적이지만 전쟁 같던 그녀의 삶이 기어이 평화를 찾았다는 안도감을 주기도 했다. 섬약한 신경과 감수성을 지닌 그녀가 담배를 물고 책상에 앉아 고뇌하며 글을 쓰는 모습에 인간의 삶이지만, 삶을 마감하는 결정도 주체적으로 할 수 있다는 무언의 외침이 들렸다. 번뇌의 절정이 흐르는 강물로 녹아드는 장면은 비극이라기보다 안식으로 그려졌다. 사실, 울프의 소설은 얕고 빈약한 지성을 가진 나에겐 난해했고 그 깊이를 가늠할 수 없었다. '의식의 흐름의 기법'이 특징인 그녀의 작품들을 따라가다 어느 순간 그 의식의 흐름 속에서 익사해버렸다.

하지만 삶 자체가 하나의 작품인 그녀를 추앙하지 않을 수 없다. 에세이 『자기만의 방』에서 그녀는 말했다. 여성이 소설을 쓰려면 돈과 자기만의 방이 필요하다고. 이 구절은 지금도 변함없이 나에게 지대한 영향을 끼치고 있다. 남자들만 득실대는 집안에서 유일한 딸인 나는 안데르센의 동화 『백조왕자』에 나오는 엘리자 공주를 혐오했다. (마법에 걸려 백조로 변한 열한 명의 오빠를 위해 자신이 희생하는 권선징악 스토리) 가족에게 속박되기 싫었고 강인하면서도 독립적인 여성을 늘 꿈꾸었다. 그 소망을 이루었는지는 잘 모르겠다. 글을 쓴다고 독립적인 삶을 살 수 있는지는 모르겠지만 적어도 자신의 영혼을 돌볼 수 있는 삶을 살 수 있다고 한다. 매사에 의존적이고 보호받고 싶은 사람은 글을 쓸 수 있는 여유를 가지기엔 역부족일 것이다. 이렇게 짧게라도 생각해 보고, 돌아보며, 나의 단상들을 쓰는 행위를 함으로써 한 평 정도에 불과한 내 마음 평수가 더 넓어짐을 느낀다. 영화 〈디 아워즈〉의 원작은 마이클 커닝햄의 소설이다. 마치 작가가 버지니아 울프에게 바치는 헌사처럼 여겨지는 인상적인 이야기였다.

제인 오스틴의 사랑을 다룬 영화 〈비커밍 제인〉은 지금도 가끔 즐겨 보는 영화다. 현대물보다 고전물을 좋아하는 취향답게 고풍스럽고 화려한 의상이나 절제되면서도 우아한 대사들이 내 눈과 귀를 즐겁게 한다. 영화엔 픽션이 가미되었겠지만, 그 이유로 좋아하는 작가의 삶을 유추해 볼 수 있는 즐거움을 주었다. 가난한 집안의 소박한 여성으로 태어난 제인은 사랑도 최선을 다해서 선택하지만 결국 포기해야만 한다. 사랑하는 사람을 위해서 결정적인 선택을 했지만, 결과적으로 독신의 삶을 살게 된다. 그녀는 평범한 한 남자의 아내란 삶 대신 작가의 길을 가며 독립적인 삶을 살았고 훗날 안정적이고 평온한 미소로 옛 연인과 다시 만나게 되는 결말은 잔잔한 기쁨을 던져 주었다.

제인이 사랑을 선택하고 가정을 꾸리며 자신의 커리어를 포기했다면 지금까지 우리는 그녀의 작품들을 벗할 수 있었을까. 삶은 신비롭다. 콩 심은 데 콩 나고 팥 심은 데 팥 나듯 그리 단순하지 않다. 내가 선택한 삶이라 해도 온전한 만족감을 가져다주진 않는다. 중요한 건 일이든, 사랑이든 무엇을 선택하더라도 상황에 떠밀리는 수동적인 태도가 아니라 주체적으로 선택해야 한다. 후회로 남을지라도.

비록 이 영화는 글 쓰는 오스틴보다는 그녀의 사랑에 초점을 맞추었지만 이러한 드라마틱한 경험이 작가로서의 그녀를 성장시켰을 것이라는 상상의 여지를 남겨주었다.

미국의 시인인 실비아 플라스의 삶을 그린 영화 〈실비아〉를 보는 내내 마음이 울적했다. 여자와 남자에게 결혼이란 덫일까. 생존을 위한 방편으로 한때 결혼이란 제도가 존재했지만, 여전히 행복한 결혼에 대한 기대는 사람들에게 로망으로 남아 있다. 사람들은 그래서 서로의 삶을 사랑 안에서 나누기 위해 가정을 꾸리고 아이를 낳는다. 하지만 결혼이란 제도 안에서 우리가 얻는 것과 잃는 것은 무엇일까 생각하게 되는 요즘이다. 사회, 경제적인 불안함 속에서 손 이익을 따져 본 결과 결혼을 선택하지 않는 이들이 늘고 있다. 분명한 건, 개인의 본성과 개성을 매몰시킨다면 이 제도를 신중하게 생각해봐야 한다. 아무리 학벌과 능력이 뛰어나더라도 결혼과 동시에 경단녀(경력 단절 여성)의 대열에 합류할 수밖에 없는 여성들이 여전히 많다.

천재적인 감수성을 가진 재원인 실비아는 촉망받는 시인이었다. 마찬가지로 시인인 테드 휴즈를 만나서 사랑에 빠지고 가정을 꾸린다. 남자는 변함없이 글을 쓰고 자신의 문학세계를 성공적으로 구축해나간다. 하지만 그녀가 가진 창의성의 날개는 두 아이를 돌보고 가사에 지친 나머지 꺾여만 간다. 자신의 꿈과 현실 사이의 충족되지 못한 괴리로 서른 살의 나이에 아이들을 남겨둔 채 오븐에 머리를 집어넣어 극단적인 선택을 하고야 마는 여자 예술가의 비극은 여전히 풀 수 없는 문제로 남아 있다. 지금도 자신의 커리어와 가정 사이에서 갈등하며 힘겹게 일상을 살아내는 우리의 모습이다.

그럼에도 글 쓰는 여자는 아름답다. 위대하다. 삶을 치열하게 산다. 글을 쓰든, 운동을 하든, 생계를 꾸리는 어떤 일을 하든, 자기 일에 몰두하는 이는 아름답다. 예전에 도예공방에 잠시 다닌 적이 있다. 한 언니는 20년간 도예를 하셨는데 전문 도예가가 아니라 아마추어로만 즐긴다고 하셨다. 집 뜰 한쪽에 비닐하우스를 지어놓고 작업도 한다고 하셨다. 취미지만 열정을 가지고 삶을 아름답게 꾸려나가는 언니가 멋져 보였다. 나도 좋아하는 일에 몰두하며 거기서 소소한 행복을 만들어가는 삶을 욕심 내본다.

내가 가장 오래도록 지속할 수 있었던 건 영어다. 하지만 일과 직업이란 썰물이 휩쓸어간 빈 바다가 어느덧 마음에 자리 잡기 시작했다. 언어는 여전히 살아 움직이지만 나는 화석이 되어간다는 걸 느꼈다. 무심코 글쓰기를 시작했다. 초등학교 시절 나름대로 감수성 있던 소녀는 글쓰기 상을 꽤 받았다. 오랜 시간이 흐른 후 그 기억과는 별개로 잃어버린 자신을 찾기 위한 본능적인 행위로 펜을 들었다. 단편소설을 몇 편 써 보았다. 남편이 몰래 지인들에게 읽게 했다. 재미있다는 감상과 칭찬이라는 뜻밖의 선물에 가슴이 설렜다. 취미로 글쓰기를 본격적으로 해봐야겠다는 의지가 샘솟았다. 나라는 영화 속에서 글쓰기를 하면서 삶을 꾸려나가는 여자가 되고 싶다. 영화 속에서 불꽃을 사르고 간 여류 예술가들의 향기를 지그시 들이마시며 잃어버렸던 감성을 불러내는 것은 또 하나의 행복이었다. 나는 생활 속의 예술가가 되기로 했다. 오늘도 읽고 쓰면서 내가 가졌던 글 쓰는 여자에 대한 로망을 실현해나간다.

클래식이 되고 싶어

대학 시절 영어잡지 〈타임〉(The Times)을 강독한다는 동아리 친구는 늘 자랑했다. 영어를 잘하는 멤버만 모인 특별한 리그라는 둥 그들만의 클래스를 자랑했다. 부러웠지만 티 내기는 싫어 오기로 혼자 타임지를 읽어 나갔다. 평생 써 볼까 말까 한 깨알 같은 단어들로 뒤덮인 얇은 종잇장을 붙잡고 지지고 볶으며 원맨쇼를 했다. 한 페이지씩 넘어가며 번역을 하고도 그 내용이 무엇인지 입력이 되지 않았다. 에라 하고 한쪽으로 밀어버리고 소설을 집어 들었다. 그 이후로 타임지를 손에 쥐어 본 적이 없다. 지나가다 우연히 타임지를 들고 읽는 사람을 보더라도 부럽지 않았다. 괜히 젠체하려고 나와 수준도 맞지 않고 재미도 없는 교재로 시간을 낭비하다 영어가 미워질까 봐

염려되었기 때문이었다. 시간이 흐르고 우연히 만나게 된 〈리더스 다이제스트〉(Reader's Digest)는 나의 최애가 되었다.

어느 날 과방에서 친구들과 놀고 있었는데 외판원 아저씨가 들어와서 구독 영업을 하셨다. 지금은 상상조차 할 수 없는 교내의 외판원 영업이었다. 알록달록한 표지, 앙증맞은 크기의 이 친구는 단번에 나를 사로잡았다. 당연히 구독 선물이라는 미끼도 지대한 역할을 했을 것이다. (그 선물이 뭐였더라?) 비록 미끼에 걸려들어 구독하게 된 인연이었지만, 우리의 만남은 운명이었다. (아저씨, 감사합니다!)

〈리더스 다이제스트〉는 1922년에 발행되었다. 연식이 장난이 아니다. 미국에서 가장 인기 있고 영향력 있는 잡지라는데 그건 잘 모르겠고, 잡지의 기능을 실속 있고도 간편하게 활용할 수 있다는 점이 일단 마음에 들었다. 이름 그대로 독자가 소화하기 쉽게 여러 정기간행물에 실린 기사 중 화제나 오락적 가치가 있는 것들을 뽑아 압축, 요약한 내용으로 구성되었다. 어렵지 않고 깔끔한 영문으로 쓰여 있고 내용 또한 의학, 건강, 요리, 휴먼드라마, 모험 등 읽을거리가 다양하고도 알차게 편성되어 지루하지 않게 읽을 수 있었다.

지금도 그때 구독한 잡지들의 일부가 서재에 쌓여 있다. 누렇게 바랜 종이를 어루만지기도 하고 킁킁거리며 냄새를 맡아보면 입가가 살며시 올라간다. 오랜 지기와 허물없이 대화를 나누는 기분이다. 내가 가장 좋아한 섹션은 주로 휴먼드라마다. 실화를 다룬 이야기는 늘 마음을 움직인다. 차가 전복되어서 기적적으로 구조된 이야기, 화염에 휩싸여 무너져가는 건물 안의 사람들을 구출하는 소방관의 사투, 생후 불치병 판정을 받은 아기를 끝까지 포기하지 않는 부모의 이야기 등 수많은 우리의 인생들이 펼쳐진다. 어린 마음에 이러한 이야기들을 읽으면서 인생이란 참으로 힘든 거구나, 하나의 산을 넘으면 또 다른 산이 버티고 있구나, 뭐, 이런 생각들을 했던 것 같다.

추억 속의 이 잡지가 서점에 아직도 꽂혀 있는 것을 보았을 땐 너무나 반가웠다. 타임지도 마찬가지지만 이 변화무쌍한 세상에서 모질게, 꿋꿋하게 살아있는 어릴 적 보지 못한 친구를 만난 듯했다. 원서소설을 읽다가 싫증이 나면 이 잡지를 들고 머리를 식히곤 했다. 사람은 습관의 동물이다. 처음부터 견고하게 들인 습관은 평생 간다. 다양한 상식뿐 아니라 세계 시민들의 문화의 속살까지 제대로 들여다볼 수 있는 이 친구를 수업 시간에 즐겨 아이들의 독해 자료로도 쓰고 있다. 지금은 구독까진 아니지만, 가끔 서점 나들이 때 간택되어 나만의 즐거운 간식거리가 되어주곤 한다.

2022년 7월호에 실린 영국 배우 주디 덴치의 인터뷰를 최근에 인상적으로 읽었다. 영화 〈셰익스피어 인 러브〉에서 오스카를 수상한 관록의 이 배우는 87세이다. 여전히 연기는 그녀의 열정이며, 활력소다. 팬데믹 시대에 비록 줌으로 진행된 인터뷰지만 본인의 가벼운 재채기에도 과민한 반응을 일으키며 상대를 살피는 매너가 원숙하다. 코로나로 커리어가 잠시 주춤한 상태이고 그에 따라 내면의 리듬이 뒤죽박죽되어 불안하다는 감정을 거리낌 없이 표현한다. 락다운 동안 어떻게 보냈냐는 기자의 질문에 셰익스피어의 소네트를 배울 계획이었지만 하지 못했고, 손자에게 SNS를 배워 함께 춤추는 영상도 만들어 올렸다며 깔깔 웃음을 날렸다. 무엇보다 인상적이었던 건 수많은 상과 갈채 속에서 그 긴 세월을 무대와 스크린을 누비며 커리어를 쌓아 온 이 프로 배우의 고백이었다.

"I've always thought, one is very lucky to be employed!"

(일할 수 있는 사람이 운이 좋다고 늘 생각해요.)

그녀는 한 작품이 끝나갈 즘에 자신의 커리어가 다음의 작품으로 이어지지 않을까 아직도 두렵다고 했다. 다시 자신을 찾아주지 않을까 봐. 다음 작품이 시작되어야 비로소 안도감을 느낀다고 고백한다. 자신의 분야에서 늘 꺼지지 않고 롱런할 수 있다는 것은 운도 작용하지만 그만큼 프로의 정신과 열정이 수반되어야 한다. 오랫동안 시력 감퇴로 대본을 읽기도 불편하지만, 은퇴란 것은 생각해보지 않았다는 이 90이 다 되어가는 배우에게 고개가 절로 숙여진다.

아, 이제 나이도 있고 몸도 안 따라주고 애들은 점점 말도 안 듣고 못 해 먹겠어…. 나이 50에 은퇴란 단어가 매일 매일 머리로, 혀로 맴돈다. 물리적인 나이의 개념이 점점 사라지고 있다지만 내 의식은 과연 거기에 비례하고 있는 걸까. 부끄럽지만 아직도 멀었음을 느낀다. 핑계이고 자기변명이다. 주변의 지인들을 비롯해 모두가 인생의 2막을 시작할 때라며 호들갑을 떠는 것 같다. 불안한 마음에 관련된 서적들을 한동안 읽어보았다. 고요했던 호수에 잔물결이 일고, 찻잔 속에 폭풍이 일어난다. 뉴스가, 유튜브가 내 심기를 일렁이게 한다. 인생 2막을 지금부터 준비하지 않으면 비참하고 허무한 노후가 기다린다며 끊임없이 불안감을 조성한다. 그들의 일이다. 불안감을 마케팅해서 돈을 버는 것이 그들의 직업이다.

아이들에게 영어를 가르치는 일을 그만두고 다른 일을 할 수 있을까 하는 생각을 거듭해보았다. 예전보다 열정은 못 하지만 그래도 슬로우 쿠커에서 오랫동안 우려낸 곰탕쯤은 되지 않겠냐는 결론을 내렸다. 몸이 허락하는 한 일을 하다 보니 몰랐던 깨우침도 생기고 영감도 생겨왔듯이, 보이지 않던 새로운 문이 열리고 내 앞길이 보이리라 믿는다. 무슨 근거로? 짬밥이고, 그냥 하는 것이라는 무식한 믿음.

애증의 탑을 무수히 쌓아 올리며 함께 해온 나의 일이다. 열정은 식을 수 있다. 다만 하나의 커리어를 묵묵히 하다 보면, 줄기에서 무수히 가지가 뻗어나가듯이 연륜과 경력에서 오는 노하우와 지혜가 생길 거라는 기대를 해본다. 숨 가쁘게 변해가는 세상에서 새로운 것을 부지런히 배우고 익숙하지 않은 영역에 도전해 보는 것도 의미가 있을 것이다. 하지만 고속도로만 타려면 어느 순간 멀미가 올 수도 있다. 구불구불한 산길을 걸으면서 나와 대화하고 흙내음과 새소리에 진정한 기쁨을 느낄 때 비로소 나의 일에 만족하고 롱런할 수 있다. 좋아하는 것이 무엇인지 꾸준히 탐색하고 공부해야 함은 물론이다. 배우 주디 덴치는 진정으로 연기를 사랑하기에 긴 세월을 해왔고 지속하기를 소망한다.

사람들은 트렌드를 쫓지만, 클래식을 선망한다. 오래되고, 범접하지 못하는 존재감이 있는 것. 그 존재감이란 존경과 경외가 수반된다. 사람이든지 물건이든지 클래식은 영원하다. 클래식이 되기 위해선 부단한 자기 노력이 따라야 한다. 90이 되어가는 세계적인 노배우도 일이 끊길까 봐 여전히 불안해하며 노력을 게을리하지 않는다. 나는 그만큼 노력을 해왔는가. 그냥 짬밥으로 밀어붙이는 것이 아닌가. 이미 가지고 있고 이루어놓은 사람들을 부러워하기에 앞서 지금 내가 가지고 있는 것은 무엇인지, 가져야 하는 건 무엇인지 물어보아야 한다. 내 오랜 지기 〈리더스 다이제스트〉는 오늘도 인생의 꿀팁을 하나라도 주려는 찐친이다.

마음과 마음이 만날 때
언어는 보석이 된다

20년 전 홀로, 훌쩍 터키 여행을 갔다. 결혼과 동시에 선배랑 잠시 함께 하던 학원에서 독립하고 내 이름으로 학원을 겁 없이 열었다. 젊음과 열정이라는 순풍에 호기롭게 배를 띄었지만 얼마 지나지 않아 가녀린 심신에 번아웃이 찾아왔다. 한 뼘 더 멀리 뛰기 위해선 쉼이 필요했다. 힘들게 모았던 아이들이 모두 나가든 말든 강사에게 일임하고 예전부터 가보고 싶었던 터키로 과감히 향했다. 사실 터키든 어디든 상관은 없었다. 화마에 휩싸인 건물 밖으로 어떻게든 탈출하고 보자는 심정이었다.

기독교와 이슬람 문화가 공존하며 나라 전체가 장외 박물관인 터키는 볼거리, 먹을거리, 싼 물가 그리고 친절한 사람들이 인상적인 매혹적인 여행지였다. 익숙한 사람들과 장소를 떠나면, 익숙했던 시간도 정지된다. 물리적인 시간의 개념은 사라지고 상대적인 시간이 알라딘의 카펫으로 날아와 펼쳐졌다. 광활한 땅을 투어하기 위해 세계 각지에서 온 여행객들이 모여 한 그룹을 이루었다. 다섯 개의 대륙에서 온 다양하게 이루어진 인종 전시장 같은 그룹은 그 자체만으로 흥미로워 막 시작될 여정에 감칠맛을 더했다. 평소 물욕이 없는지라 기념품이나 토산품들을 쇼핑할 필요는 없다는 짧은 생각에 그리 넉넉하지 않은 현금과 신용카드만을 달랑 챙겼다.

보름간의 여정은 잊지 못할 추억과 경험을 선사했다. 가족에게조차 인색할 수밖에 없었던 내 마음의 마르고 갈라진 땅에 풍요롭게 비가 내렸다. 세상은 감사의 에너지로 나를 가득 채웠다. 아쉽게도 달콤했던 여정의 끝이 다가왔다. 하지만 귀국하기 불과 며칠을 앞두고 아슬아슬하게 가지고 왔던 현금이 떨어지고 말았다. 할 수 없이 쟁여둔 비장의 카드를 꺼내 결제를 하려니 무슨 앙심을 품었는지 ATM기는 줄기차게 나를 거부했다. 남편의 카드를 여행선물로 고맙게 생각하며 가져왔건만 그가 가르쳐 준 비밀번호가 배신한 거였다. 숫자 네 개가 나를 농락하다니! 아님, 혼자 떠나는 내가 미워 틀린 비번을 가르쳐 준 남편이 범인인가.

돈도 다 떨어지고 여정은 이틀이나 남았는데 난감했다. 투어를 시작하면서 자연스럽게 함께 다니게 된 미국 아줌마가 있었다. 바쁘게 사업을 하면서 간만에 시간을 내어 온 여행이라 했다. 미국인 특유의 활기가 넘치는 그녀는 나이를 가늠할 순 없었지만 대략 엄마뻘은 되리라 짐작했다. 우리는 여행 내내 편하게 즐겁게 소통하며 추억을 쌓았다. 남편이 세 번이나 도망갔던 이야기, 홀로 가정을 책임져온 얘기 등 사적인 영역을 인생을 달관한 듯 유머를 곁들여 재치 있게 들려주었다. 여비가 떨어진 사정을 듣고 귀국할 때까지 밥을 사주었고, 따로 경비까지 챙겨 주었다. 이렇게 활자를 통해서 오랜 기억 속에 묻혔던 그녀를 소환해낼 수 있으니 감회가 새롭다. 글쓰기의 마법은 언제 어디서라도 추억을 소생시켜 현재와 미래의 재산으로 축적할 수 있다는 것이다.

영어라는 언어 또한 얼마나 유용한 도구가 되었던가. 문법과 어휘에 너무 구애받으며 완벽해지려는 욕구는 오히려 소통을 막는다. 상대와 친밀함을 쌓고 싶으면 내 쪽에서 기다리기보다는 먼저 다가가서 자신을 열고 마음의 언어를 사용해야 한다. 스마트 폰이 없던 호랑이 담배 피우던 시절의 이야기일까.

영어를 잘하고 싶은 욕구와 지구 저편에 있는 미지의 친구를 사귀고 싶은 열망에 10대 소녀는 해외 펜팔을 시작했다. 호주의 시골 농장에서 사는 또래의 소녀와 어설프고 수줍은 편지를 주고받았다. 답장이 오기까진 두어 달이 걸렸다. 편지에서 시작해서 엽서와 선물까지 한동안 운동화 상자에 모아 둔 파란 눈 친구의 편지들은 나의 보물들이었다. 읽고 또 읽어보며 그 아이가 사는 호주라는 나라에 대해 상상하곤 했다. 넓은 대지에서 동생이랑 말을 타고 노는 사진을 보며 내가 보지 못한 세계에 놀라곤 했다. 어설프고 짧았던 그 영어로 3년간 이국의 소녀들은 서로의 마음을 극과 극의 대륙을 넘나들며 주고받았다.

즉각적이고 휘발되어버리는 이메일과 카톡으로 주고받는 메시지와 비교할 수 있을까. 요즘 아이들은 손 편지를 써 본 경험조차 드물다. 지난 크리스마스에 내가 일일이 써 준 카드를 받고 마냥 신기해했던 아이들이다. 하물며 지구 반대편의 친구와 종이 위에 직접 마음을 새겨 오매불망 연인처럼 설렘과 기다림으로 주고받는 편지란 것은 그들에겐 구석기의 유물처럼 들릴 것이다.

외국어를 정복하는 것은 불가능하다. 하지만 우정을 쌓고 인간애를 느끼기에 완벽한 언어 실력이란 필요하지 않다. 같은 민족, 동료, 가족 간에도 마음을 닫아버리면 소통은 불가능하다. 아는 언니는 부부싸움을 하고 난 뒤 6개월 동안 남편과 한마디도 하지 않았다고 한다. 한 공간에서 밥을 먹고, 숨을 쉬면서 생지옥을 연출했다. 어떻게 보면 싸움도 일종의 소통이라 생각한다. 소통 자체를 배제하는 것은 상대의 존재 자체를 철저히 무시하는 것이다. 대단한 언니라고 생각했다. 말하는 것보다 하지 않는 것이 더 힘든 나에게는 말이다. 여행이 끝나고도 한동안 터키의 추억을 그리며 그녀와 나는 메일을 주고받았다. 바쁜 일상에서도 서로의 안부를 묻고 삶을 나누었다. 30년의 나이 차이는 문제가 되지 않았다. 나이상으로는 모녀지간이라 할 수 있지만 우리는 진실한 언어를 나누는 대등한 친구였다.

〈입이 트이는 영어〉라는 인기 어학 프로그램이 있다. 단지 문장을 외워서 앵무새처럼 되뇌는 연습보다는 책을 읽고 문화를 이해하는 콘텐츠 중심의 학습법이 나에게는 효과적이었다. 자신을 표현하고 의사를 전달할 수 있는 저마다의 언어 학습법이 있다. 어떤 방법이든 언어는 소통의 도구이자 수단이다. AI와 영어 말하기를 연습하는 프로그램이 인기다. 코로나 시대에 맞춰 발 빠르게 기술도 맞춤형이다. 처음에 그 프로그램을 보았을 때 아연실색했다. 이런 날이 오리라 예감은 했지만 다시 한번 생각하게 되었다. 단지 말하기 기술을 향상하기 위한 목적이라면 어느 정도의 효과는 있을 것이다.

하지만 사람의 얼굴을 마주하고 표정과 몸짓이라는 또 하나의 언어를 사용할 수 있는 경험은 할 수 없다. 언어는 맥락이다. 맥락과 함께한 소통이 동반되어야 한다. 경험과 마음을 나누며 소통하는 것과 어떻게 비교할 수 있을까. 터키 여행에서 같은 그룹 중 유일한 한국인이었던 두 여학생이 있었다. 강남 출신의 자녀들로 둘 다 미국 유학을 앞둔 시점에서 여행을 왔다 했다. 배울 만큼 배웠고 영어 실력도 뛰어날 것인데 그 여학생들은 둘만의 소통을 이어갔다. 그래서 여행 내내 사람들과 어울리지 못하고 둘만의 섬에서 심드렁한 분위기였다.

영어를 원어민처럼, 완벽하게 하려는 욕심에 나 자신도 많은 좌절을 반복했다. 실패를 거듭하면서 깨달은 점들이 있다면 언어든 기술이든 기능적인 면만을 내세우고 마음이 담겨 있지 않다면 무용지물이라는 것이다. 영어를 단지 세속적인 수단으로만 삼는다면 내가 얻을 수 있는 건 빙산의 일각일 뿐이다. AI처럼 기계적으로 언어를 사용하기 위해 우리는 힘들여 외국어를 배우는 것은 아닐 것이다. 말이든 글이든 오픈 마인드가 더해진다면 금상첨화일 것이다. 공감과 유대가 생기는 소통이 국경을 넘어 세계시민으로 살아갈 자격을 준다. 마음이 트이는 영어를 하자!

제4장

여행을 쓰다

나만의 여행 기술

미라클 모닝, 다이어트, 영어 공부…. 수많은 계획과 지키지 못한 약속들이 되돌아오며 또 한 해가 손짓을 한다. 코로나로 송별회, 신년회로 이어지는 연례 행사들도 생략되었다. 치솟는 금리에 오랜만에 나도 적금을 들어볼까 하고 은행에 가니 커다란 달력을 챙겨 주신다. 은행 달력은 예나 지금이나 실용적이다. 큼직하고 시원한 숫자들이 이젠 거슬리지 않고 반가운 나이다. 하지만 난 여전히 달력을 걸지 않는다. 방마다 커다랗게 달력을 걸고 싶어 하는 남편이랑 다투기도 했다. 여백의 깔끔한 벽에 좋아하는 그림 몇 점 외엔 덕지덕지 무엇을 걸고 채우는 걸 싫어하는 탓이다. 달력에다 온통 동그라미와 메모로 울긋불긋 가을 산을 늘 그리며 살아가신 엄마가 되고 싶지 않았다. 무슨 계획과 일들에 그리 공사다망한지 밤낮으로 시간에 치여 인생 한번 즐기지 못하다 가셨다.

한때 남들처럼 계획이란 걸 세우고 부지런히 살아봐야겠다는 결심을 했다. 두꺼운 다이어리도 사 보고 책상에 탁상달력도 세워보았다. 한두 장을 쓰고 나면 벌써 질려버리고 남은 다이어리는 너무 빨리 방치되었다. 날마다 할 일 없이 공백을 채우기 위해 계획을 위한 계획을 세우고 있는 자신이 한심했다. 시간이 가면서 계획보다는 내 몸이 더 믿을 만하다는 결론을 내렸다. 새로운 것을 자꾸 시도해보는 성격은 아니지만 익숙하고 해 오던 것들엔 비교적 성실한 편이다. 운동, 먹는 것, 독서, 여행 등 절대 양보할 수 없는 나만의 루틴들을 끝까지 지켜나가는 것에 의미를 두면 자동으로 몸이 알아서 움직이며 전진한다.

"그래도 여행하는데 자기만큼 무계획인 사람도 보지 못했어." 가족과 지인들에게 듣는 말이다. 여행이 나를 부르면 그냥 귀를 기울인다. 억지로 귀한 시간을 만들어 마음먹고 떠난다는 생각이 지배할수록, 떠나기도 전부터 계획의 무덤에 파묻혀버린다. 다이어리에 하루하루의 계획들을 깨알같이 촘촘하게 적어간 적이 있었다. 스마트 폰이 나오기 전이다. 출국 전 공항에서부터 수첩에 코를 박은 나의 영혼은 계획의 사슬에 얽매여 있었다. 예상할 수 있듯이 어느 날 그 어디에서 수첩은 사라져버렸다. 잠시 붕괴하려던 멘탈은 곧 평정을 되찾았고 세상은 끝나지 않았다. 미지의 그곳은 여전히 존재했고 나는 자유를 얻었다. 스마트 폰을 장만하고도 그 정신을 고수해 나갔다. 런던을 여행할 때였다. 구글맵 대신 런던 시내 지도를 당당히 들고, 틈날 때마다 펼쳤고 그래도 아리송할 때면 재지 않고 다가가서 길을 물었다. 여행은 곧 사람이다. 이제는 단순하게 길을 물어보는 행위도 접촉도 사라져간다. 저마다 자신의 무한한 세계를 손바닥만 한 크기의 네모 속에 가두어버린다. 구글맵과 번역기만 있다면 천하무적이라 여긴다. 콜럼버스나 마젤란 같은 거창한 모험정신까진 필요 없다. 그들도 어쩌면 두려움을 돛대 삼아 떠났을지도 모른다. 두려워서 떠나지 못하고 떠나서도 두려움을 떨쳐버릴 수 없다면 진정 떠난 것이 아니다.

알랭 드 보통의 『여행의 기술』엔 퇴폐적이고 염세적인 귀족 데제생트 공작의 이야기가 나온다. 그는 런던 여행을 기대하면서 떠나지만, 그 기대를 여행이 충족시킬 수 없었다.

"의자에 앉아서도 아주 멋진 여행을 할 수 있는데 구태여 직접 다닐 필요가 뭐가 있는가? 런던의 냄새, 날씨, 시민, 음식 심지어 나이프와 포크까지 다 주위에 있으니, 나는 이미 런던에 와 있는 것 아닌가? 거기 가서 새로운 실망감 외에 무엇을 발견할 수 있단 말인가?"

기차를 타기 전 잠시 들른 런던식 선술집에서 그는 이러한 자각을 하고 그의 별장으로 돌아가는 첫 기차를 타고 두 번 다시 집을 떠나지 않았다. 여행을 자주 가지 못하는 사람들이 여행을 갔을 때 그들이 가지고 있던 기대를 여행이 충족시킬 수도 있지만, 그 반대일 수도 있다. 이런 불확실성 때문에 여행을 안가는 사람도 분명 많다. 낯선 환경이 줄 수 있는 변수에 대한 두려움이 그들의 가장 큰 적이다. 한 친구가 그랬다. 책이나 영화를 보면 되지 굳이 왜 돈과 시간을 써가며 떠나냐고. 그렇게까지 떠나서 낯선 방안에서 밤과 낮을 지새우기 싫다고 했다. 공간이 멀어질수록 시차도 커진다. 그만큼 낯선 여행지의 시간도 정지된 것 같았다. 일주일을 호텔 방에서 꼬박 지새운 적이 있다. 깨어 있는 시간 내내 괴롭게 몸을 뒤척이다가도 커튼 사이로 동이 터오면 하루에 대한 기대로 가슴은 설레곤 했다. 무계획의 하얀 도화지 같은 하루에 그려질 그림에 미소가 번졌다. 그렇게까지 해서라도 떠난다는 것은 나의 영원한 로망이다.

은행에서 받은 달력은 당연히 시부모님 차지다. 주말 시내 서점 여행에도 새해 다이어리는 내 쇼핑 목록에서 제외된 지 오래다. 언젠가는 우리 집 거실과 방에 큰 숫자로 된 은행 달력이 걸리는 날이 올지 모른다. 아직은 그러고 싶지 않다. 침침해지는 눈이 노화라는 신호를 보내오지만, 달력보단 그림을 내내 보고 싶다.

영화 〈기생충〉의 대사가 있다. "너, 절대 실패하지 않는 계획이 뭔지 아니? 무계획이야." 아버지가 아들에게 하는 무심한 듯 시크한 대사가 인상적이었다. 해마다 자기계발서는 포장과 색깔만을 달리 갈아입으며, 서점의 인기 코너를 차지한다. 사람들은 소설이나 시를 더 이상 읽지 않는다. 한때 자기계발서에 중독된 적이 있었다. 수많은 성공 계획들이 넘쳐나고 그 계획대로 살지 않으면 루저가 된다는 협박 아닌 협박이 되레 스트레스로 다가왔다. 결국 알맹이는 하나에 불과했다. 의지와 실행. 새벽 4시에 일어나서, 책을 읽고 운동을 하고 24시간을 남보다 두 배로 살다 분명 인생이 바뀐 사람들도 많을 것이다. 아쉽지만, 나에게 넘치는 욕심과 계획들과는 굿바이했다. 줄줄이 계획을 세우니, 계획을 세워야 한다는 강박관념에 사로잡히니, 도리어 창의성과 영감과는 멀어진다는 것을 느꼈다.

고로 나의 가장 완벽한 계획은 무계획이 되었다. 누군가가 말했다. 충족되는 목표를 잡아서 성취하는 것을 행복으로 삼는 것은 불행의 시작이라고. 1억을 모으면 10억을 모으고 싶고 100억이 목표가 될 수밖에 없다. 인간은 만족을 모르는 존재이다. 20대에 한때 다이어트를 결심하고 실행해 본 적이 있었다. 꿈에 그리던 목표 수치로 감량해 보니 조금만 더, 조금만 더 감량하고 싶은 욕구가 일어났다. 어느새 내가 정했던 목표는 무용지물이 되었다. 이러다가 큰일 나겠다 싶어서 포기했다. 다이어트를 빙자한 어리석은 욕심으로 피폐해져 가는 내 모습에 덜컥 겁이 났다. 꿈을 이룬 뒤의 허망함을 감당할 수 있는 사람은 극히 드물다. 그렇다고 계획 없이 살아야 편안한 삶이라는 것은 아니다. 요즘 같은 시대에 무념무상으로 살아가는 것은 도인도 불가능한 일이다. 계획에도 미니멀리즘이 필요하다는 것이다. 한두 가지면 족하다. 그것도 무리다 싶으면 한 가지로. 나의 그릇에 맞게, 무리하지 않는 계획을 세우는 게 좋다. 지속하고 성취하기에 유리하다. 그리고 계획을 세웠으면 그것이 성취되기 전에 또 다른 계획을 세우는 것은 스스로 거미집을 짜는 것이다. 결국 자신이 만든 거미줄에 얽매이게 된다. 무계획도 좋은 것이다. 창의성은 무에서 나오는 경향이 있기에. 계획이란 것이 없어도 하루하루가 의미 있고 행복하다면 고수의 경지일 것이다.

어느 곳이든
나의 여행지

알랭 드 보통의 『여행의 기술』의 초반에 등장하는 데제생트 공작에 대해서 다시 생각해보았다. 그는 사람에게 혐오감을 느끼고 집 안에 틀어박혀 고전을 탐독하는 데 만족을 느낀다. 사람에 이리저리 치이며 에너지를 낭비하기 싫고, 여행은 기대와 동떨어진 번잡함이라 여기고 그냥 집돌이의 길을 택한 것이다. 짐을 꾸릴 때마다 남편은 빼놓지 않고 한마디씩 한다. 얼마 전 어느 나라 어느 도시 지하철에서 테러난 거 모르냐고, 정신줄 놓다가 다 털릴 거냐고, 묻지 마 총기사건의 희생자가 되고 싶냐고, 으슥한 길에서 쥐도 새도 모르게 끌려가고 싶냐고. 레퍼토리는 끝이 없다. 단순한 노파심인지, 남아야 하는 자의 질투인지 확인하려 들면 피곤하다.

어쨌든 데제생트 공작에겐 일종의 연민을 느낀다. 예전에 나도 그랬기 때문이다. 내향적인 성향이 강한 탓에 친구들이나 지인들과 단체로 합숙을 하거나 야유회를 가는 것에 스트레스를 많이 받았다. 사람들은 모두 밝았고 거추장스러운 옷을 훌러덩 벗고 일상의 먼지를 남김없이 털어버리는 듯했다. 거리낌 없는 그들의 행동이 오히려 나에겐 넘쳐 보였고 부담스러웠다. 그렇구나, 여행이란 스트레스를 풀려고 가는 것이구나. 그래서 억지로라도 저렇게 오버를 하는구나. 그렇지 않으면 시간과 비용이 아깝고 억울하니까. 이렇게 서투르게 정리하고 난 후 여행보다는 칩거를 선택했다. 정작 내 속에 은닉해 있었던 두려움은 여행은 곧 외로움이란 나름의 가설이었다. 사람들 속에서도 늘 어항을 뛰쳐나온 물고기 같은 나였다. 그럴 바에야 차라리 여행하지 않고도 충분히 내적인 만족을 얻는 내 친구의 생활양식 (여행 대신 영화나 TV로 여행지 구경하기)을 적용해보는 것도 나쁘지 않을 것이라는 생각도 했다.

하지만 집도 마련하기 전에 어느 순간 내가 번 돈은 생활비로 충당하는 비율보다 여행 경비로 더 많은 파이를 차지하게 되었다. 누군가 내 발 밑창에 자석을 붙여서 어딘가로 유인하듯 이끌었다. 내 안의 나침반은 언제든 남과 북을 가리키며 고동을 쳤다. 떠나기 위해서 더 열심히 일했고, 가정을 돌봤다. 돈 쓰고, 시간 써 가며 뭐 하러 고생하냐, 애들도 놔두고라는 그들의 비난 가득한 눈빛엔 부러움이 서려 있었다. 내 안에 일어난 반감도 한몫했다. 가정주부는 붙박이장인가. 남편과 아이들을 대동해야만 떠날 수 있는가. 내 마음은 외쳤다. 외로움에 정면으로 마주하기 위해 떠나는 것이라고. 그리고 더 용감하게 떠났다. 물론 외로움은 아직도 싫고 두렵다. 백 프로 고독을 즐기기엔 내공이 부족하다. 코로나가 터지기 직전 런던을 갔을 땐 유독 그랬다. 크리스마스 시즌이 지난 12월의 마지막 주에 히스로 공항에 도착한 시각은 9시를 훌쩍 넘겼다. 지하철을 갈아타고 캐리어를 끌고 숙소로 향하는 안개 낀 차가운 밤길이 왜 그리 외로웠던지. 지금 생각하면 태풍이 오기 전의 고요처럼 코로나 세계가 도래하기 직전 탓이었나 모르겠다. 예상과는 달리 연말의 분위기는 이상하리만치 차분했다. 시차로 인한 열흘간의 불면증과 셜록 홈즈가 코트 깃을 세우고 파이프 담배를 문 채 걸었을 어두운 골목길, 이 두 가지가 내 런던 여행의 백미를 장식했다.

베테랑 여행가는 정신도 베테랑일까 늘 궁금했다. 지구별 어느 오지를 가더라도 신발 끈과 더불어 몸과 마음을 단단히 묶고서 두려움 없이 걸어갈까. 때로는 유목민이 되어서 별을 바라보고, 때로는 쪽배를 타고서 모험도 떠나면서 말이다. 나는 베테랑 여행가는 끝내 될 수 없으리라는 우울함을 짊어진 채 어느 날 내셔널 갤러리 안을 배회하고 있었다. 수많은 명화가 걸려 있는 벽을 따라갈수록 그 현란함에 머리가 멍해졌다. 별 감흥 없이 스쳐가며 그림에 조예가 조금도 없는 나를 자책했다. 순간, 나도 모르게 발걸음을 멈추었다. 우연히 한 그림이 내 시선을 잡았다. 윌리엄 터너의 〈전함 테

메레르 호〉라는 그림이었다. 수명이 다한 돛대를 철거하고 임시 돛대를 단 채 새로운 기술로 만든 증기선에 예인되기 직전인 배가 서 있었다. 강렬히 대비되는 장엄한 노을을 배경으로 영광스럽게 사라지는 노병이 연상되었다. 일순간 나의 고단함과 외로움이 찬양의 팡파르가 되어 머릿속에 울려왔다. 그래, 베테랑이 되고자 한다면 기꺼이 외롭기 위해, 아니 본격적으로 외롭기 위해 떠나야 한다. 해답을 찾은 듯 외로움을 감수하고 떠나려 하는 나의 마음을 온전히 이해할 수 있었다. 오후 4시만 되면 깜깜해지는 겨울의 런던은 날 결코 환영하지 않았다. 무관심하고 쌀쌀맞았다. 하지만 막상, 이별을 하려니 손을 내민다. 본심은 아니었다고. 잘 지내고 잘 살라고. 우리는 서로 그제야 멋쩍은 듯이 웃었다.

시부모님을 모시고 여행을 많이 다녔다. 제주도, 금강산, 중국, 일본 그리고 국내 명소라는 곳은 계절마다 다녔다. 우리만의 가족여행은 없었다. 수학여행단을 꾸리고 리더 역할을 하며 시끌벅적하게 여러 곳을 돌아다녀야 직성이 풀리는 남편의 스타일과 나의 것은 근본적으로 맞지 않았다. 그래도 그리해야 모두가 평안하기에 수용했다. 어른을 대동한 가족여행은 나에겐 노동의 연장이었다. 자유롭고 즐거운 마음 대신 긴장을 늦추지 않아야 하는 행사였다. 손주들과 함께하고 싶은 연로하고 외로우신 부모님을 이론적으로는 이해했지만, 여행을 마치고 나면 늘 피곤한 여운이 오래갔다.

가족여행 짬짬이 홀로 떠나기 시작했다. 그렇게 만끽한 자유는 중독성이 있었다. 집단에 묻혀 있던 나를 돌아보게 되고 상처 입은 마음을 스스로 핥아주는 시간을 만들었다. 친구는 말했다. 이해할 수 있다고. 본인은 시댁 행사엔 다 참여하지만, 가족여행은 신성하기에 시댁은 제외한다고 했다. 낯선 환경에서 편안하게 소통하고 추억을 남기는 가족여행은 희생할 수 없다 했다. 동병상련이다.

어느덧 가족여행과 나의 것을 자연스레 분리할 수 있게 되었다. 상충하지 않고 각각의 상황과 분위기를 수용하고 즐기기로 마음먹으니 나 자신도 편안해져 갔다. 아이들도 자라고 예전과는 달리 가족여행에 참여하려 하지 않는다. 친구가 중심이 되고 사춘기에 접어드니 혼자만의 시간을 즐기려 한다. 부부간의 갈등과 후폭풍으로 얼룩진 가족여행도 점차 퇴색되고 이제는 연로하신 부모님에 대한 연민으로 장착된 효도 관광이 주된 테마가 되었다. 남편도 나도 더 이상 젊지 않기에 보이지 않는 타협이 이루어졌다.

나 또한 오매불망 아이들의 자식들과 함께 다니고 싶은 날이 올 것이다. 심신이 나약해지고 의지하고 싶은 날이 올지도 모른다. 지금 홀로 떠나는 것은 그날을 대비한 저축일지도 모른다. 외로움에 대한 내공을 쌓기 위해. 홀로 있을 때 진정 행복함을 느낄 수 있으면 자식들에게, 타인에게 연연할 필요가 없다. 좁은 울타리를 벗어나 더 넓은 공간 속에서 길을 잃어도 보고 헤매도 보았을 때 대처하는 나의 태도를 경험해 보는 것은 책에서도 학교에서도 배울 수 없다.

떠나는 것이 귀찮고 두려운 이가 있다. 그렇다면 동네 투어는 어떨까? 내가 사는 동네에 관심을 가지기도 어려웠다. 집과 일터를 오가다 보면 오래 살던 동네도 단지 베드타운이 되어 있기도 한다. 코로나 시기에 이사하게 되었다. 코로나로 격리되어 답답한 마음에 저녁마다 홀로 동네 탐험을 했다. 새로운 동네는 낯설지만 신선했다. 묵은 때를 벗은 듯 환경을 오랜만에 바꾸니 모든 것이 새롭고 흥미로웠다. 오랜만에 여행을 떠난 기분이었다. 가지 않던 길, 산책길, 도서관, 재래시장 등 평소에 소원했던 장소들을 관심을 두고 둘러본다면 새로운 모험을 할 수 있다. 굳이 멀리 가지 않아도 나의 시야와 시각은 색달라질 수 있다. 팬데믹 이후로 여행을 한동안 못 가니, 여행이 내게로 왔다. 동네 투어와 책 투어. 늘 여행은 나와 함께한다. 우리 곁에 있다.

제주는 언제나
디저트다

설 연휴를 어영부영 보내고 기대하던 제주 여행을 친구랑 함께했다. 피 튀기며 겨우 예약할 수 있었던 제주행 티켓 덕분에 오랜만에 명절 연휴를 설렘으로 보낼 수 있었다. 그래, 메인 디시는 디저트가 있기에 빛날 수 있다! 우리의 푸른 날엔 하루키와 좋아하는 배우를 사이에 두고 경쟁했고, 안나 카레니나가 되어 심연의 설국열차를 타고 시베리아를 횡단했다. 밤은 늘 낮이었고 낮은 늘 밤이었다. 내 청춘의 한 조각을 차지했던 친구는 달지 않은 진한 풍미의 치즈케이크였다. 단 걸 싫어하는 나에게 디저트 중 유일하게 질리지 않는 치즈케이크처럼 은은한 친구. 그런 친구랑 지금껏 단둘이 여행 한 번 못했다. 삶이 뭐라고, 참 너무했다. 학교를 졸업하고 무턱대고 들어간 첫 직장에서 친구를 만났다. 6개월 후 적성에 맞지 않은 회사를 그만두고 나의 길을 갔지만 친구는 무던히 머물렀다. 20대 중반을 지나며 단단한 새끼줄로 우리는 우정을 꼬아갔다. 속상한 일이 있을 때마다 친구 집에 들러 밤을 수없이 지새우고 아침을 맞았다. 걱정과 잡생각이 많은 나와 달리 친구는 단순하면서도 현실에 충실했다. 극과 극이지만, 서로가 부족한 것을 채워주며 우리는 위로와 동시에 자극이 되어주었다.

결혼과 동시에 친구는 투잡을 병행했다. 20년이 넘는 결혼생활 동안 양손에 공을 쥐고 가슴, 어깨, 머리위에 공을 하나씩 올리고 지금껏 저글링을 해왔다. 삶이 버거울 때마다 친구를 보면 스스로가 부끄러웠다. 자신에게 넘치는 짐을 지고 묵묵히 가는 친구를 보면 내 넋두리는 배부른 소리 같았다. 우리는 운명같이 이웃 동네에 살게 되었지만, 한동안 건너기 어려운 망망대해가 우리 사이에 흘렀다. 서로의 처지만을 내세운 채 멀어져갔다. 각자의 인생에서 세계대전을 몇 차례 치르고 난 후에 우리는 마주 서게 되었다. 탱탱하고 발그레한 볼은 주름으로 홀쭉해져 있었고 눈가는 비로소 하회탈처럼 처져 미소 짓고 있었다. 여전히 삶의 짐을 내려놓진 못했지만, 특유의 무던함과 성실로 지혜롭게 인생길을 걷고 있는 친구는 여전히 변함없는 내 청춘의 디저트이다.

그래, 올레길 마니아가 이끄는 제주 한 번 걸어보자. 이래 뵈어도 올레길 완주 세 번이나 했어. 나 믿고 따라와 봐! 불혹에 접어들 즈음 올레길에 푹 빠졌다. 둘째 늦둥이를 낳고 산후우울증의 깊은 늪에서 쉽게 헤어 나올 수 없었다. 3종 세트로 구성된 달갑지 않은 선물이 순차적으로 방문했다. 무기력, 우울증, 공황장애. 1년 이상 병원 치료도 받았다. 육아와 일을 병행하면서 워킹맘으로 나름대로 열심히 살아가고 있다는 자부심은 한꺼번에 무너져내렸다. 운동을 시작했다. 여행에 대한 갈증을 달래기 위해 제주도를 자주 찾았다. 올레길을 걷기 시작하며 잃어버렸던 첫사랑을 찾았고, 찐 사랑을 만난 기분이었다. 두어 달에 한 번은 올레길로 달려갔다. 1코스에서 21코스까지 세 바퀴를 돌았다. 가도 가도 질리지 않았다. 그래도 제주의 속살까지 섭렵했다는 감히 건방진 장담은 금물임을 안다. 왜? 제주는 천 겹의 밀푀유니까. 갈 때마다 다른 얼굴, 다른 인사를 던진다. 맛보지 못한, 만나지 못한 음식과 사람과 주제들로. 친구는 살면서 제주도가 처음이랬다. 신혼여행도 남편 트럭으로 동해안을 돈 게 전부였단다. 그래도 그 시간이 제일 행복했단다. 그 짧지만, 의미 있었던 순간을 부여잡고 지금껏 고해를 헤쳐나왔을 수도 있다고 했다. 신혼여행지에서부터 싸움을 시작한 나를 되돌아보니 친구가 부러웠다. 경제적으로 늘 부족하고 힘든 결혼생활이었지만 부부간의 믿음이 있었기에 지금 친구는 환히 웃을 수 있지 않을까.

초행길에 걷기에 비교적 편하고 화려한 길 7코스를 친구를 위해 특별히 골랐다. 7코스는 그 빼어난 비경으로 관광지스럽지만, 올레를 처음으로 만나는 이를 단번에 사로잡을 수 있기에. 이국적인 야자수잎이 흔들리고 바다는 옥빛으로 빛났다. 도시 생활로 찌든 몸에 무공해 자연을 무료로 맘껏 흡입했다. 걷다가 벤치나 바위에 앉아 말없이 수평선을 보며 멍을 때리기도 했다. 관대한 자연은 끊임없이 깜짝쇼를 연출했다. 찬란한 햇빛을 거둬들이더니 축제처럼 눈발을 흩뿌려 주었고, 휘몰아치는 웅대한 겨울 칼바람을 아낌없이 날려주었다. 몰랐던 친구의 비밀 하나를 (비밀이랄 것도 없지만) 발견했다. 단 한 순간도 투덜거리지 않고 무던히 일곱 시간을 걷고 난 후에야 친구는 평발임을 고백했다. 제대로 된 트래킹화도 준비하지 않고 가벼운 캔버스화를 신고 제대로 힘들었을 텐데. 그러나 발의 불편함은 친구의 눈에 쉴 새 없이 담기는 살아있는 그림과 영상에 압도되었을 것이다. 끊임없는 수다쟁이 호호 아줌마 캐릭터인 친구는 줄곧 묵언수행을 하며 걸었다. 그래, 안다. 말이 필요 없지. 생각의 파도들이 출렁일 테지. 바람은 너의 껍질인지 진아(眞我)인지 뭔가를 사정없이 때릴 테지. 안다, 알아, 이 언니가 충분히. 나도 그랬으니까. 나도 사정없이 출렁이고, 패대기고, 그리고 포근히 안겼으니까. 제주는, 올레길은 연인처럼, 엄마처럼, 스승처럼 나를 시험하고 훈계하고 무조건 안아주었으니까.

눈 폭풍을 맞다가 만난 예쁜 카페에 들어가 몸을 녹였다. 따뜻한 커피를 마시며 눈 오는 바다를 바라보았다. 어느 영화가 이보다 더 아름다울까. 중년을 고즈넉이 들어선 두 여자는 두 나그네가 되었다. 친구의 둘째 딸 아이는 나면서부터 거의 얼굴의 반을 오타반점이 가렸다. 눈동자까지 점이 검게 돋아나 친구의 마음고생은 심했다. 자신을 탓하면서 맘껏 고가의 치료를 해줄 수 없는 처지를 힘들어했다. 그 둘째는 어엿한 대학생이 되었다. 자기 외모에 대해서 콤플렉스가 없다며 너무나 고맙고 대견해했다. 늘 둘째 얘기를 할 때면 아직도 친구의 두 눈엔 안개가 피어오른다. 건강한 몸보다 건강한 생각이 앞선다는 걸 친구를 통해서 몸소 배운다. 선한 성정의 엄마 덕분에 둘째 또한 건강하게 당당하게 잘 헤쳐가리라 믿는다. 수다를 떠는 시간보단 눈 축제가 벌어지는 바다를 감상하는 시간이 더 길었던 그 카페가 그립다. 다시 우리가 갈 수 있을까. 친구는 평생 주말에도 일을 해왔다. 그 2박 3일의 짧은 여행은 친구로서 낸 귀한 시간이었다. 운이 좋다면 언젠가 다시 그 날의 시간을 가질 수도 있을 것이다.

친구 또한 다시 오고 싶어질 것이다. 살다가 순간순간 그 수평선 위의 눈 축제가 그리워질 것이다. 오늘의 디저트는 무얼까 기대할 것이다. 그날의 시간은 삶이 친구의 혓바닥에 쓰디쓴 탕약을 들이키게 할 때 달콤한 디저트 한 조각이 되어줄 것이다. 나에게 제주는 그랬다. 그리고 선물이었다. 제과점 쇼케이스에 진열된 각양각색의 케이크들을 보며 이번 아이의 생일엔 뭘 고를까. 뽀로로 케이크? 아님, 포켓몬 케이크? 그 설렘과 조그만 행복이 가슴을 터질 듯 꽉 채우는 것. 그 느낌은 평생을 간다.

지난해부터 야간에 대학까지 다니는 친구를 보며 나도 자극이 제대로 왔다. 한동안 움츠렸던 봄날의 개구리가 기지개를 일으키듯 내 마음도 상쾌해졌다. 자신만의 수레바퀴를 느리지만, 힘차게 굴려 가는 친구가 자랑스러웠다. 그래, 나도 이제 다시 굴릴게. 힘들어서 한동안 멈추어 있었던 내 수레바퀴를. 군데군데 녹슨 바퀴지만 여기까지 오게 했었지. 우리 각자의 수레바퀴를 굴리며 응원하자. 힘들면 서로의 이마에 맺힌 땀방울도 닦아줘 가며. 다시 내게 힘을 준 친구야, 응원할게. 우리 파이팅하자!

친구가 이제 축제를 즐겼으면 한다. 자신만의 축제를. 팍팍하지만 그래도 한 걸음 한 걸음 우리는 잘 걸어왔다. 메인 디시를 느긋이 즐기지 못했다면 이제 우리만의 묶인 디저트가 있다. 디저트는 여자만의 비밀이자 여유이며 기쁨이다. 그래, 제주는 언제나 디저트다. 이제부터 하루하루 모든 시간이 눈처럼 뿌려진 슈가 파우더 가득 덮인 찬란한 생일 케이크다.

나일강의 소녀,
부활하다

학원을 5년쯤 했을 때 정체기가 왔다. 아이들이 배우는 영어란 기초를 다지는 수준이다. 반복되는 커리큘럼 안에서 최대한 다양성을 담아 수업해야 한다. 끊임없는 연구와 노력에도 불구하고 매너리즘이 온다. 내 안에 배우고 창조하려는 욕구와 열정의 빛도 점점 바래가고 있었다. 계절학기를 이용해서 대학원도 진학했다. 당시 차가 없었기에 버스와 지하철을 세 번이나 갈아타며 학교와 일터를 오갔다. 일과 육아를 병행하는 가운데 6학기란 태산 같던 시간도 훌쩍 지나갔다. 마지막 고비인 석사논문이란 고개도 할딱이며 넘었다. 당시 다섯 살이었던 첫 아이는 일찍이 놀이방과 어린이집을 전전했다. 일하는 엄마의 숙명이었다. 일, 육아, 학업이라는 세 꼭짓점이 버뮤다 트라이앵글을 그렸다. 마의 삼각지대에 들어선 내가 송두리째 사라지는 건 시간문제였다. 이래선 안 되겠다 싶어 논문이 끝나면 훌가분히 떠나기 위해 이집트 여행을 계획했다. 숨 가쁘게 돌아가는 회전목마에서 언제 내릴지도 모르는 기약 없는 나날을 보내며 늘 그렸던 곳은 아프리카였다. 원초적인 문명 속에서 잊고 살아가는 그 무엇을 찾고 싶었는지도 몰랐다. 그것들이 흩어진 나의 퍼즐을 조각조각 찾아서 제대로 맞춰줄지도 모른다는 막연한 기대감이 있었다.

논문을 쓰느라 스트레스 폭탄을 맞았는지, 아니면 터질 게 터질 때가 되어서인지 몰라도 올 것이 왔다. 꽤 오랫동안 잠잠해 왔던 지병이 재발했다. 난치병이라 판정받고 한동안 절망과 희망을 오가며 묵묵히 앞을 달려왔던 터였다. 경유지인 카타르 공항에서 8시간을 머물렀다. 쉴 새 없이 배를 움켜잡고 화장실을 왕복한 뒤 몸은 자루처럼 늘어졌다. 공항 벤치에 앉아 있는 것도 힘들어 아예 누워버렸다. 객사하는 게 꿈이었을 정도로 여행에 정열을 품었지만 아직은 아닌데 라는 절망에 눈을 감고 이마를 감싸 안았다.

문득 힘없이 눈을 떠 보니 온몸을 하얀 차도르로 감싼 남자들이 동물원 원숭이 구경하듯 널브러져 있는 나를 빙 둘러싸고 있었다. 여긴 연옥인가? 저들은 저승사자라도 되는가? 그래, 부끄러움이 뭐냐. 난 대한민국 아줌마라고! 병자가 누워 있는데 쳐다만 보고 매너는 밥 말아 잡수셨냐.

그럼에도 사막은, 나일강은 따스한 품으로 나를 꼭 안아주었다. 얼굴 두

꺼운 아줌마는 화장실이 갖춰진 버스를 기어코 대절시켰고, 시내 관광을 하다가 간발의 차로 놓쳐버린 크루즈도 세웠다. 객사할지언정 모험은 하고야 만다!

크루즈 투어 마지막 날 밤 홀로 데크에 나가 말없이 출렁이는 검은 나일강을 바라보았다. 저 위대한 강은 심청이가 아니라 나일강의 소녀를 원할까. 젖먹이만 한 힘도 없는 여자 하나가 제물이 된들 무슨 소용이 있을까. 나일강의 리듬과 내 심장의 고동이 하나가 되었을 때 나도 모르게 기도가 흘러나왔다. 제발 나일의 여신님, 죽어도 한국 땅을 밟은 뒤에, 집에 가서 남편 품안에서 죽게 해주세요. 그때 분명 나일강이 속삭였다. 아가야, 걱정하지 마. 괜찮다. 다 잘될 거야. 역시 인류 문명의 발상지라는 스케일에 걸맞게 내 기도 또한 즉석으로 응답 되었다는 믿음이 들었다. 하지만 결국 귀국을 일주일 남겨두고 다합의 숙소에서 나는 내내 누워 있어야 했다. 꽃미남 이집트인 의사가 왕진 와서 링거를 놓아주었고, 처방된 약과 미음을 먹으며 선풍기가 돌아가는 천장만 멍하니 바라보며 시간을 보내야 했다. 다이버들의 천국이라 불리는 블루홀과 풍요로운 아라비아해를 코앞에 두고. 여정을 함께 해 온 룸메이트인 호주 아가씨는 다이버 자격증을 따느라 얼굴도 구경할 수 없었다.

이건 아니야. 이 천국에서 이대로 패잔병처럼 쓰러져만 있다가 갈 순 없어. 억울했다. 목숨을 담보로 홍해까지 왔는데 다이빙 한번 못해보고 이 아줌마가 포기할 순 없지. 추스르지도 못한 몸을 이를 악물고 일으켰다. 30분 간 속성으로 호흡법을 교육받고 섹시한 가이드와 함께 바다로 들어갔다. 그래, 홍해, 내가 접수해주마. 몇 미터 남짓 내려갔을까 친절해 보였던 바다는 본색을 드러냈다. 마치 바다 감옥에 갇혀버린 듯 사방이 캄캄했고 더불어 내 호흡의 리듬이 공포심에 지배되기 시작했다. 본능적으로 발버둥을 치며 내 몸은 위로 올라가려 했다. 그때까지 훈훈하기만 했던 가이드는 무자비하게 내 어깨와 팔을 움켜잡았다.

아래로, 아래로…. 이제 바다는 갈수록 화려하게 속살을 드러냈다. 오, 이런. 드디어 천국에 도달했구나. 바다 계곡과 산맥은 장엄하게 뻗쳐 있었다. 골짜기마다 휘황찬란한 피조물들을 품어 기르고, 살리고, 번성시키고 있었다. 바다는 어머니의 품처럼 무한한 자비심으로 나를 품어주었다. 돌아보니 가이드도 윙크와 함께 다시 섹시한 미소를 날려주었다. 공항으로 마중 나온 남편의 차에 누운 채 병원으로 이송되어 두 달 동안 꼼짝없이 묶여 있었다. 하지만 그 지루한 병원 생활 또한 내겐 예전처럼 더 이상 힘든 짐이 아니었다. 내 속엔 풍요롭고 자비로운 나일강이, 홍해가 담겨 있었다. 그래, 난 대한민국 아줌마다. 해냈다고.

돌아보면 힘들었던 일들도 시간은 마법의 힘으로 세탁해 준다. 마치 스티커 사진을 찍으면 원래의 내 모습이 완전히 변신하듯이. 무채색의 생기 없는 내 얼굴이 사진 속에선 뽀얗게, 알록달록하게 만화 영화 속 멋진 캐릭터로 다시 태어난다. 죽을 만큼 힘들었던 그 여행은 나에게 가장 인상 깊은 추억 여행으로 남았다. 인생의 연륜을 형성하는 배움도, 경험도 마찬가지다. 힘들다, 못하겠다고 노래하듯 달고 사는 아이들은 그 입버릇이 습관이 되고 자신을 만들어가는 것이 눈에 보인다. 도전 의식까지 바라지는 않는다. 하지만 주어진 일에도 근성이나 인내심을 발휘하지 못할 때 안타깝기도 하다. 혼자 무엇을 해보고 부딪쳐 본 경험이 거의 없기 때문이다. 아이들 뿐 아니라 성인 또한 마찬가지다. 도전해서 시행착오를 거치기를 꺼린다. 이미 성취한 사람들에게서 쉬운 방법만 구하려는 사람들로 넘쳐난다.

여행을 좋아해서 1년에 대여섯 번은 패키지로 해외여행을 가는 언니가 있다. 나에게 왜 홀로 가서 그런 고생을 하냐고. 돈 쓰고 시간 내어 편안히 즐기려고 가는 여행인데 이해할 수 없다 했다. 자신은 절대로 혼자 멀리 가지 않는다고, 있을 수 없는 일이라고. 패키지여행은 모든 것을 제공해준다. 항공편, 숙소, 식사와 세세한 일정까지. 손 까딱하지 않고 리더의 지시대로 따라만 가면 된다. 하지만 모험도, 새로운 만남도, 날것의 경험도 얻을 순 없다. 내 안이 단단하게 여물어지는 성취감도 가질 순 없다. 잘 만들어진 한 편의 영화를 편안하게 앉아서 감상하는 것과 같다.

나에게 여행은 살아 있는 교과서였다. 종이 위에서 정지된 활자로만 배웠던 지식이 펄펄 뛰어오르는 활어들로 다가왔다. 나약하게만 여겼던 내 안에 잠재된 힘을 발견했고, 틀에 박혔던 일상에서 만나지 못했던 다양한 사람들을 만날 기회를 주었다. 그들에게서 배움을 발견했다. 여행 내내 한방을 썼던 호주 아가씨 케이트는 씩씩하고 활기찼다. 나이는 한참 아래였지만 배울 점이 많은 친구였다. 시골 출신이고 대학은 가지 않았지만, 여행하며 세상을 배운다고 했다. 광산에서 빨래를 해주며 돈을 모아 여행을 떠난다고 했다. 돈이 떨어지면 다시 광산에서 일하고, 여행하는 삶을 한동안 반복해왔다고 했다. 펜대만 굴리며 살아온 나에게 케이트는 대단해 보였다. 그 모습이 무언의 자극과 격려가 되었다. 세상을 직접 배우고 만난 나날들이 고스란히 그녀의 미래의 재산이 될 것이라 확신했다.

이지니 작가님의『힘든 일이 있었지만 힘든 일만 있었던 건 아니다』란 제목이 마음에 꽂혔다. 지금 힘들다고 느끼는 시간이 돌아보면 나의 설익은 감정에 불과했다는 자각이 드는 순간 우리의 인생은 영글어 간다. 행복은 숨 쉬는 공기와도 같이 그 존재를 드러내지 않는다. 늘 내 곁에 있는 공기도 심호흡과 명상을 통해 그 존재를 드러낼 때 나는 비로소 감사한다. 행복도 마찬가지다. 나의 용기와 행동으로 행복은 비로소 존재를 드러낸다. 실패와 고통으로 아우라를 가진다. 내 안에 등불이 꺼져가고 쓰나미가 닥칠 때마다 나일강의 소녀는 일깨워준다. 걱정하지 말라고. 다 잘될 거라고.

두 다리에 힘주고,
한 걸음 한 걸음

여행기를 읽으며 갈망을 달래는 것은 내 취미 중 하나다. 어릴 때 쥘 베른의 『80일간의 세계 일주』를 읽으며 작가 쥘 베른은 세상의 모든 나라를 직접 가보고 책을 쓰느라 얼마나 힘들었을까 감탄을 했다. 작가의 위대함에 과대한 숭배를 바친 걸로 기억된다. 그 후로 여행작가란 장르가 전문화되고 그 인기가 나날이 상승하는 걸 보니 한없이 부러웠다. 여행도 실컷 하고 게다가 글까지 잘 쓰다니. 한비야 님, 손미나 작가님 같은 분들이 한때 로망이기도 했다. 하지만 가만히 살펴보니 여행의 그릇은 사람의 그것과 흡사하다는 것을 깨달았다. 여행가가 가진 지식, 호기심, 문화에 대한 포용력과 사람에 대한 존중과 사랑이 여행의 스케일에 비례한다는 것을 말이다.

우리 부부는 생활 방식은 물론이고 여행 스타일마저 극적으로 달랐다. 늘 수학여행단을 꾸려야 직성이 풀리는 남편의 성향과 맞지 않아서 갈등도 많았다. 외향적이고 사교적인 그는 가족이든, 친구든, 심지어 잘 모르는 사람들까지도 환상적으로 조합해서 이끄는 재능을 가졌다. 남편이 진심으로 여행을 즐기는지, 무리를 이끄는 리더로의 역할을 즐기는지 나에겐 아직도 미지수다. 장소를 굳이 따지지 않고 사람들과 동행하며 함께 하는 시간을 중요하게 생각하는 남편의 스타일도 존중한다. 하지만 도저히 수긍할 수 없는 점도 있었다. 그는 어떤 장소를 가더라도 사전에 철저한 조사를 통해서 검증이라는 절차를 빼놓지 않는다. 맛집이며, 주변의 갈만한 곳, 할 거리 등을 모두 세팅한 뒤에야 움직인다. 전형적인 리더이자 보스 스타일이다. 나와 결정적으로 다른 점은 모험심의 유무이다. 증명된 것이 아니면 감행하지 않는다는 것. 적잖이 실망한 점이기도 했다. 하지만 그도 젊은 날엔 모험가였을지도 모른다. 내가 보지 못했던 찬란한 눈빛을 지닌, 발이 간질거리는 열정의 시절이 있었을지도 모른다.

허술하기 짝은 없지만 내 속엔 모험가의 기질이 다소 흐른다. 내게 모험이 빠진 여행은 크림 빠진 마카롱이다. 불혹의 고개에서 사정없이 흔들리고 있었을 즘, 우연히 서명숙 작가님의 『제주 올레길 여행』과 『놀멍 쉬어멍』을 읽었다. 800 킬로미터의 산티아고 순례길을 걷는 내내 그녀가 그리워한 것은 어린 시절 그토록 떠나고 싶어 했던 고향 제주였다. 여행 막바지에 그녀가 만난 한 영국 여자가 말했다. "우리가 이 길에서 누린 위안과 행복을 다른 사람들에게 나누어줘야만 한다. 당신은 당신 나라로 돌아가서 당신의 까미노 (스페인어로 '길')를 만들어라. 나는 나의 까미노를 만들 테니." 제주엔 왜 이런 아름다운 길이 없을까 하는 의문이 들었던 그녀의 원대한 꿈에 불씨가 당겨졌고 why not의 정신으로 세상에서 가장 아름다운 길 제주 올레길을 개척했다. 그녀는 개척자이자 전사였다.

이 스토리를 읽는 순간 이미 나의 발은 제주 어느 코스의 올레길을 딛고 있었다. 어느 대륙을 가더라도 어설픈 모험심에 약간의 두려움을 가미한 채 사전 조사 없이 닥치는 대로 돌아다니던 나였다. 제주는 그냥 뜰에서 사부랑삽작 담 너머에 핀 나팔꽃처럼 가깝고 친근했음은 말할 것도 없다. 내 나라 안에서 같은 듯 다른 언어를 쓰는 푸근한 고향이었다.

서귀포 중문을 중심으로 형성된 관광지만을 보고 간 사람들처럼 나 또한 그때까진 단순한 관광객에 지나지 않았다. 하지만 올레길 1코스에서 21코스까지 세 바퀴를 돌고 나니 그제야 제주는 속살을 수줍게 내밀며 나를 안아주었다. 올망졸망 돌담을 따라 올레(좁은 골목을 이르는 제주 방언)를 걸으면 하늘과 바람이 인사하고 어느새 성큼 다가온 바닷길이 두 팔 벌려 기다린다.

각각의 코스는 나름의 숨은 매력과 보물이 넘쳐난다. 제주의 숨은 비경은 올레길을 걸어봐야 비로소 알 수 있다는 택시 기사님의 말씀에 지극히 공감했다. 어디를 향해 고개를 들어도 가릴 것 없이 하늘을 맘껏 볼 수 있고 몇 발짝만 나가도 바다와 정겨운 농로와 오름(한라산 기슭에 분포하는 소형 화산체)들이 눈과 마음을 호사시킨다.

초창기엔 1일 1코스를 완주하겠다는 욕심으로 전투적으로 걸었다. 그러나 전체 코스를 한 바퀴 돌고 두 바퀴를 돌면서 어리석은 마음의 때는 하나 둘 벗겨져 갔다. 다리가 아프면 멈춰서 바위 위에 앉아 바다와 하늘을 멍하니, 원 없이 바라보고, 배가 고프면 허름하고 조그만 식당에서 맛있게 요기를 했다. 운이 좋으면 2인실을 1인용으로 쓸 수 있는 게스트하우스에서 여장을 풀고 다디단 잠에 빠졌다.

놀멍 쉬멍 ('놀면서 쉬면서'라는 뜻의 제주 방언) 걷자는 서명숙 작가님의 뜻이 머리가 아닌 가슴에 스며드는 가운데 나는 길 위의 구도자가 되어갔다. 두세 달마다 고구마로 답답한 가슴을 올레길 위에서 모두 토해내고 되돌아오는 발걸음은 감사의 기도로 환희에 넘쳤다. 길을 걷는 자가 있고 길을 만드는 자가 있다고 했다. 비록 개척자가 만들어 놓은 길을 나는 걸어갈 뿐이지만 이제는 그의 마음을 한 걸음 한 걸음 헤아려본다. 걷는 것은 곧 명상이 되고, 창조의 우물을 긷는 것이다. 내 번잡한 마음, 미운 마음들이 차분히 가라앉고 일상 속에선 마주할 수 없었던 새로운 생각들을 만날 수 있었다. 이러다 나도 소요학파처럼 위대한 철학자가 되는 건 아닐까 뜬금없는 생각에 미소가 넘실거린다.

1코스를 걸을 때였다. 걷기 몇 달 전에 불미스러운 사고가 있었기에 남편이 극구 말렸다. "구더기 무서워서 장 못 담글까? 사고가 두려우면 집 안에만 있어야겠네." 빵빵 소리쳤다. 1코스는 다른 코스에 비해 으슥한 곳과 늪도 있는 오지에 가까웠다. 처음으로 개척되어서 그런지 단장이 되어 있지 않았다. 혼자 길을 잃고 헤매다가 꿩도 보고, 구렁이도 보았다. 늪에 빠질 뻔도 했다. 올레길 원시림과 곶자왈(가시덤불과 나무들이 혼재해 있는 제주도 한라산의 암괴지대)은 특히 내가 자주 걷는 코스다. 가공되지 않은, 다듬지 않은 자연의 아름다움은 그 외양만으로 언제나 울림과 치유를 주었다.

올레길을 마음껏 방랑한 아줌마는 이제 예전의 무기력한 그녀가 아니었다. 두 다리엔 힘이 생기고, 가슴엔 폭포수가 자유롭게 흐른다. 바다를 담은 두 눈동자엔 또렷한 의지의 빛이 반짝인다. '같이 걷기'란 프로그램에서 만난 한 분은 집이 광주인데 홀로 입도해 6개월을 사셨다 했다. 자신에게 안식년을 주셨다 했다. 이제 며칠 안에 떠나는 게 못내 아쉽다고 웃음을 지었다. 당시엔 한 달 살기가 유행하기 한참 전이라 그분의 용기가 대단해 보였다. 가족을 두고 중년의 고개를 잘 넘기 위해 홀로 오셨던 그분이 아름답고 건강하게 지내고 있을 거라는 생각을 해본다.

오르막길에 이르면 두 다리에 힘을 더 주어야 할 때가 온다. 포기해버리고 털썩 주저앉아버린다면 다리는 점점 약해질 뿐이다. 조급해하지 않고 차근차근 다리를 단련하면 된다. 다시 발바닥에 힘을 주고 한 걸음 한 걸음 오르면 어렵지 않다. 올레길은 나의 두 다리에 힘을 주었다. 좀 더 여유를 갖고 내 삶의 오르막을 오르게 해주었다.

우리는 언제든 자신만의 길을 떠나야 한다. 그 길을 자꾸 유예할수록 우리 앞에 무한히 펼쳐져 있는 길을 만나기 어렵다. 길 위엔 보이지 않았던 들꽃과 풀잎이 축제를 벌이고 있고, 뺨을 스치는 바람의 손이 보인다. 떠나본 자만이 지평선을 볼 수 있다. 그 위로 반짝이는 별빛을 볼 수 있다.

삶에 당당해지기
- 맞짱 뜨자!

트래비 분수는 '돌아오는 분수'이지만 나에겐 '기다리는 분수'가 되었다. 예전 로마제국에서 전쟁터로 간 연인의 무사 귀환을 염원하며 이곳에 동전을 던진 것이 유래가 되었다. 분수를 등지고 동전을 하나 던져 들어가면 로마에 다시 돌아오고, 두 개가 들어가면 운명의 사랑을 만나고, 세 개가 들어가면 그 사람과 영원히 함께한다는 속설로 유명하다. 수많은 로맨틱 무비에서 사랑의 상징으로 등장한 이 분수를 당연히 보고 싶었다. 어떤 마력이 있기에 운명의 사랑을 만날 수 있을까 직접 확인해 보고 싶었다.

이제는 남녀 간의 사랑을 전적으로 믿지 않는 슬픈 나이가 되어서인지 막상 분수를 대면했을 땐 별 감흥이 없었다. 세 겹 네 겹으로 에워싼 관광객의

벽을 뚫고 사진 한 장 건지는 것 자체가 전쟁이었다. 한가운데 웅장하게 자리 잡은 바다의 신 넵튠과 주위를 위풍당당하게 도열한 반인 반어의 해신 트리토의 조각은 감탄이 나올 수밖에 없었다. 아름답긴 아름답네. 아름다움의 본질은 피로에 지친 내 망막으로도 훅 들어왔다. 분수를 채울 정도로 쌓여 있는 동전들의 주인은 모두 여기로 돌아와서 운명의 사랑을 만났을까. 영원히 함께할 사랑을 만난다는 것은 로또 당첨과도 같을 것이다. 씁쓸한 기분으로 햇살에 반짝거리는 무수한 동전들을 바라보았다.

사람들에 밟혀 죽지 않으면 다행이었다. 하물며 뒤로 동전을 던진다는 것은 꿈도 못 꿀 일이었다. 이미 사랑의 비애를 알아버린 중년 여자는 선남선녀들에 둘러싸여 반쯤 회한에 잠긴 채 발길을 돌렸다. 그때 사람들의 울타리 너머로 사이렌 소리가 들렸다. 유난히 소란스러운 움직임은 내 발걸음을 멈추게 했다. 로마의 더위와 소음에 지쳐버린 몸과 마음을 잠시 쉬게 할 카페라도 찾아보려는 마음이 간절했지만, 빗발치며 내리꽂는 그 소음을 무시할 수 없었다. 무리를 헤치고 나아가니 경찰차가 출동해 있고 가방을 도난당한 동양인 아줌마와 경찰이 뭔가 모를 실랑이를 벌이고 있었다. 한쪽은 통하지 않는 영어로 자신의 뜻하지 않은 재난을 호소하고 있었고, 다른 한쪽은 어깨를 으쓱이며 두 팔을 연신 하늘로 치켜세우며 속사포처럼 모국어로 방어를 하고 있었다.

유감스럽지만 이미 일어나버린 일은 내 손을 벗어났다 여기고 일단 침착하게 객관화할 필요가 있다. 절차대로 경찰서에 신고하고 그 결과를 기다릴 수밖에. 하지만 그 중국인 여성은 (내뱉는 욕설로 국적이 밝혀졌다) 막무가내로 악을 쓰고 고성을 내지르며 경찰관의 팔에 매달리고 삿대질을 했다. 이제 무대 위의 공연자는 분수 안의 신들이 아니라 한 관광객 여성으로 바뀌어 버렸다. 분수는 뒷전으로 하고 사람들의 시선은 일제히 경찰과 여인이 벌이는 소극으로 향했다. 사람의 인내심을 시험하는 불볕더위 아래에서 그 소극은 바야흐로 클라이맥스에 이르려 하고 있었다. 철썩, 와우! 도가니 같던 분수의 오케스트라는 5초간 연주를 멈추었다. 미국 여인들은 '오, 마이 갓!'을 연발하며 호들갑을 떨기 시작했고, 푸근한 이태리 아줌마들은 '맘마미아!'라는 고음의 감탄사를 날리며 혀를 바르르 떨었다. 경찰관의 얼굴엔 급기야 인내의 빛은 바래고 라틴 민족 특유의 다혈질이 서서히 회복되고 있었다.

편견은 독인 걸 안다. 하지만 늘 세계 어디를 가나 호텔 로비를 제 안방처럼 차지하고 소란을 떠는 무리는 중국인 관광객이었고, 내 나라 아름다운 제주 올레길을 걸을 때도 쓰레기를 던지고 거침없이 침을 뱉는 그들을 마음으로 용서할 수 없었다. 남의 집을 방문한 손님은 최소한의 예의를 갖추어야 하는 것 아닌가. 어쨌든 더위에 지쳐 그 소극의 결말은 더 이상 볼 수 없었다. 조금만 더 있다가는 역사상의 혹서에 트래비 분수 앞에서 실신한 관광객으로 저녁 뉴스거리가 되고 말 것 같았다. '저런 배짱이라도 있었으면 좋았을걸. 나는 언제까지 을일까. 사랑에서도, 일에서도, 인생에서도.'

카페에 앉아 시원한 음료를 한잔 마시니 문득 이런 생각이 들었다. 부당한 대접을 받았을 때 나는 저 중국 여인처럼 당당히 맞짱 떠본 적이 있었던가. 늘 상대방의 눈치를 보고 일이 더 커지지 않도록 자발적으로 '을'이 되어버리지 않았는가. 전쟁에서 당당하게 귀환한 군인은 되지 못할망정 늘 고개를 숙이고 기다리는 사람이지 않았나. 일하는 엄마로서 아이들에게 늘 미안했고, 시댁엔 눈치를 보고, 일에서도 교육 서비스란 입장을 고려해 때로 학부모의 비위를 맞추어야 했다. 내 인생의 갑이 되어본 적이 한 번이라도 있었던가. 갑자기 만인이 돌아오는 트래비 분수가 아니라 나 자체가 기다리는 분수가 된 것 같았다. 제 자리에 못 박혀서 어느 쪽이든 나아가지 못한 채 하염없이 상대의 처분과 주도하에 기다리기만 하는 붙박이 신세. 이 로마까지 와서 어제 본 콜로세움의 장엄함에 가슴 떨렸던 내가 오늘은 이 무자비한 더위에 늘어진 채 카페 구석에서 비굴했던 나날들을 곱씹으며 의기소침해 있었다.

사람들은 대부분 그 중국 여인의 오버액션을 비난할 것이다. 하지만 낯설고 물선 장소에서 정작 본인이 힘든 일을 당했을 때 제 목소리도 내지 못하고 부당함을 감수하는 것보단 나으리라. 이 아름다운 트래비 분수 앞에서 나의 숨겨졌던 초라함을 발견했다. 살아오면서 나의 본심과 최선을 평가절하당했을 때, 억울함을 호소했는데 무시당했을 때, 그로 인해 자괴감에 시달리며 내 인생을 스스로 위축시킨 나날들이 연이어 떠올랐다. 아줌마가 되면 얼굴이 두꺼워진다는 말이 있다. 그 말은 살아오며 쌓인 연륜과 지혜로 당당해질 수밖에 없는 여성들을 비하하는 말이다. 무지한 사람들의 중력 제로의 품행인 것이다. 중국인이라는 편견으로 나 또한 색안경을 쓰고 보았지만, 돌이켜보니 좁고 얕은 생각이었다. 매사에 당당하지 못했던 내 열등감으로 삐딱하게 그 광경을 재단하고 평가하고야 말았다.

그래도 더없이 작아졌던 내 모습 앞엔 새로운 가능성이 기다리고 있었다. 그 지혜를 가르쳐 준 이는 더위와 소음과 싸움 세 친구였다. 추함과 아름다움은 공존한다. 잠시 잊고 있을 뿐이지 우리는 일상에서도 그것을 발견할 수 있다. 피하고 싶은 일이 앞에 있을 땐, 도망치기보단 가만히 응시해보면 그 안에는 나에게 줄 메시지가 담겨 있다. 서로가 좋은 결론만을 바라고 어느 한쪽이 침묵하고 참고 넘어간다면 시간이 흐르고 되돌아보면, 그 순간은 서로의 흑역사로 얼룩져 있다. 중국 여인이 일깨워준 나의 흑역사들을 달래며 돌이켜 본 그 시간이야말로 지금은 아름다운 추억으로 남게 되었다.

어디 가서 무엇을 보고, 무엇을 먹었던 순간만이 SNS에 오르고 소비되는 세상이다. 나에게 영원히 남는 것은 마주쳤던 풍경보다 그곳에서 겪었던 사람과 에피소드다. 그것들은 쉽게 휘발되지 않고 추억과 교훈으로 내 인생의 거름이 된다. 여행 자체는 능동적인 자아를 만든다. 하지만 거기에 머무르지 않고 계속해서 나아가게 하는 것은 나의 몫이다. 사유하고 행동하는 내가 있어야 여행 또한 풍요로움이 배가 된다. 고개 숙인 채 지루하게 기다리지 않을 것이다. 인생은 곧 여행이다. 남의 싸움을 방관하고, 내 싸움을 무마시키려고만 하지 않을 것이다. 당당하게 돌아오는 사람이 될 것이다. 그땐 웃으며 돌아서서 저 멀리서 동전을 힘껏 날려볼 것이다.

용감한 모녀,
대륙을 평정하다

엄마의 첫 해외여행은 사위가 보내준 중국 여행이었다. 신혼부터 티격태격으로 시작된 우리의 결혼사는 엎치락뒤치락 전쟁사로 바뀌어 갔다. 하지만 이상하리만치 장모에겐 정성을 다하는 그가 언제나 내겐 미스터리였다. 엄마의 장례식에서도 침울한 미소만 띠고 있는 아들들 사이로 꺼이꺼이 눈물 콧물이 범벅이 되며 대성통곡을 하는 남편을 보고 문상객들이 대견한 듯 말했다. "아들인가 보네? 아이고, 안타까워 어쩌나." 그런 하나뿐인 사위가 보내준 엄마와의 여행은 늘 밉지만 고마울 수밖에 없는 남편의 선물이었다. 패키지로 간 여정 내내 엄마와 나는 뒤처졌다. 관절염과 디스크가 있는 엄마는 할미꽃처럼 허리를 90도로 꺾은 채 두 무릎을 아슬아슬하게 옮겼다.

절이든 탑이든 중국은 태산과 같아서 사람들이 올라가면 엄마는 가이드와 함께 아래에서 쉬었다. 서른에 갓 결혼한 어설펐던 나는 애초에 어쭙잖은 유부녀 흉내를 포기하고 다시 발랄한 미혼의 해방된 기분을 여행지에서 만끽하고 싶었다. 하지만 그런 기대는 나만의 착각에 불과했다.

평소 남을 의식하지 않고 속을 있는 그대로 표현하는 직설적인 엄마의 화법은 여행지에서도 빛을 발했다. 한국 절기로는 초여름이지만 중국 남쪽 지방은 작열하는 열대였다. 조금만 움직여도 땀이 비 오듯 흘러내리는 한낮의 여정은 모두에게 힘들었다. "가시나야, 이 더운데 무슨 멋을 부릴라꼬. 부라자 벗어라, 덥다, 더버." 쩌렁쩌렁한 엄마의 음성에 바로 옆 남자 가이드의 얼굴은 벌겋게 달아올랐다. 호수 공원에 앉아서 휴식할 때였다. 옆에 앉아 있던 중국 여인에게 "아이구, 살집 한번 좋다이. 여자가 신체가 저래야지 이 가시나는 비쩍 말라가꼬…." 공원이 떠나갈 듯 큰 소리로 나를 들었다 놓았다 했다.

외국어라곤 전혀 배워본 적도 없는 엄마는 초능력자였다. 그 중국 여인과 해석 불가한 대화를 핑퐁처럼 정답게 한동안 주고받았다. "엄마, 대단하네. 난 중국어라곤 '니하오' 랑 '쉐쉐'밖에 모르는데."

"꼬부랑글자 꼭 해야 하나? 그냥 얼굴 보면 우린 다 안다. 아까 중국 새댁이가 참 어질데이."

산 위의 절에 오를 때였다. 빼빼 마른 가마꾼이 힘겹게 가마를 이고 가는 광경이 심심치 않게 보였다. 가마를 탄 뚱뚱한 백인 관광객을 보며 엄마는 손가락질했다. "하이고, 저 화상 좀 봐라. 양심이 있나, 없나?", "엄마, 저 사람들 직업이야. 돈을 벌어야지 먹고 살잖아. 엄마도 다리 아픈 데 가마 타자, 응?"

끝내 불쌍한 사람을 괴롭힐 순 없다고 고집을 부리며 엄마는 산기슭에서 가이드랑 앉아서 쉬셨다.

급기야 예민했던 내가 폭발하고야 말았던 시간이 다가왔다. 여독이 가시지 않아 며칠째 몸을 뒤척이며 부족한 수면에 시달리고 있었다. 어느 새벽 이상한 소리와 빛이 단잠에 빠진 내 의식을 무자비하게 깨웠다. 눈을 찡그리며 돌아보니 배낭 한가득 넣어온 큰 초를 양쪽에 하나씩 태우며 제단을 만들고 엄마는 묵주를 돌리며 기도를 드리고 있었다. "엄마야. 정말 미치겠다. 커튼에 불붙어서 호텔 홀라당 태워 먹을라고 그러나? 경찰 온다. 잠 좀 자자. 제발." 새벽 4시면 일어나서 비가 오나 눈이 오나 꼬박 2시간을 앉아서 기도로 하루를 시작해온 엄마는 독실한 가톨릭 신자였다. 유아세례를 받았을 뿐인 사이비 신자인 나는 엄마를 결코 이해할 수 없었다. "모니까야, 잠 깼으면 니도 기도해라. 니도 이제 성당 가라. 냉담 말고."

고래고래 소리를 지르며 엄마를 원망하고 이 여행 아닌, 고행의 길을 보내준 남편을 원망했다. 아들 넷, 딸 하나를 공무원 남편의 박봉으로 키우셨다. 온갖 부업을 하며 동네 반장까지 도맡아서 여장부의 포스로 밀어붙이는 엄마는 내게 가까이하기엔 너무 먼 당신이었다. 하나밖에 없는 딸내미에게 집중하지 못한 게 그녀의 죄는 아닐진대 난 언제나 사랑에 고픈 철없고도 나약한 아이였다. 편애했던 아들들은 제 갈 길을 찾아 떠나가고 말년에 홀로 남은 그녀에게 그나마 내가 가깝게 지낼 수 있었던 것도 남편의 공이었다.

중국 정원에 넘쳐나는 비단잉어를 보고 아이처럼 즐거워하는 그녀의 모습에 난투극을 벌였던 긴 새벽도, 가슴에 비수로 꽂혔던 애증의 말들도 황포강에 실려 흘러 가버렸다.

"중국이 땅덩어리는 넓네. 마, 속이 확 트인다."

여행이 끝나가며 엄마의 말수는 점점 줄어들었다. 저 수평선을 바라보며 무슨 생각을 하실까? 너무 빨리 가버린 아빠를 생각할까? 엄마, 저 강물에 흘려버려. 서운하고 힘들었던 일들, 내가 못되게 굴었던 말들. 모두 다 떠나보내. 엄마, 또 우리 여행 가자. 이제 내가 돈 많이 벌어서 엄마 더 좋은데 많이 모시고 갈게. 함께 한 여행객들은 엄마에게 유독 아쉬운 듯 작별 인사를 건넸다. 온몸이 불편한 노인이 함께 좋은 시간을 끝까지 보내준 추억에 대한 예의일 것이다. 서로가 무심하고 무뚝뚝한 젊은 사람들에게 그녀의 오지랖은 활력소가 되었을 것이었다. 그것에 대한 감사일 수도 있었다.

자라오면서 엄마의 과도한 말투와 행위들이 늘 나에겐 버거웠다. 그녀의 아우라는 강한 듯했지만, 한편으로는 그 여린 내면을 발견했던 내가 엄마에게 가졌던 감정은 애증이었다. 자식들과 남편을 건사하기 위해서 거칠고 강한 가면을 쓸 수밖에 없었으리라. 아들들에 대한 짝사랑은 끝이 없었고, 있는 듯 없는 듯 순했던 나에게까지 관심과 사랑을 온전히 줄 순 없었으리라. 그것이 나에겐 늘 상처였고 결핍이었다.

반면 아들과 며느리들에게 서운함을 느낄 때마다 그 푸념의 상대는 늘 내 차지였다. 사춘기를 지나 독립하기까지 나는 줄곧 엄마의 감정 쓰레기통에 불과하다는 생각을 떨쳐본 적이 없었다. 비록 나는 딸을 가지지 못했지만, 그래서 아쉬웠지만 두 아들에게 온전히 사랑을 주고자 노력하는 엄마가 되었다. 엄마가 되고 나서야 내 엄마를 조금씩 이해하게 되었다. 한 해 한 해 쇠약해져만 가는 엄마에 대한 연민과 염려가 깊어갈수록 엄마도 남은 사랑을 내게만 온전히 주었다. 마지막까지 엄마의 사랑을 독점하고 포식할 수 있었던 나는 행운아였다.

여행의 마지막 날 밤에 영화에서만 볼 수 있었던 상하이 야경을 바라보면서 엄마는 말했다.

"내 태어나길 참 잘했데이. 쌔가 빠지게 키워놨더이 어느 자식이 이래 좋은데 델고 왔노. 니 아바이 가고 이제 살아서 뭐 하겠노 수십 번 맘먹었는데. 저 봐라이. 우째, 저래 아름답노. 천국에 온 거 같데이. 니도 정서방하고 싸우지 말고 오순도순 살아라. 저 불빛 좀 바라이. 사는 거 한순간이데이."

엄마랑 여행하며 숱한 갈등도 겪었다. 하지만 그 시간은 나에게 잊을 수 없는 유산이 되었다. 덕분에 약하지만, 결코 꺾이지 않는 갈대처럼 살아올 수 있었다. 산더미같이 벗어놓은 아들들의 신발을 하나씩 솔질하며 부르던 엄마의 흥얼거림, 식구들의 밥을 푸면서 정성스레 도닥이던 신성한 그 눈빛은 지금도 나에게 살아갈 힘을 준다. 걱정을 안고 선잠이 들 때면 꿈에서도 엄마는 내게 말한다. “우리 공주 밥 마이 묵고 있제?” 찬 바람이 부니 깊고 구수한 엄마표 시래깃국이 먹고 싶다.

그래, 우리 용감한 엄마. 다 해낸 우리 엄마. 나도 엄마처럼 용감해질게. 함 지켜봐 줘. 밥 많이 먹고 살집도 좋게, 신체도 건강하게 잘 살게, 걱정 마슈, 사랑한데이, 엄마야.

나는 인스타가 아니라 심(心)스타 하기로 했다

막둥이가 최근에 인스타그램 계정을 만들었다. 막내는 또래보다 늦게 휴대폰을 갖게 되었다. 집마다 막내는 특혜를 받고 형제들의 질시 대상이 된다는데 우리 막내 또한 예외가 될 수 없었다. 어떻게든 스마트폰을 늦게 접하게 하려는 나름의 분투 끝에 큰애는 대학에 들어가서야 눈물겨운 입학선물로 받을 수 있었다. 제 형에 비교하면 막내가 특권을 받았다는 사실에 토를 달 수는 없었다. 다행히 터울 차이가 상당한 형제의 난은 큰아이가 지방으로 학업을 위해 떠나면서 일단락을 지었다. 스마트폰을 영접하면서 막둥이는 제대로 물을 만났다. 녀석의 인스타는 고양이들의 독무대다. 동네 구석구석에 있는 길고양이들을 찍어서 거의 매일 같이 올린다.

“엄마, 얘 보세요. 루루 닮지 않았어요? 혹시 진짜로 루루 아닐까?” 루루는 이사 오기 전 동네에 살던 길고양이다. 살집 좋은 온몸엔 단풍으로 불타오르는 가을 산이 패셔너블하게 휘감겼다. 살던 아파트 단지 안에서 아이들에게 추앙받던 고양이였다. “정말 루루랑 많이 닮았네. 근데, 여기 다리에 줄무늬랑 얼룩 좀 봐. 루루는 퍼팩트한 적갈색이잖아.” 그래도 막내는 실망한 기색이 없다. “나 그래도 루루라고 부를래. 얘는 루루다. 엄마, ‘좋아요’ 꾹 눌러줘.” 고양이 사진들을 제 자식인 양 들여다보며 행복해하는 얼굴에 폰 영입을 두고 한동안 실랑이를 벌였던 나날들이 무색해졌다. 역시 막내는 아킬레스건이다.

어미 품을 처음으로 떠난 새처럼 아직 외로움에 떨던 신혼 시절에 친정에서 가져왔던 가족 사진첩을 틈날 때마다 들여다보았다. 흑백의 정지된 시간 속에는 각 잡은 군복을 입은 아빠가 어색하게 포즈를 잡고 있었고 시골 큰집 마당에서 족두리를 쓰고 연지곤지 찍은 엄마는 복사꽃 같은 새 신부였다. 동네에서 호랑이로 소문났다던 할머니는 툇마루에 앉아서 곰방대를 물고 고즈넉한 미소를 머금고 계셨다. 몇 번의 이사를 거치면서 내 가족의 뿌리가 담겨 있는 그 낡은 사진첩은 수납장 깊숙한 곳에 잠들어 있을 뿐이다. 그 카피본을 떠서 내 마음의 파일 중 하나에 저장해놓았다.

스마트폰과 SNS가 가족사진을 대체한 후 추억의 색채와 화소마저 변해버렸다. 어느 날 마음먹고 추억여행을 해보기로 했다. 엄마가 떠나시고 얼마 되지 않아서였다. 손바닥으로 쓸어내리면 매끈하면서도 투박한 감촉의 퇴색된 컬러사진들을 빈 운동화 상자 안에 차곡차곡 정리했다. 그나마 분실되지 않고 남아 있는 것들이었다. 엄마랑 유일하게 함께한 중국 여행 사진들만 추려서 따로 보관하고 싶었다. 곱게 화장 한 엄마는 캡을 쓰고 비단잉어가 넘쳐흐르는 호숫가에 앉아 나에게 말을 걸었다. "좀 쉬었다 가자. 마이 마이 묵고 건강하레이, 우리 공주." 생전에 귀가 따갑게 하시던 말씀을 또 하시네. 인스타그램을 처음 시작할 때 여행을 좋아하는 나는 주로 풍경 사진을 올렸다. 유난히 바다 사진이 많았다. 제주 올레길을 걸으면서 아무리 보아도 질리지 않는 바다와 하늘을 능가하는 풍경은 담을 수 없었다. 아이들 사진도 심심치 않게 몇 장 올려 구색을 갖추었지만 내 이야기는 바다로 요약된다.

사람들은 이제 인스타로 삶을 꾸린다. 어떤 인생은 고양이를 키우고, 어떤 인생은 먹는 것에 집착한다. 어떤 인생은 도자기를 빚고, 어떤 인생은 모험을 떠난다. 인스타 안에선 모두가 스타다. 반짝반짝 빛난다. 장밋빛 인생이다. 어떻게 삶이 이토록 간단하게 화려할 수 있을까. 오랫동안 소식이 끊긴 지인들이 때때로 궁금해서 들여다보면 모두 해피하다. 상처 주고, 상처 받고 끙끙 앓았던 나만 머쓱해진다. 음, 생각해볼 필요도 없겠네. 오늘은 어느 맛집에 갔고, 어젠 어디로 여행을 갔다. 단조롭다. 늘 같은 레퍼토리다.

어느 순간부터 내 인스타에 사진을 드문드문 올리게 되었다. 내 인생이 하나의 주제로 함축되어 단순하게 보이는 것에 회의가 들었다. 삶의 무게에 억눌려 여행 한 번 떠나보는 여유를 누릴 수조차 없는 이가 본다면 밥맛일 수도 있겠다는 생각도 들었다. 인스타 안에선 여행을 다녀와도 그 시간, 그 장소에서 담아온 내 감성과 추억을 온전히 볼 수가 없었다. 낡은 사진첩이 들려주는 이야기처럼 팔수록 맑은 샘물이 나오는 우물이 아니라, 달리는 차창 밖을 휙휙 지나가 버리는 풍경에 불과해져 갔다.

혼자가 된 듯해서 타인의 인생을 엿보았었다. 내 거울이 못나 보여서 타인의 거울을 훔쳐보았었다. SNS를 지속해서 할 수 있는 사람들은 어떤 부류인가 생각해보았다. 개인이 하는 업이나 전문분야를 적극적으로 홍보할 필요가 있을 때, 사회적인 이슈를 공론화 시키고자 하는 의도가 있을 때 SNS는 유용한 기능을 할 수 있다. 하지만 지혜롭지 못한 그것의 사용은 도리어 내면을 공허하게 만들 위험이 있다. 아는 언니의 인스타 사진이 매일 올라온다. 팔로우와 알림 설정을 하지 않을 수 없었기에 무시할 수 없었다. 인스타 속 언니의 인생은 바빴다. 맛집, 카페, 골프장, 피트니스 클럽, 여행…. 중산층 이상의 삶이란 저런 것인가라는 생각을 했다. 직접 만나면 소박하고 소녀적인 감성을 가진 언니지만, 인스타 세상의 언니는 사뭇 달랐다. 나에게 소박한 것이라 여겼던 것도 오픈되어 객관화되면 포장되고 화려해 보일 수 있을지도 모른다. 아이러니한 일이다. 사람들은 그것을 알고 삭막한 현실을 타개해보려고 각자의 인생을 포토샵할 수 있는 가상의 세계를 선택한 것인지도 모른다. 좋아요, 하트, 엄지 등 영혼 없는 칭찬이라도 구걸하는 것인지도 모른다.

인스타를 지금은 하지 않는다. 학원 홍보를 위해서도 사용하지 않았던 SNS였다. 더 이상 보이는 삶을 살고 싶지 않다는 것. 나의 소박하고 순수한 의도도 포장이 되고 왜곡될 수 있다는 것. 타인에게 상처가 될 수도 있다는 것. 이러한 이유로 요약하니 더 이상 과도한 사용을 할 필요가 없다는 결론에 이르렀다. 요즘 주위에서 조금이라도 튀는 사람을 '관종' (남의 관심을 끌려는데 집착하는 사람)이라 비난한다. 인정과 칭찬을 받으려는 욕구가 없는 사람은 없다. 그것들이 발전의 원동력이 되기도 한다. 살아가는 의미마저 되기도 한다. 하지만 타인의 인정과 칭찬은 마약과도 같아서 진정으로 충족되지 않는다. 오히려 갈급함을 일으켜 나의 인생이 아닌 타인을 위한 인생을 사는 비극이 연출된다. 소통의 도구로 마련된 SNS에서 나는 타인의 시선과 인정을 위해 어릿광대로 전락해버린다.

나는 이제 인스타가 아니라 심(心)스타를 하기로 했다. 책을 읽고, 축적된 사유와 단상들을 글쓰기로 표현하기 시작했다. 글쓰기는 나의 심스타그램 계정에 추가되었다. 사랑하는 사람들과 맛있게 먹은 음식, 다녀온 여행지, 내가 예뻐 보였던 날, 무한한 기쁨을 주었던 책과 영화들. 이 모든 것을 이제 글쓰기에 담아 올린다. 찰나의 시각적인 즐거움보다 마음에 두고두고 새겨지는 글쓰기의 기능은 내 심스타 계정을 알토란같이 튼실하게 살찌운다. 내 기쁨과 슬픔을 모두 품어서 환희로 채운다. 헛되고 무익하다고만 여기며 살아온 시간을 푸릇푸릇 되살린다. 부족하고 보잘것없다고 미워만 했던 내 몸과 마음을 셀럽으로 등극시킨다. 인스타그램의 'instar'는 '별로 장식하다', '기라성처럼 나열하다'란 뜻이다. 보이는 것들은 반짝이지만 생명이 짧다. 싫증이 난다. 보이지 않는 내 안의 빛은 꺼지지 않는다. 이제 인스타보단 심(心)스타를 해보자. 나는 오늘도 심스타를 한다.

제5장

‘나’라는 책을 읽고 쓰는 법

내 인생의
그림자 찾기

학부 시절 독일어 문학강독 시간에 읽었던 아델베르트 폰 샤미소의『그림자 없는 사나이』를 언젠가는 한 번쯤 다시 읽어 보고 싶었다. 이 작품이 여태껏 기억의 한편에 남았던 이유는, 함께 강독했던 강사의 이미지 때문이었다. 동기들은 키득거리며 아무개 교수님 대신 대놓고 '그림자 없는 사나이'라고 불렀다. 그림자를 팔아버린 주인공의 이야기, 텅 빈 듯 무미건조한 강사의 이미지와 그의 별명이 삼위일체를 이루었다. 졸업 후 들려오는 풍문으로 그 강사는 학부생과 물의를 일으키고 사직했다 했다. 속된 말로 잘렸으리라. 그 수업과 강사에 대한 내 마지막 기억은 세상에서 내쳐진 소설 속 주인공과 같은 이미지로 끝내 남게 되었다.

주인공 슐레밀은 세상의 부귀를 얻고자 그림자를 팔았지만 나는 어머니란 타이틀을 얻은 대가로 나의 그림자를 판 기분이었다. 명절마다 계란 한 판을 채우고야 만다는 친척들의 조소와 잔소리에 시달리다 서른을 채우고 내게 유일한 독립의 수단으로 결혼이란 방편을 선택했다. 당시 내 친구들이 그랬듯이 선택의 여지는 없었다.

슐레밀처럼 세상의 부귀영화를 꿈꿔본 적도 없었고 단지 전문직 싱글 여성을 가슴에 품었건만 아직 세상은 준비가 부족했던 풋내기를 원하지 않았다. 그렇다고 거친 나를 세공해서 다이아몬드로 빛내줄 멘토나 스승도 드라마틱하게 등장하진 않았다. 하나에서 둘이 되면 내 편 하나가 생길 줄 알았다. 결혼이란 그럴 것이라는 확신과 의심 반반으로 주사위를 던졌다. 시린 나를 굳건한 성벽처럼 감싸주리라 믿었지만, 막상 결혼생활은 기대와는 매우 달랐다. 세상모르고 철딱서니 없던 내가 바라기만 한 탓일까. 기대만큼 실망도 컸다. 아마 남편도 같은 생각이었으리라. 그 또한 인생의 항해를 막 시작한 터였으니까. 자영업만을 해온 남편은 불안감을 주었고 남편만 바라보며 집안에서 안주하기는 싫었다. 빨리 나의 가정을 안정된 보금자리로 꾸미고 싶었다.

3개월 만에 아이가 생기고 내 학원을 오픈하고자 분주히 준비했다. 결혼과 육아, 일을 동시에 시작하며 더 열심히 살아야 한다는 마음을 먹었다. 그 마음은 서서히 강박감이 되어가고 책임의 추는 하나씩 무게를 더 해갔다. 내가 가진 용량의 저울은 어느덧 초과하여갔다.

빨리 성공하려는 욕망에 눈이 멀어 나 또한 내 그림자를 은연중에 팔아버렸던가? 아이를 낳으면서 안에서 또 다른 무언가가 함께 쑥 빠져나간 듯했다. 어느 날 유모차를 끌고 집 앞 공원으로 산책을 갔다. 갓 돌을 지난 아이는 한창 아장아장 걸음을 시작했다. 집 앞 도로 건너편에 있는 공원으로 향했다. 건널목을 건너 인도의 턱을 유모차를 들어 힘겹게 올라갔다. 한순간 넋이 나간 나의 시선은 공원으로 향했다. 이어 유모차로 고개를 돌렸을 때 아이는 보이지 않았다. 에너지가 넘치는 아이는 유모차를 뛰쳐나가 도로 가운데로 걸어가고 있었다. 그림자가 빠져나간 내 몸은 흐느적흐느적 반응할 뿐 운동신경을 상실했다. 그때 마침 베란다에서 내려다보던 남편이 미친 듯이 소리를 질렀다.

"애 봐! 뭐 하고 있어?" 내 몸은 반사적으로 용수철처럼 튀어 오르며 아이에게 돌진했다. 다행히 오가는 차량이 없어서 아이는 무사했다. 그 이후로 한동안 난 남편에게 중죄인 취급을 받아야 했다. 슐레밀처럼 욕망과 그림자를 맞바꾸었지만 돌아온 건 조소와 멸시 그리고 자괴감이 내 저울의 추로 더 해질 뿐이었다.

워킹맘으로서 좌절과 정체성의 혼돈은 계속되었다. 일반회사와는 달리 자영업인 학원은 긴 휴가를 낼 수 없다. 고작 여름과 겨울방학으로 2~3일 쉴 뿐이었다. 다행히 아이들은 무럭무럭 잘 자라주었고 내 텅 빈 유리의 성도 따스한 온기로 차곡차곡 채워졌다. 오랜 시간이 지나고 문득 독일어 문학강독 시간이 우연히 떠올랐다. 『그림자 없는 사나이』의 엔딩이 갑자기 궁금해졌다. 슐레밀의 그림자를 사간 회색 양복의 사나이는 다시 나타나 이제는 영혼을 팔면 그림자를 돌려주겠다며 끊임없이 악마의 제안을 들이댄다. 하지만 시련 속에서 깨달은 바 있게 된 슐레밀은 굴하지 않고 자기 삶을 지속해서 살아나갔다. 그는 세상의 모든 그림자를 다 준다 해도 영혼만은 팔 수 없다고 굳게 마음먹었다. 다행이었다. 제목부터 서글픈 그림자 없는 사나이가 불행으로 끝났다면 한없이 우울했을 것이다. 저마다 어느 순간 삶의 깊은 계곡 아래 떨어져 헤매게 된다. 빛이라곤 한 줄기도 들어오지 않는 어둡고 서늘한 계곡엔 내 그림자는 비치지 않는다. 그림자는 나의 존재 자체이다. 세상 무엇과도 바꿀 수 없는 내 본연이다. 슐레밀처럼 포기하지 않고 나의 삶을 묵묵히 걸어올 수 있었던 것은 굽히지 않은 자존심도, 오기도 아니었다. 나의 그림자를 끊임없이 돌아보고 확인하고 기울인 관심과 애정이었다.

'감사일기'가 한창 유행했었다. 그에 관련된 책을 읽고 고개가 끄덕여졌다. 감사일기의 모토는 '그럼에도 불구하고'다. 어떤 모진 환경에서도 감사할 거리를 찾아내어 감사하고 직접 글로 써 보라, 그러면 마인드 또한 진정한 감사로 가득 차게 되고 인생이 바뀔 거라고 말했다. 내게 힘들었던 일들과 현재 진행형인 스트레스들에 감사하기란 어려웠다. 감정적으로 동하지 않았고 무언가가 결핍된 느낌에 공허한 소리로만 들렸다. 내 인생에 확신이 서고 의미가 생겼을 때 비로소 감사란 단어가 나오기 시작했다. 어두운 골짜기를 벗어나기 위해 아무것도 하지 않고 무력하게만 있었다면 지금도 마찬가지일 것이다.

그림자를 찾기 위해 일어났다. 슐레밀은 그림자에 대한 집착을 끝내 버리고 대안을 택했지만, 난 그럴 수 없었다. 나에겐 슐레밀처럼 세계를 몇 걸음으로 동에 번쩍 서에 번쩍 종횡무진으로 움직일 수 있는 마법의 장화가 없었다. 그림자를 찾기 위한 나만의 자구책을 찾아야 했다.

그림자 찾기 프로젝트를 시작했다. 일, 육아, 학업의 삼종 스트레스로 너덜너덜해진 내 심신을 회복해야 했다. 운동을 시작하고, 틈나는 대로 독서를 했다. 아이들을 가르치면서도 읽기를 멈추지 않았다. 책 속에는 자신의 그림자를 힘겹게 되찾은 사람들의 이야기가 넘쳐났다. 그들의 이야기는 힘을 주었다. 흔들리는 나를 바로 잡아주었고 함께 가자고 격려를 아끼지 않았다. 슐레밀이 자신이 저지른 끔찍한 일에 대한 대가로 세상의 변방으로 내쳐져 방랑했을 때 나는 치유와 회복의 길을 떠났다.

테라피(therapy 치료, 요법)의 시대다. 사람들은 아로마 테라피, 심리 테라피 등 각종 요법을 찾아다니며 만병통치를 희구한다. 나만의 테라피를 시작했다. 더없이 관대한 시간을 주었다. 타인에 관한 관심을 나에게로 돌리고, 내가 하고 싶은 것들을 그리기 시작했다. 때로는 아무것도 하지 않은 채 본능이 이끄는 시간을 가지기도 했다. 충분한 휴식과 여유를 주었다. 목적

있는 방랑은 결국 길을 안내해주었다. 때로 세상이 등을 돌리고 홀로인 듯 할 때 그건 단지 착각이니 너의 길을 가기만 하라고. 그렇게 해서 나의 그림자는 다시 자라나기 시작했다. 지금도 그림자가 흔들리는지, 떨고 있는지, 쪼그라들었는지 늘 살펴보고, 관심 가져주고 돌본다. 하루하루 나의 길을 즐겁게 충실히 가는 것이 내 그림자를 건강하게 하는 길임을 안다. 그림자 없는 슐레밀도 어느 지구 한곳에서 잘 살아가고 있기를 소망해본다.

미니멀리즘 인생

나의 신혼은 부엌으로 연결된 거실과 방 하나로 구성된 아담한 보금자리에서 시작되었다. 애초에 집에 대한 욕심은 없었다. 좁아도 형편에 맞고, 부담을 주지 않는 한에서 편히 쉴 우리만의 공간이면 족했다. 결혼 직전에 사업이 잘되지 않아서 빚만을 지고 남편은 내게로 왔다. 개의치 않았다. 월세로 집을 마련하면서 어차피 선진국에서도 거의 렌트로 집을 얻으니 문제 될 거 있냐고 되묻는 쿨한 내가 자랑스러웠다. 그 후로 아이들이 생기고, 몇 번의 이사를 하며 차츰 집은 넓어졌지만 살림의 규모는 집의 그것에 비례하지 않았다. 넓은 공간을 거기에 맞게 세간들로 가득 채우기 싫어하는 나와 남편은 가끔 부딪쳤다.

집만 이고 살 것이냐는 남편의 과잉 반응에 매번 나는 "아니, 미니멀리스트야."라며 응답했다. 우리의 실랑이는 남편의 패배 아닌 양보로 마무리되곤 했다.

신혼 초부터 간소한 삶에 대해서 관심이 많았다. 도미니크 로로 작가의 『심플한 삶』을 즐겨 읽었고, 소로의 『월든』에 빠져들었다. 그렇다고 전원생활을 갈망하는 자연주의를 추구한 건 아니었다. 도시 태생인 나에겐 머리부터 발끝까지 도회적인 삶이 배어 있었다. 적당한 문화생활도 즐겨야 했으며 동네 가까운 위치에 좋아하는 수영장도 있으면 이상적일 거라 생각했다. 큰 TV, 세련된 가구, 옷, 가방 등 물건에 대한 타고난 욕심이 남보다 적을 뿐이었다. 신혼 시절 부부가 장을 보러 마트에 가면 남편은 카트를 끌고 몇 시간이고 돌아다니길 좋아했다. 반면 나는 30분 이상을 견디지 못했다. 쌓여 있는 물건들에서 뿜어져 나오는 화학물질에 현기증을 느꼈다. 한창 멋 부릴 20대에도 쇼핑을 좋아하는 친구와 예의상 동행했지만 윈도우 쇼핑조차 관심이 없던 나였다. 결혼은 경제적인 문제를 간과할 수 없다. 나는 타고난 미니멀리스트는 아니었다. 궁리한 결과 쓸데없는 소비를 줄이는 것이 경제에 큰 도움이 될 것 같았다.

많이 버는 것에만 초점을 두는 대신 덜 사는 것은 확실히 도움이 되었다. 필요한 옷은 빈티지 매장을 이용했다. 요즘과는 달리 오래된 것은 버리고 무조건 새것을 선호하는 우리 세대엔 구제품이나 중고품 판매장이 아직 활성화되어 있지 않았다. 유럽 여행을 갔을 때 빈티지 쇼핑이 활발한 것을 보고 깊은 인상을 받았었다. 검소하고 오래된 것을 아끼는 그들의 마인드가 좋았다. 머리도 집에서 손질했다. 아름답게 꾸미는 것에 별다른 취미가 없었기에 머리는 길이만 손질하는 정도로 만족했다. 아이들 옷과 장난감들은 지인에게 물려받았다. 차츰 통장 잔고는 티끌 모아 동네 뒷산 정도는 되어갔고, 소비되는 시간과 돈을 줄여서보다 생산적인 시간으로 대체할 수 있었다.

하지만 내 인생에 대변혁을 일으킨 근본적인 이유는 따로 있었다. 꿈 많던 20대가 오자마자 자가면역질환인 난치병을 선고받았다. 내 대장은 거의 헐어서 집요하게 반란을 일으키기 시작했다. 진단받았던 첫해엔 하루에 혈변을 수십 번 보고 응급실에 실려 갔다. 한 번 입원하면 한두 달은 금식이 기본이었고 일상은 무너졌다. 의사들 또한 원인도 근본 치료법도 알지 못했다. 그 이후로도 스트레스를 과도하게 받거나 균형이 흐트러지면 이 병은 수시로 찾아와 나를 괴롭혔다. 수많은 치료법을 전전했다. 효과 있다는 민간요법도 시도했고 요가, 단전호흡 같은 수련도 해보았다. 결혼 후 석사논문을 끝내고 간 여행에서 한동안 잠잠했던 내 몸은 다시 반란을 일으켰다. 건강한 몸으로 일상을 꾸려나가려는 소망이 그리 큰 욕심이었을까 원망도 많이 했다. 엄마가 무너지면 가정이 무너진다. 더 이상 몸에만 매여, 견디며, 절망하며 내 인생을 보내고 싶지 않았다. 말기 암처럼 곧 죽을병은 아니었지만 나를 괴롭히고 내 삶의 질을 앗아가 버리는 일생의 숙제를 해결하기로 마음먹었다.

먼저 식이요법을 시작했다. 미니멀한 인생은 내 입에서 시작되었다. 어릴 때부터 허하고 외로운 마음을 달달한 음식으로 달랬다. 체질에 맞지 않은 먹거리들로 채워온 내 몸이 오염되고 과부하에 걸리게 된 것도 어찌 보면 당연한 결과였다. 가공식품을 멀리했다. 되도록 자연에 가까운 음식을 직접 조리해 먹었다. 그에 관련된 공부도 했다. 건강을 잃어버리면 모든 것이 소용없다는 걸 뼈저리게 체험한 후 더 이상 의사들에게 내 건강을 맡길 수 없었다. 내 몸은, 결국 내 인생은 내가 책임지는 것이 정답이었다. 수많은 건강서를 읽고 가슴 깊이 새겼다. 건강은 결국 환경과 연결되어 있었다. 운동을 시작했다. 걷기와 수영을 생활화했다. 물을 싫어했던 내가 수영을 시작한 것은 인생의 전환점이었다. 운동은 마음의 병까지 치유해 주었다. 무엇보다 먹는 것이 바뀌니, 몸이 바뀌고 마음이 바뀌었다. 외식과 배달 음식, 가공식품을 줄이니 가계도 살아났다. 하루가, 인생이 간소해졌다. 자발적으로 가난을 택한다는 것은 혁명이었다. 단지 물질에 대한 욕심이 줄어든 것이 아니라, 삶을 바라보는 관점이 전복되었다. 인생에서 근본적인 것, 더 의미 있는 것들을 추구하려는 태도와 여유가 생겼다.

아이들은 부모를 보고 자란다. 물질적인 욕심이 넘쳐나는 부모들은 아이들에게 그 욕심을 채우고 전가하려 한다. 본인의 기대와 욕망을 아이에게 투사하고, 타인을 의식하며 외면을 꾸미려 한다. 부모에게 물질적으로 아낌없이 충족을 받는 아이가 있었다. 명품을 두르고 학원에 왔다. 가방부터 옷, 신발까지 아이에겐 그 모든 것이 일상적이었다. 이미 모든 것을 가져버린 아이는 더 이상 공부든 친구든 어느 것에도 흥미를 느끼지 못했다. 아이가 정작 필요한 건 어른들의 관심과 애정인데, 그것은 부족해 보였다. 관심과 애정을 받기 위해 아이는 끊임없이 문제를 일으켰다. 끝내 수업을 더 이상 끌고 가기에 지친 나는 유감스러운 안녕을 고해야 했지만, 그 후 아이를 생각하면 한동안 먹다 체한 듯 가슴이 먹먹했다.

다행히 두 아들은 물질에 대한 집착으로 나를 힘들게 한 적 없이 소박하게 자라주었다. 우리는 될 수 있으면 물질 대신 경험을 주려 했다. 비싼 신발과 옷, 장난감 대신 여행을 다녔고, 공연을 보여주었다. 소박한 것에 만족할 줄 알고, 자신에게 의미 있고 소중한 행복을 찾을 줄 아는 아이들로 자란다면 나에겐 더없는 기쁨이다.

불청객이었던 병을 적개심을 가지고 전쟁을 치르듯 몰아내고자 했다. 적의가 거세게 불타오를수록 몸과 마음은 피폐해져만 갔다. 막다른 골목에 이르러서야 깨달을 수 있었다. 정전과 화해 없이는 이 끝없는 전쟁을 계속해서 치러야 한다는 사실을. 그 후로 몸을 지배하고 다스리고자 하는 마음을 버렸다. 무엇이 그리 힘들고 너를 지치게 하는가, 소홀히 하고 서운하게 했는가, 마음으로 대화하고 위로하고 달래준다. 내 마음의 치유 없이는 내 몸의 치유는 불가능했다. 성장하면서 받을 수밖에 없는 상처들은 언젠가는 수면 위로 올라온다. 대면해야 한다. 하지만 되도록 전면전은 피해야 한다. 화해, 평화라는 무기가 가장 강력한 치유책이다. 자신을 용서하는 것은 내 몸을 용서하고 위로하는 것이다.

미니멀리즘을 하나의 트렌드로 받아들이고 의식 없이 좇는 사람들도 있다. 비싸게 사들여 사용 중인 물건들도 정리하고 다시 미니멀한 디자인의 물건들을 새로 사들이며 아류 미니멀리스트가 된다. 미니멀리즘은 소박한 삶을 추구하는 것이다. 의식과 마음이 먼저 바뀌어야 생활도, 인생도 바뀔 수 있다. 마음이 소박해지면 주변의 환경이 깨끗해지고 지구도 살아난다. 넓은 집, 비싼 차, 분에 넘치는 생활 방식들이 삶을 옭아매고 결국 노예로 전락시킨다. 나이 들수록 소박한 삶을 추구하면 노후도 불안하지 않다. 세상의 부나 명예에 대한 열망도 미니멀하게 하자. 내 정신은 더 건강해진다. 자존감은 업된다. 사람들이 물질에 소모되는 삶이 아니라 소박하면서도 진실한 행복을 느낄 수 있는 건강한 삶을 꾸려나가면 좋겠다. 물건과 먹거리는 가볍게, 인생은 풍요롭게, 오늘도 내 발걸음은 가볍다.

워킹맘은 배수의 진을 쳐야 한다

콧등을 손으로 더듬다 보면 아직도 볼록한 흉터 자국이 잡힌다. 육안으로는 희미한 흔적이 남아 있지만, 화장으로 커버하면 지금은 거의 보이지 않는다. 큰아이를 낳고 감사하게도 6개월 동안 시어머니께서 돌보아주셨다. 일을 쉴까도 생각했지만, 남편과 시댁의 격려에 힘입어 어른들의 도움을 받기로 했다.

하지만 6개월 뒤 원래 심장이 안 좋으셨던 어머니께서 백기를 드셨다. 예상치 못했던 상황 속에서 큰아이는 공중에 붕 뜬 신세가 되어버렸다. 부랴부랴 인근의 어린이집을 물색하고 베이비시터 구인 광고도 내며 내 혀는 타들어 갔다. 운 좋게도 인근 아파트 단지에 있는 어린이집을 찾아 아이를 맡길 수 있었다. 당시엔 집에서 학원까지 출퇴근 거리가 차로도 한 시간 남짓으로 워라밸을 추구하기엔 무리인 상황이었다. 퇴근 시간이 늘 늦어져 종일반에 등록한 아이를 찾으러 허겁지겁 달리기 일쑤였다. 빈방에서 홀로 고개를 떨군 채 놀고 있는 아이의 모습을 볼 때마다 가슴이 미어졌다. 헐레벌떡 들어선 엄마를 보고 화색이 돌며 두 팔을 내미는 아이의 모습은 하루의 고단함을 씻어주기보단 온몸으로 한없이 밀어 올려야 하는 큰 돌덩이로 다가왔다. 신화에 나오는 시지프스는 저승에서 벌로 큰 돌을 가파른 언덕 위로 올려야 했다. 정상까지 힘겹게 올리면 돌은 다시 아래로 굴러내려 갔고 처음부터 다시 돌을 밀어 올리는 일을 끝없이 반복해야 했다. 일을 마치고 러시아워 속에서 차를 한 시간 몰며 간을 졸였다. 홀로 남겨져 있을 아이를 1분이라도 빨리 찾으려는 쳇바퀴 같은 일상을 살았다. 나는 돌을 끝없이 굴려야 하는 시지프스가 된 것 같았다.

그날도 그랬다. 8시가 가까워진 어느 겨울 저녁, 주차 공간이 협소한 아파트 단지를 돌며 겨우 주차하고 달리기 시작했다. 그날 따라 좀 더 늦은 것 같아 마음은 천 리 만 리를 앞서 달렸다. 순간 눈앞에 불이 번쩍하며 몸이 곤두박질쳤다. 화단 안 소나무를 보호하기 위한 대나무 지지대에 코를 정면으로 부딪친 것이었다. 피가 분수처럼 솟구치는 코를 부여잡고 어린이집으로 들어섰다. 화들짝 놀란 원장님이 구급대를 부르겠다고 하셨지만 만류하고 아이를 품에 안았다. 다음날 병원에 가보니 다행히 코뼈는 부러지지 않았다 했다. 아이가 커가며 마음을 아프게 할 때, 서러울 때, 가끔 그 영광의 상처를 거울에 비추어보았다. 흉터 자국을 어루만지며 되뇌어보았다. 나도 한때 온몸을 던졌다고. 그렇게 너희들을 키웠다고.

워킹맘은 배수의 진을 쳐야 한다. 전쟁에서 적을 맞아 싸우기 전에 어디에 진지를 세울지 결정하는 일은 매우 중요하다. 전투에서 승리하려면 적을 상대하기에 수월하고 유리한 곳을 선택해야 한다. 워킹맘에겐 선택권이 제한되어 있다. 맞벌이 부부가 아이를 양육하고 가사를 분담하는 비율은 나의 세대에서도 현저히 불균등했다. 아이를 품고 일을 하려면 물을 등지고서라도 진을 쳐야 했다. 더 이상 물러설 곳이 없었다.

모든 것이 갖추어진 안락한 환경에서도 양육을 도맡아 하는 것은 힘겨운 일이다. 눈물 콧물 흘리며 하루하루 보냈던 전장 터를 떠올리면 이제는 그립기도 하다. 벌써 백전노장이 되었기 때문인가. 하지만 늦둥이 막내를 낳은 나는 아직도 배수의 진을 치고 있다.

'Burn your bridge behind you.' 영어에 비슷한 표현이 있다. 배수의 진을 친다는 말만큼 절박한 표현이다. 다리를 불태워버리면 돌아갈 곳은 없다. 원조 워킹맘이셨던 나의 엄마는 내가 기억하는 한 부업을 손에서 놓지 않았다. 비상사태를 감지하면 앞뒤 재지 않고 아이들을 안은 채 차가운 바다에 뛰어들었다. 난파되기 직전 품 안에 있던 아이들은 살았고 배는 홀로 가라앉았다. 덕분에 우리 형제들은 각자의 자리에서 굳세게 살아가고 있다. 나에게 배수의 진을 칠 수 있었던 용기가 조금이라도 있었다면 원조 워킹맘인 엄마의 덕일 것이다. 병약하지만 독립적인 엄마의 행동을 무의식으로 답습하며 자랐다. 엄마는 언덕을 넘어서 내가 초등학교에 다니는 동안 결석 한 번 하지 않게 했고, 비가 와도 우산 한번 들고 마중 나오신 적이 없었다. 준비물이나 숙제, 모든 행사에 관여하지 않았다. 무관심이나 방임이라기보다는 엄마는 늘 역동적이었던 자기 삶을 날것 그대로 보여주며 생생한 가르침이 되게 하였다. 게으를 틈이 없었던 삶이란 학교를 통해 무언으로 성실, 인내, 몰입할 수 있는 능력 등 인생을 살아가는 데 필요한 기술을 제대로 가르쳐주었다. 힘들다는 것은 어쩌면 스스로 건 최면일 뿐 거짓된 감정일 수 있다는 것을 심리학의 대가 못지않았던 그녀는 보여주었다. 늘 노래와 기도로 고단한 하루를 달래며 마무리했던 그녀의 하루는 완벽했다.

지적이고 재능이 많았던 한 친구는 늦은 결혼 후 연달아 아이 둘을 출산하고 몸이 망가져 갔다. 삶에 대한 기대와 희망에 반짝였던 그녀였다. 일본어를 전공했던 그녀는 새벽반 수업을 오랫동안 하며 활기찬 하루를 열었고 건강한 몸과 정신을 가졌었다. 하지만 결혼과 출산이 친구의 인생을 완전히 뒤바꿔 놓을 줄은 몰랐다. 커리어는 물론이고 건강했던 몸은 한순간 종합병원이 되어버렸다. 몸은 아프지 않은 곳이 없었고 불면증과 우울증으로 마음 또한 그늘져갔다. 안타까운 마음으로 조금이라도 도움이 되고자 했지만 내가 해줄 수 있는 거라곤 위로의 말과 경청에 불과했다. 늘 워킹맘을 꿈꾸던 그녀였다. 자신이 좋아하는 일본어를 가르치며 가정도 예쁘게 꾸려가고 싶어 했다. 모든 선택이 원하는 결과를 주진 않는다. 나도 친구도 우리는 각자의 선택을 했고 책임을 지느라 우왕좌왕하며 분투해왔다.

생명이 끊어진 고목과도 같은 생활을 이어가고 있던 친구를 볼 때면 많은 생각이 들었다. 일과 육아, 엄마의 삶 그리고 개인의 삶. 이 모든 것이 한 조각 한 조각 퍼즐이 되어 인생이란 전체의 그림을 이룬다. 각각의 조각은 떼어서 볼 때 답이 없다. 난해하다. 어디로 가야 할지, 내 자리는 어디인지 알 수 없다. 시간과 노력이 투입되어 각자 제자리를 찾아갈 때 비로소 하나의 그림이, 작품이 완성된다. 인생은 제자리로 들어서게 된다. 일은 일대로 힘들고, 육아는 지옥과 천국을 오가고, 엄마도 여자도 아닌, 애매한 시간에 둘러싸여 있었다. 하지만 그 조각들이 결합해서 지금의 내 인생이 되었다. 감당해야 했고, 그로 인해서 성장했고, 편안해졌다.

비혼을 선택하는 젊은이들이 늘어나고 있다. 가까이만 보아도 조카들이나 후배들이 일인 가구를 이루어가고 있다. 어떤 길을 가더라도 한 인생의 선택은 그 삶에 최적화된 것이리라. 그 선택에 책임만 지면 최고의 선택이다. 친구는 어쩔 수 없는 운명에 절망도 했지만, 자신의 선택에 차츰 책임을 지며 제자리를 찾아가고 있다. 수영에 푹 빠져서 행복을 찾은 그녀를 볼 때마다 나 또한 행복하다. 두 딸을 키우면서 투병하고 일어나고 오뚝이처럼 포기하지 않았다. 약한 듯하면서도 꼿꼿한 친구는 전형적인 외유내강형의 인물이다. 겉과 속이 모두 찹쌀떡처럼 말랑한 내가 부러워하는 인물이다.

워킹맘이든 전업맘이든 우리는 각자 배수의 진을 쳐야 한다. 최선을 다하지 않으면 우리의 퍼즐은 영원히 제자리를 찾아갈 수 없다. 아이들에게도 마찬가지다. 학원을 하나 더 보내고 책을 한 권 더 사주는 것보다 최선을 다하는 엄마의 삶이 가장 훌륭한 교육이다. 힘들어하고 방황하더라도 그 시간을 통해서 제자리로 찾아갈 수 있는 엄마, 또한 그 시간을 아이들에게 주고 기다려주는 것, 스스로 홀로 설 수 있게 하는 것이 그들에게는 최고의 유산이며 나에겐 명예로운 훈장이다. 내 삶에 떳떳할 때 그 기운이 가족들에게도 전이되고 시너지를 일으킬 수 있다. 배수의 진을 친 이 땅의 맘들은 그 어떤 성인들 못지않게 위대하다. 그 시간과 땀방울들은 잘 꿰어진 보배로 오늘도 영글어간다.

엄마는 나무다

우스갯소리로 딸 둘을 낳으면 금메달을 땄고, 아들 둘을 낳으면 목매달감이라는 말을 듣는다. 신혼의 보금자리를 갓 틀었을 때였다. 아침마다 아랫배에 힘이 잔뜩 들어간 옆집 언니의 고성은 또 하루의 시작을 알리는 알람이었다. "금쪽아~ 하지 마!" 그 소리는 아랫배에서 차츰 위로 올라와 급기야 목이 찢어지는 히스테리가 되었다. 쌍둥이 아들을 독박 육아했던 옆집 언니는 외로웠던 새댁의 유일한 친구가 되었다. "아들 둘 가진 엄마는 조폭이야. 나도 한때 우아했는데." 그래도 언니는 씩씩했다. 전국 각지를 돌면서 절의 탱화를 그리는 화가인 남편은 직업상 한 달에 한 번 정도 집에 온다 했다. 그 하루라는 시간은 남편과 아버지 노릇을 하기엔 당연히 역부족이었으리라. 틈나는 대로 언니는 나를 벗 삼아 수다로 스트레스를 풀었다. 6개월 후 학원 개원으로 이사를 하게 되었을 때 우리는 눈물을 글썽이며 서로의 안녕을 기원했다. 만삭의 나를 축복해주며 언니는 말했다. "예쁜 공주님 낳아서 예쁘게 키워."

지금쯤 쌍둥이는 멋진 청년으로 성장해 있겠다. 부디 언니도 건강하게 아름다운 중년을 보내고 있길 마음으로 기원한다.

아들 둘을 키운다는 것은 조폭이 아니라 사무라이가 되는 길이었다. 순하기만 했던 큰아이는 사춘기를 또래보다 늦게 겪었다. 예상과는 달리 질풍노도의 시간은 오지 않았다. 그만하면 제법 귀여운 사춘기라 여겼다. 하지만 중학생이 되면서 뜻하지 않게 학교 폭력을 당하게 되었다. 아이는 씻을 수 없는 상처를 입었다. 동네 선생을 오래 하다 보니, 그간 가르친 아이들이 성장해가는 모습을 이웃과 아이 학교를 통해서 흔히 보게 된다. 보람만 있고 영광만 있는 것은 아니다. 내가 가르친 아이가 내 아이의 가해자가 되는 비극적인 상황도 만나야 했다. 초등학생이었던 그 아이를 잠시 가르쳤다. 아이는 그때도 성격이 다소 난폭했다. 심사가 뒤틀리면 교재와 노트를 갈기갈기 찢어서 나에게 뿌렸다. 도저히 감당할 수 없어서 가르치기를 접었던 아이였다. 중학생이 되어 소위 일진이라는 무리의 리더가 된 그 아이는 어느 날 큰아이의 교실로 찾아와 반 전체 아이들 앞에서 큰아이의 머리를 잡고 칠판에 스무 번을 가격했다. 학폭위가 열렸고 교장은 소문을 무마하기에 급

급했다. 당시 지역시민연대 대표를 맡고 있던 남편이 참다가 목소리를 높였다. 학교 관계자들은 머리를 조아리는 듯했지만, 가해자에 대한 조치와 피해자에 대한 배려에 전혀 성의를 보이지 않았다.

넋이 나간 여자로 설익은 밥을 꾸역꾸역 욱여넣으며 눈물도 많이 흘렸다. 이웃이라 믿었고, 선생이라 믿었던 그들의 인격을 몸서리치게 경험하고 나서, 나 또한 한 뼘은 더 자란듯했다. 고통은 쉽게 끝나지 않았다. 아이의 상처는 스스로 인생을 헤쳐 나가며 감당해야 할 몫이었고, 부모가 할 수 있는 일이라곤 최대한 사랑과 믿음을 주는 일이었지만 그 고통의 잔상은 오래갔다. 학폭에 연루된 아이 중 한 명이 아파트 같은 라인에 살고 있었다. 이후로도 엘리베이터를 탈 때마다 종종 마주치곤 했다. 아이는 뻣뻣하게 고개를 들고 무신경한 듯 외면할 뿐이었다. 그래, 아이는 아이다. 아직 미성숙한 인격에 무엇을 바랬겠는가. 나를 더 고통스럽게 한 것은 진심 어린 사과 한마디 없는 부모들의 태도였다. 학교 폭력 위원회가 열릴 때도 사과는커녕 아이들이 놀다 보면 그럴 수도 있다는 태도로 수선을 피운다는 듯 비난 어린 눈길을 발사했다. 단지 어른이라는 가면을 쓴 부끄러움을 모르는 사람들이었다. 오랫동안 살았던 아파트를 하루빨리 떠나고 싶었다. 같은 아파트 단지에서 마주쳐야 하는 상황들이 끔찍했다.

큰아이는 다행히 건강하게 자라주었고 멋진 청년으로 국방의 의무를 다

하고 있다. 늦둥이 막내를 낳은 탓에 나는 엄마라는 소임에서 아직 졸업하지 못했다. 폭풍전야에서 아직 대기 중이다. 메가톤급의 허리케인인지 국지성의 폭우일지는 아직 모른다. 하지만 엄마라는 나무는 모두 받아내야 한다. 그럴 준비가 되어 있는지 묻는다면 사실 여전히 두렵다. 초보 엄마는 아니지만, 육아는 여전히 넘어야 할 큰 산이다.

나에겐 늦둥이 막내도 만만치 않았다. 둘 중 한 명은 무난하게 자랄 거라 생각했다. 오판이었다. 초등학교 내내 하루걸러 담임 선생님한테 전화를 받아야 했다. 아이가 극도로 산만하다, 멍하니 수업에 참여하지 않는다, 문제를 일으키는 아이들과 함께 몰려다닌다는 등 선생님들의 피드백에 늘 민망하고 고개 숙인 엄마가 되어야 했다. 상담 치료도 시도해보았지만 이제 돋아나는 새싹에 믿음과 희망을 놓아버리기 싫었다. 시간과 인내가 필요하다고 생각했다. 일을 포기하고 집에서 아이에게 온전히 집중하는 것도 정답이 아니라 생각했다. 둘째는 사교적이었다. 친구들이 많았고 어울리길 좋아했다. 그런 아이를 나마저 문제아로 낙인찍고 휘둘리고 싶진 않았다. 아이를 믿고 기다려 준다면 아이는 분명히 제 길을 갈 것이라 믿었다.

아이가 강하고 독립적으로 자라준다면 더 바랄 것이 없다는 소망을 가졌었다. 하지만 그것만으로는 부족했음을 깨달았다. 부모라는 큰 나무는 바람 잘 날 없다. 쉼 없이 바람과 눈과 비를 맞아야 한다. 울창하게 뻗어서 그늘을 만들어주는 나무가 아니다. 새가 깃들고 노래하는 나무가 아니다. 쉽게 얻는 것이 아니다. 수많은 눈물과 한탄과 기쁨과 정성을 쏟아야 비로소 멋진 한 그루의 나무로 설 수 있다.

둘째는 요란했던 유년기를 보내고 이제 중학생이 되었다. 앞으로 얼마나 모진 풍파를 맞아야 하는지 모른다. 이제 시작이다. 한 치 앞도 알 수 없는 것이 인생이다. 두 아이가 평화롭게만 자랐다면 나는 조금이라도 여물어졌을까. 어린나무는 약하면 죽어버린다. 기대와 바람대로 아이들이 자라주었다면 나는 아직 어린나무에 불과했을 것이다.

내가 유년 시절을 보냈던 동네엔 아이들이 많았다. 학교, 놀이터, 시장엔 온통 아이들이 넘쳐났다. 싸우고 화해하고 뒤엉키며 놀았고 함께 커갔다. 아이들이 싸우고 다쳐도 부모들은 싸우지 않았다. 아파트와 달리 동네 전체가 오픈되고 낮은 담장을 두고 서로 이어져 있었기 때문에 결코 원수가 될 수 없었다. 어느 집 부부가 싸워서 엄마가 집을 나가면 아이들의 엄마가 되어주었다.

명절이 오면 다 함께 송편을 빚었다. 김장철이 되면 품앗이는 의무이자 규율이었다. 가진 건 없었지만 서로 나누며 살아갈 수밖에 없었다. 그 속에서 아이들은 신나게 뛰어놀았다. 몸 안에서 한 방울의 기운도 남김없이 짜내며 하루를 온전히 쓰고 발산했다. 그 시절이 그립다. 나를 함께 돌봐 주고 키워준 엄마들이 보고 싶다. 그들은 언제나 그 자리에서 그늘과 새가 되어준 나무였다. 큰 나무였다.

따뜻한 봄날에 평화로이 고즈넉한 고목이 쉬고 있는 그림을 그려본다. 그러기 위해선 나에게 주어진 숙제를 잘 마쳐야 한다. 땡땡이치거나 대충 해놓고선 만족스럽게 쉴 수 없다. 쉬어도 마음이 편하지 않다. 늦은 나이에 둘째를 갖고 남동생이랑 외식을 갔을 때였다. 심한 입덧으로 약해진 나는 엄마 앞에서 눈물을 보였다. 엄마는 내 등을 쓸어주었다. "세상에 공으로 얻는 건 없다." 그리고 함께 눈물지으셨다. 나의 나무가 되어준 엄마에게 감사한다. 그리고 엄마라는 나무가 될 수 있게 해준 아이들에게 감사한다. 노쇠해가는 나무는 몸통으로 스산한 바람을 느낀다. 하지만 뿌리가 흔들려서는 안 된다. 엄마라는 나무는 이제 나 본연의 나무로 새로이 뿌리를 내려야 한다. 새봄에 묘목을 심는 마음으로 정성껏 삽질하고 물을 주어야 한다. 잎이 나고 새가 깃들게 하는 또 하나의 사명이 기다리고 있다. 아직 멈추면 안 된다.

'귀밝이술'로 내 마음 돌보기

난 반전통주의자였다. 20년 넘는 결혼생활을 통산해 볼 때 제사를 비롯해 각종 명절과 절기들은 내 일정표에 들어있지 않았다. 물론 명절 행사는 며느라기가 되어버린 이상 최소주의를 표방하며 참석했다. 하지만 이름도 생소한 절기들은 남의 나라 명절보다 더 먼 이국의 풍경들이었다. 예를 들어 '망종'이라는 절기를 아는가? '아주 몹쓸 종자'란 뜻이 먼저 떠오를 것이다. 즉 아주 못된 사람을 이른다. 하지만 절기가 품은 뜻은 그와 반대로 아름답고 희망찬 날이다. 날짜로는 6월 5일경이며, 곡식의 씨앗을 뿌리는 날이다. 계절마다 품고 있는 24절기를 모두 알 수 없고 관심도 없는 것이 당연했다. 유일하게 내가 제일 좋아한 절기는 동지였다. 엄마는 마당 한가운데 연탄

화덕을 놓고 가마솥 크기의 스테인리스 솥에 팥죽을 한가득 끓이셨다. 새알 수제비를 잔뜩 넣은 팥죽을 참 좋아했다. 오빠들은 그런 나를 '팥죽 귀신'이라 불렀다. 삼시세끼를 먹어도 질리지 않았다. 지금은 아플 때 외엔 죽종류는 입에 대지도 않는다. 동지 하면 팥죽이었던 아련한 시절은 팥죽 소녀의 유년기랑 겹쳐 지금도 혀끝에 맴돈다.

설과 추석만 명절이라 생각했지, 정월대보름은 그냥 절기의 하나라 생각했다. 엄연히 명절로 영예를 누렸지만, 요즘은 그냥 모르고 넘어가는 사람들이 태반이다. 나 또한 전통에 대한 무지와 무관심으로 아무런 의미를 두지 않았다. 막내셨던 아버지 덕에 엄마는 제사를 면제받았다. 24시간도 모자라게 사셨던 엄마에게 제사라는 짐까지 주어졌다면 어땠을까? 결혼하고 보니 시댁의 한 해는 명절을 제외하고도 대여섯 번의 제사로 돌아갔다. 시부모님들은 제사엔 진심이었다. 일종의 종교였다. 증조, 고조까지 성심을 다해 섬기셨다.

반전통주의자였던 나는 일을 핑계로 기제사엔 참석하지 않았다. 시부모님이 같은 동네로 이사를 오셨을 때도 예외를 두지 않았다. 얼굴도 모르는 조상에 대한 예의는 일찌감치 내 삶에서 포기했다. 서운함을 몇 번 비치셨지만 내 고집을 존중하기로 결심하신 시부모님께 무언의 감사를 드렸다. 엄마란 자리와 며느리란 직책을 모두가 만족스럽게 수행할 자신이 없었기에 애초에 그렇게 판단을 내린 것이었다.

시어머니께선 손맛이 좋으셨고 음식을 만들어 나누기에도 달인이었다. 명절 음식을 넉넉히 해서 매번 보내셨다. 정신없이 밤낮을 보내다 어느 날 아침 식탁에 오곡 나물을 칸칸이 담은 용기들이 놓여있는 걸 보면 아하, 어제가 보름이었구나 하며 한번 방점을 찍는다. 간밤에 시댁에서 제사를 지내고 온 남편은 수저를 들며 늘 말했다. 어제 제사였어, 어제 동지였잖아, 어제 보름이었잖아, 알고나 지나가라고.

올해도 보름이 되었으니 어머님은 그 무거운 몸을 이끌고 또 오곡 나물을 준비하시리라. 얼마 전 설에 뵈었을 때 어깨에 석회가 차서 힘들어하셨다. 굳어진 어깨와 통증으로 한동안 팔을 들지도 못 했는데 지금은 좀 나아졌다고 하셨다. 조만간 레이저로 시술해야 한다며 걱정을 하셨다. 57년 동안 제사를 지냈다며 한 번도 하지 않으시던 발언에, 내 가슴도 새삼 찡해졌다. 힘드시구나. 그만두시면 될걸. 내 마음을 아셨는지 어머님은 말씀하셨다. 평생 지내오던 제사를 그만두면 조상님들이 노하시면 어쩌냐고. 옆에 계신 아버님의 눈치를 슬슬 보며 말씀하셨다. 결혼 전 처음 인사를 갔을 때, 마치 옆집 새댁같이 젊으신 모습에 당황했다. 십 대에 첫 아이를 낳으시고 여전히 꽃 같은 어머님의 모습에 적응이 되지 않았다. 그 활달하고 빛나셨던 모습도 이제 칠순을 넘기고, 아직도 제사라는 신성한 족쇄에 묶인 채 이제는 버거워하시는 모습에 내 가슴이 먹먹해 왔다. 시부모님 대에 끝날 제사를 이제 그만하고 쉬시면 안 되나 남편에게 말했다. "어머님께 제사는 곧 목숨

이야, 사시는 이유라고. 큰일 날 소리 하네." 그걸 남자인 당신이 어떻게 아냐고, 당신이 어머님 속에 들어가 봤냐고, 진지하게 말씀드려봤냐고 되물어보다 승산 없는 한바탕의 싸움으로 끝나고 말았다.

올 보름엔 다른 건 다 생략하고 나도 귀밝이술을 한잔해야겠다. 해가 밝기도 전에 울려 퍼지는 인간 확성기에 온 식구들의 고막은 진동했다. 왜 엄마는 저렇게 소리를 지를까? 어린 가슴은 그 소리에 늘 콩닥콩닥했다. 화통을 삶아 드신 듯 엄마는 고래고래 소리를 질렀다. 아들 네 놈과 남편까지 엄마의 손길이 없으면 집안은 돌아가지 않았다. 기차 화통에 삐익~ 하고 연기가 폭발해야 바퀴는 돌아가고 기차는 움직였다. 저러다가 갑자기 피라도 토하면서 쓰러지면 어쩌나. 악을 쓰는 엄마를 보고 어느 날 그런 생각도 들었다. 그 막연한 공포심을 늘 품으며 어린 가슴을 졸였다.

보름이면 밥상에 오곡 나물과 함께 술 주전자가 있었고, 엄마도 밥상 끝자락 구석에서 한 잔씩 반주를 즐기셨다. 몰래 훔쳐 먹었던 곡주는 달콤했다. 더 먹고 싶었지만, 덜컥 겁이 났다. 나의 음주 역사는 이렇듯 정월대보름 마당을 환히 비추는 보름달과 함께 시작되었다.

나도 점점 인간 확성기가 되어가고 있다. '일어나!', '양치해야지!', '일찍 자랬지!' 매일 화통을 삶아 먹는다. 내가 왜 이럴까. 시력, 청력, 반사력 모두 반항하기 시작한다. 이것들이 그간 앙심을 품고 있다가 이제 들고 일어나기로 작정했나? 그래, 너도 이제 함 엿 먹어봐라. 물려받을 건 고스란히 물려받는다. 안 받아도 될 건데 말이다. 찢어질 듯 울리는 엄마의 확성기를 언제 장착하게 되었을까. 절간같이 고요한 집안에서 성장한 남편은 고통스러워했다. 한동안 이런 나와 갈등도 겪었다. 끈질기게 거부했던 건강검진을 하고자 병원에 갔다. 몇 가지 검사와 더불어 청력 검사를 받았다. 왼쪽 귀의 청력이 현저히 떨어진다고 했다. 소위 가는 귀가 먹은 것이었다. 수업할 때도 아이들에게 한 번 이상 되묻게 된다. 물론 나의 이런 핸디캡은 영어를 익히는 아이들에겐 이점으로 작용한다. 반복 학습이라는 훌륭한 구실이 된다. 병원을 나서면서 허탈한 마음은 숨길 수 없었다. 할머니가 되어 간다는 사실도 그렇지만, 가차 없는 의학이라는 장르에 패배감을 느꼈다. 구체적인 증상들이 하나씩 설마 하며 의심의 장막을 걷어내고 있었다. 말로만 듣던 노화를 손님처럼 맞아야 하나, 친구처럼 맞아야 하나. 아직 준비가 안 되었다. 후자가 맞겠지. 그렇지 않으면 계속 힘든 길을 가야 하니까. 나 스스로 가시밭길을 만드는 셈이겠지. 타협이라기보단 실리를 택하는 게 내 자존심이 덜 상하고, 쬐금 슬퍼지려는 마음이 상쇄될 것이라 마음을 다잡았다.

눈도 어두워지고 귀도 먹먹해지는 것은 이유가 있으리라. 화려하고 강렬한 것들만 보고 듣다가 만족을 모르는 욕심 덩어리로만 전락한 오감의 안테나를 낮출 때가 된 것이다. 이제 안으로 안테나를 맞추고 내면을 응시하고 귀를 맞추라는 신호다. 고수일수록 말을 아끼고 경청하는 법이라 했다. 이제 본질적이고 소박한 것에 귀를 기울일 때가 되었다. 조상들의 지혜에 기대는 날이 왔다. 여전히 진정으로 노화의 과정을 받아들이기 어렵다. 마음은 여전히 10대 여고 시절이다. 철없고, 유치하고, 감상적이다. '화무십일홍'(열흘 붉은 꽃이 없다는 뜻)이라는 무협 소설 속의 대사 같던 이 글귀가 처연히 떠 오른다. 그렇다고 내 '화양연화'(인생에서 가장 아름답고 행복한 순간)를 포기할 순 없다. 백세 호호 할머니가 되어서도 포기하지 않을 것이다. 비록 기계의 성능은 떨어져 가지만 그 기계를 다루는 기술자의 손길을 멈출 순 없다. 끝까지 정성스레 기름칠하고, 조이고, 점검해나갈 것이다.

정월대보름에 나도 이젠 경건하게 귀밝이술을 마셔야겠다. 새벽이나 이른 아침에 데우지 않고 차게 마시면 귀가 밝아질 뿐만 아니라 1년 동안 좋은 소식을 듣는다고 한다. 가는 귀가 먹어가는 것에 절망하지 말고 더욱 내 몸과 마음을 돌봐야겠다.

"욕심을 버리고 순리에 따르며 하루를 감사하게 보내면 복이 온다." 시어머니의 명언이다. 몸이 부서져도 제사를 모시는 것은 어머님 최대의 정성이다. 최고의 수행이다. 어머니, 전 아직 멀었지만, 어머님 뜻을 이젠 알 것 같아요. 그래도 제사 몇 가지는 이제 줄이셔요. 작은 며느라기 올립니다.

나에게 주고 싶은 숙제

막둥이는 오늘도 신나게 현관문을 박차고 들어온다. 웃음꽃이 만발한 얼굴을 보니 오늘 하루는 오케이구나 싶었다. 그런데 나는 왜 소담스러운 화톳불에 물을 끼얹는가. “숙제 있어? 숙제 다 하고 놀아.”

막둥이의 얼굴엔 일순간 구름이 흘러간다. “좀 놀고 하면 안 돼?” 타협은 없다. “다 하고 놀아. 그래야 더 신나게 놀 수 있지.” 참으로 몹쓸 놈의 엄마다. 진보적이고 화통한 엄마를 한때 꿈꾸었다. 참교육까진 못되더라도 최소한 아이의 개성을 말살하고 억압하는 교육은 하지 말자. 너무 원대한 꿈이었다. 사교육 일절 시키지 않고 아이들을 소위 스카이 대학에 보낸 엄마들의 스토리를 읽었다. 돌연변이거나 특수한 유전자를 소유한 인물들이라 결론지었다. 나는 내 아이 숙제 하나 시키기조차 너무 힘들다. 숙제만은 스스로 할 줄 알았건만 아이는 자유분방했다. 기대를 배신하는 것이 인생 아닌가.

돌이켜보면, 학교와 숙제. 이 둘은 유년의 내가 세상에서 가장 싫어하던 것이었다. 늘 꿈에선 학교가 큰비로 물에 잠기는 장면이 실시간으로 방영되었고 물이 가득 찬 교실에선 더 이상 채우지 않아도 될 숙제장과 일기장들이 표류했다. 아싸! 그래, 세상의 모든 학교는 가라앉아라. 아틀란티스가 부른다! 꿈은 꿈이었다. 숙제는 지겹도록 광견병 주사도 맞지 않은 나를 송곳니를 드러내며 따라다녔다. 허약해서 밤을 지새우며 공부를 하거나 놀아본 적도 없는 나에게 숙제란 것은 그야말로 난제였다. 가장 먼저 처치하고 해결해야 마음을 놓고 내일을 기약할 수 있는 최대의 장애물이었다. 그래서 숙제를 혐오했지만, 하루도 숙제를 거른 적이 없었다. 적을 무찌르고 나라를 지켜냈다는 심정으로 두 다리를 뻗고 잘 수 있었기에. 아이들 앞에서 성실의 여왕이라고 선생님께 칭찬도 받았다. 그 뒤에 숨겨진 모범생의 비극을 누가 알 것인가.

진학, 취업, 결혼, 육아…. 이 숙제의 족쇄에서 언제쯤이면 해방될 수 있을까. 그래, 물론 누구나 정답은 알고 있다. 스스로 숙제를 내려놓으면 될 것을 굳이 옴짝달싹할 필요가 있을까. 힐링해라, 힐링. 요즘 에세이들의 주

레퍼토리다. 그러면 좋겠다. 그럴 수 있다면 문제 될 게 무엇이겠는가.

10대에서 20대, 30대 각 세대를 거쳐오면서 누구나 그 시기에 주어진 숙제를 해야 한다. 한 세대의 다리를 건널 때마다 새로운 숙제가 등장하고 더불어 난이도는 높아만 간다. 기초를 닦고 중급, 고급으로 인생의 레벨이 올라갈수록 복잡한 응용문제를 마주해야 한다. 먹고 사는 문제, 육아, 자기 계발, 노후 준비. 왜 이리 갈수록 고난도의 문제들이 등장하는지.

어느 날 아이의 수학 문제를 들여다보았다. 일찌감치 수포자 (수학 포기자)의 인생을 선택한 나는 큰 용기를 내보았다. 한 장씩 넘길 때마다 익숙했던 숫자와 공식들이 등장했다. 오호라, 반갑네, 얘들. 박카스 중독자였던 여고 시절 수학 선생님이 떠올랐다. 책상 밑에 로맨스 소설책을 읽으며 키득거려도 선생님은 허공만을 바라보며 수업하셨다. 선생님과 두 눈동자를 맞춰본 아이들은 존재하지 않았다. 덕분에 3년을 시원하게 날려버렸다. 그 수많은 수포자를 양산해 주신 선생님께 뒤늦게 경의를 표한다. 개발새발 쓴 듯 만 듯한 아이의 문제집을 어느새 미소를 띠고 바라보고 있는 엄마는 무장해제 되었고, 아이의 얼굴은 발그레 피어난다. “그래, 신나게 놀고 자기 전에 꼭 숙제해야 해.” 기약 없는 약속을 하며 두 손가락을 걸고 막둥이는 신나게 현관문을 박차며 나갔다. 아이의 숙제는 하루를 마무리하는 꿀잠에 당연히 자리를 내어 줄 것이다. 그 단잠에 마땅히 양보할 것이다. 막둥이 숙제는 바로 그것이리라.

오랜 시간 영어를 가르쳐왔지만, 아이들에게 숙제를 내 주지 않는다. 대형학원에서 숙제에 치이다 지쳐 온 아이들은 환호했다. 숙제가 없으니 매일 수업에 집중했다. 숙제 검사로 옥신각신하며 아이의 감정을 다치게 할 염려도 없다. "선생님, 숙제는 없나요? 우리 애 좀 빡세게 시켜주세요."

침묵과 설득을 동반하며 나의 고집은 묵묵히 나아간다. "어머니, 숙제란 아이에게 정말 도움이 되어야 진정한 숙제라 할 수 있습니다. 부담을 주기보단 즐겁게 할 수 있게 하는 게 제 방침입니다." 매번 말씀드리지만 돌아오는 메아리는 허무하다. 아이가 매일 즐겁게 학습하는 것보다 숙제에 집착하는 부모님의 심리를 안다. 아이는 해맑고 불안하지 않다. 그들이 불안할 게 뭐가 있는가. 부모가 불안할 뿐이다. 자신의 불안을 아이에게 전가한다. 집에서 노는 꼴을 보기가 싫고 학원에선 아이를 조금이라도 책상에 붙들어 주기를 바란다. 숙제라는 건 아이를 통제하는 또 다른 수단일 뿐, 제 역할을 하지 못한다.

'아이들은 어른의 아버지'라고 영국의 낭만주의 시인 워즈워드 (William Wordsworth)는 읊었다. 직업상 아이들만 평생 상대해 온 나는 세계관이 좁을 수도 있다. 하지만 본질은 안다. 진정 자신이 하고 싶은 것을 할 때 사람은 빛이 나고 하늘을 날아오를 수 있다는 것을. 몸과 머리가 커가면서, 여우의 가죽을 쓰기 시작하면서 우리는 잊어버린다. 아니, 잠시 그런 척할 뿐이다. 언젠간 다시 말갛고 단순했던 내 모습으로 돌아간다. 친구의 아들은 대학을 세 번이나 다녔다. 1지망은 부모의 전공, 2지망은 친척들의 전공, 3지망이 되어서야 자신의 전공을 찾았다. 돌아 돌아 그 먼 길까지 아이는 얼마나 많은 고통스러운 숙제를 해야 했으며 감내해야 했을까. 제 길을 찾은 아들은 물 만난 고기처럼 본연의 빛을 찾았다. 아무리 많은 과제가 주어져도 밤을 새우며 해낸다. 진작에 본인이 원하는 학교에 들어가게 할 걸 그랬다며 친구는 뼈저린 후회를 했다.

영어를 가르쳤고, 책을 읽었고, 여행을 다녔다. 진정 내가 하고 싶은 것을 운 좋게도 해왔다. 하지만 어느 순간 이것들이 나에게 채워야 할 빽빽이 같이 부담을 주는 숙제가 되었다. 시작은 창대하나 그 끝은 뼛골이 빠지더라! 이제는 내가 하고 싶은 숙제를 매일 매일 생각해 본다. 투명한 유리병에 갓 나온 딸기잼을 병목까지 가득 채우고 뚜껑을 야무지게 닫아 밀봉하듯 주어진 내 시간을 정성스레 쟁인다. 내 에너지와 즐거움이 몰입과 만나서 엑기스가 될 수 있는 숙제들. 숙제가 하나하나 쌓여가면 덧없는 시간을 정복하며 살 수 있다. 남들이 하는 시간 관리와는 다른 나만의 숙제 장이다. 빼뚤빼뚤, 곱게 쓰인 세상 알찬 나만의 숙제장이다.

숙제를 그리 혐오했지만, 이제는 진정한 숙제를 하고 싶다. 남이 내어주는 숙제만 하고 살았다. 자기 주도적으로 목표를 정하고 스스로 숙제를 정해서 해본 적이 없었다. 남이 내어주는 숙제, 타의에 의한 의무와 짐은 내 인생의 반을 고통에 휩싸이게 했다. 다행스럽게도 인생은 친절해지기 시작했다. 심하게 흔들렸던 불혹을 지나 여전히 하늘의 뜻을 알지 못하는 오십의 고개를 넘으려니. 인생은 찡그렸던 얼굴을 펴고 조금씩 미소를 보낸다. 이제 나에게 내고 싶은 숙제가 하나둘 생기니 지구는 나를 축으로 돌아가기 시작한다. 운동을 시작하고, 이렇게 구시렁구시렁 글을 쓰기 시작한다. 희미해져 가는 나를 또렷하게 할 어여쁜 숙제를 내기 시작한다. 그 어떤 것이라도 즐거움을 동반해야 함은 필수이다. 어, 내가 지금 뭐 하고 있지? 하지 않던 일들을 하고 있네. 학습효과 만땅인 자발적인 숙제다. 마음으로만 품어왔던 오랜 것들을 매일매일 숙제로 기특하게도 해내고 있잖아. 친절한 것도 모자라 인생은 나에게 선물까지 주고 있다.

글쓰기로 받은 최고의 선물

"왜 형아가 이 게임을 좋아했는지 알겠어."

스마일 이모티콘이 막내의 온 얼굴에 한가득하다. '롤'이란 게임을 새로 깔고 금광을 발견한 듯 불을 내뿜는 녀석. 비교적 게임의 세계에 늦게 입문한 늦둥이의 행복은 단순하지만 나날이 찬란하다. 천국을 발견한 눈빛이 저럴까. 아! 부럽다. 부럽기 그지없다. 이 가슴은 하루 건너서 꽃 여자 널뛰듯 뜀박질한다. 곤두박질치고 먹먹해지는 마음은 잡을 수 없는 허기로 꼬르륵거린다.

"배고파, 먹을 거 없어?", "비번 풀어줘. 수학 문제집 두 장 다 풀었고 일기도 다 썼어." 항상 존대하는 제 형과 달리 막내는 꼬박꼬박 반말을 바친다. 예절교육은 고사하고 귀에 꽂히는 반말조차도 귀엽고 달다. 막내니까. 단순하고, 단순해서 행복하도다. 세상에서 아니, 우주에서 제일 행복해 보이는 이여. 내게도 그런 순간이 있었다. 곳간에서 몰래 발견한 곶감처럼 비할 바 없이 달고 달았다. 존재의 배고픔으로 허덕이는 이 엄마를 제발 모른척해 주렴. 막내의 행복은 단순하다. 아이를 부러워하는 순간이 올 줄은 몰랐다. 무지한 아이들의 저력을 무시하기만 한 어른이었다.

부유물이 가라앉으면 혼탁했던 물은 맑아진다. 인생도 마찬가지다. 단순해질수록 행복해진다. 생계를 해결할 수 있는 직업을 잡고, 가정을 이루고, 아이를 키우며 뇌의 회로를 쉴 틈 없이 돌려야 했다. 30대가 되면 30평 이상의 아파트에 살아야 하고 아이는 둘은 되어야 하고, 삶은 안정되기를 바라는 세상이 던진 숙제를 해결하고자. 마흔을 넘어서다 보면 알게 된다. 인생의 꼬인 실타래는 자꾸만 헝클어져만 갈 뿐임을. 부부 사이엔 권태기가 찾아오고 예전과 같지 않은 모습들을 서로 확인하게 된다. 아이들도 마음대로 자라주지 않고 내가 그린 그림은 무너져 간다. 애초에 내가 그린 그림은 욕심 많게 덕지덕지 칠한 추상화에 불과했다. 지우고 다시 그려야 했다.

큰아이는 어릴 때 그림그리기를 좋아했다. 세모 모양의 지붕과 커다란 창문이 달린 집 옆에 빠짐없이 개 한 마리를 그렸다. 개는 늘 초승달 모양의 눈을 하며 웃고 있었다. 사람은 모두 집 안에 있고, 집 밖엔 웃고 있는 개를 그린 그림은 큰아이의 시그니처가 되었다. 단순했지만 얼마나 예쁜 그림이었는지 모른다. 그 그림 안엔 큰아이의 모든 인생이 들어 있었다. 군더더기 없이 한마디로 요약될 수 있는 메시지가 담겨 있었다. 사람보다 동물이 더 두드러진 그림은 곧 아이의 맑은 마음인 동시에 앞으로 살아가야 할 삶의 지향점이 될 수 있으리라.

큰애와 달리 둘째의 그림은 화려하고 섬세했다. 살고 싶은 집을 그리라고 하니 평면도처럼 복잡하고 섬세한 집 내부를 그렸다. 수많은 방과 거실들, 복도와 계단이 마치 궁전처럼 화려하면서도 정교하게 펼쳐졌다. 이런 집에서 살고 싶냐고 물었다. 그런데 둘째의 대답이 가관이었다. 처음엔 이런 집에 살 거라 했다. 살아보고 나서 시골에 가서 집을 짓고 동물들을 기르며 살 거라 했다. 마당엔 닭과 개를 키우고 집 안엔 고양이들을 키우며 평화롭게 살고 싶다고 했다. 콘크리트 안에서 태어나고 자란 아이들의 꿈들이 꼭 이루어지길 소망한다.

삶이 단순해지고 가벼워져 간다는 걸 느낄 때 나는 행복했다. 가진 것이 많아질 땐 오히려 머리는 더 복잡해졌다. 일도 공부도 갈수록 복잡하고 무거워지면 내 에너지는 분출되기도 전에 사그라들었다. 체력이 약했던 탓도 있었지만, 두뇌 자체도 느렸던 탓에 방대한 것을 감당하지 못했다. 대신 좁고 깊게 파 들어가는 것이 성향에 맞았다. 한 가지 일을 하면서 그 일에 몰두하고 전념해왔다. 영어를 가르치는 일도, 운동도 꾸준하지만 깊게 파고자 했다. 직업을 자주 바꾼 친구가 있었다. 수완도 좋았던 친구는 보험도 팔았다가, 어린이집 교사도 했다가, 사회복지사도 도전했다. 친구의 순발력과 행동력이 부러웠다. 그러다가 친구는 한 가지 일에 정착해서 오랫동안 꾸준히 해오고 있다. 재주가 많고 잠재력이 많지만, 그 날개를 온전히 펴보지 못한 친구가 안타깝기도 했다. 하지만 복잡함에서 단순함으로 가는 친구의 여정을 보면서 역시 제자리를 찾아간다고 생각했다. 성숙할수록 단순해지고 깊어지는 것은 인생이 익어간다는 증거리라.

욕심으로 배가 불러 갈수록 머리 또한 복잡해진다. 가물에 콩 나듯 서울과 수도권에 사는 오빠들과 올케언니들을 본다. 그들은 비싼 집과 좋은 차를 굴리고 아이들에게 아낌없이 투자했다. 평생 지방에서 살아가는 나를 은근히 무시한다고 느꼈다. 나와는 클라스가 다르다는 메시지를 말꼬리에 슬쩍 다는 듯했다. 시간이 지나면서 깨달았다. 나는 자괴감과 열등감의 안경을 쓰고 있었다는 것을. 하지만 분명한 건 다들 좋은 회사에 다니며 떵떵거리는 듯했지만, 시간이 갈수록 얼굴은 메말라갔다. 더 가지고 싶어서일까? 치열하게 비교하며 살아가는 세상 속에서 열패감을 느껴서일까? 정확한 이유는 모르지만 그들의 낯빛은 어두워져만 갔다.

삶이 복잡하고 머릿속이 뒤엉킨 실타래로 가득 찼을 때 나도 모르게 글을 쓰기 시작했다. 오래 다닌 수영장엔 반별로 모임이 많았다. 총무를 맡아서 오랫동안 봉사도 했다. 하지만 남자와 여자가 모인 자리에선 이래저래 보이지 않는 갈등도 많았고 그것들이 수면 위로 올라오기도 했다. 이런저런 인간관계에 지친 나는 수영장을 옮기기도 했다. 그러다 코로나가 터지고 한동안 수영장에 발길을 끊으면서 수영에 대한 나의 열정도 시들해져 갔다. 코로나로 정지된 세상은 정화도 되었지만, 동시에 활동 반경이 제한된 인간들의 우울감도 양산했다. 전염된 우울감 속에서 나도 모르게 어느 날 펜을 들었다. 코로나 이전부터 드문드문 단편소설을 썼다. 그 재미에 푹 빠져서 시간 가는 줄도 몰랐다. 한 편의 소설을 쓰고 나면 내 새끼를 낳은 듯했다. 이야기 속에 내가 빠져서 또 다른 인생을 살 수 있었던 것이 크나큰 매력이었다. 그러다가 한동안 지쳐버려 글을 쓰는 둥 마는 둥 했다.

나태해져만 가는 나를 다독이기로 결심한 건 오십이라는 고개를 앞두고 서였다. 친구 중 하나가 야간대학에 등록했다는 소식에 제대로 필을 받았다. 평일은 말할 것도 없고 주말까지 투잡을 뛰면서 새롭게 공부를 시작하는 친구는 나의 정신을 번쩍 들게 했다. 그래, 나도 해보자. 소소하지만 나를 다잡고 즐거움을 줄 수 있고 의미를 만땅 시켜 줄 수 있는 것! 그래, 글쓰기다. 나는 다시 시작했다. 쓰다 말다 하기를 방지하기 위해 뭔가 체계적인 것이 필요했다. 처음으로 블로그를 만들었다. 그래, 블로그가 나의 글쓰기 학교다. 누가 보든지 말든지, 글을 쓰는 것 자체가 내 공부라고 다짐했다.

글을 쓰면서 내가 받은 최고의 선물은 단순함이다. 점심을 먹고 출근하는 나에겐 풍요로운 오전이 특권으로 주어진다. 늘 새벽 5시에 기상해서, 운동하고, 아침 식사를 하고 나면 여유롭고 낙낙한 오전을 보낼 수 있다. 아이들을 보내면 누워서 책을 읽고, 유튜브를 보고, 한숨 자며 덧없이 보내던 그 시간을 재정비하기로 했다. 글 한 편을 쓰니 두 시간이 쏜살같이 흘러갔다. 빠르지만 덧없이 가는 것이 아니라, 리듬을 타며 춤을 추며 흘러간다. 키보드를 두드리는 내 손가락들은 신나게 춤을 추고, 머릿속은 말끔하게 샤워를 하고 상쾌해진다. 지나간 시간을 다시 살게 해주고, 지금 내 눈에 담긴 순간을 곱게 단장시킬 수 있는 글쓰기는 차츰 나를 매료시켰다. 무엇보다도, 잡념이 많고 헝클어진 나의 머리를 정돈시켜 단순하게 만들어준다. 구체적인 목적을 달성하는 것보다 과정을 사랑하게 한다. 과정에 푹 빠져 몰입하는 순간에서 환희를 느낀다. 영어를 잘해서 무엇을 하겠다기보다 영어를 공부하는 순간에서 즐거움을 느낀다. 작가가 되고 싶다기보단 글을 쓰는 과정에서 맛보는 몰입, 그 단순함이 황홀하다. 단순함은 찬란하다. 인생이 찬란하게 느껴질 때는 단순함 속에서다. 이제 그 찬란한 단순함을 즐겨보자.

물 만난 여자,
다시 반짝이다

작정하고 하루에 물을 세 잔 이상 마시기로 했다. 건강 서적들을 읽고 동의는 했지만, 실천이 쉽진 않았다. 손을 자주 씻고(팬데믹의 여파가 컸음은 물론이다) 샤워는 매일 하지만 어렸을 땐 씻기를 무지도 싫어하는 여자아이였다. 곰곰이 생각해보니 나는 물 자체를 좋아하지 않는다는 결론을 내렸다. 재미로 본 사주에서 음양오행설에 따르면 내 사주엔 목(木)의 기운이 강하다고 했다. 더구나 수많은 운동 중 수영을 하리라고는 꿈에도 생각해 본 적이 없었다. 그랬던 내가 마흔의 가을에 물을 만났다.

서른아홉에 늦둥이를 낳았다. 홀로만 자라던 큰아이가 안쓰럽기도 했지만, 결혼과 동시에 일과 육아를 쉬지 않고 병행했기에 내가 가진 한정된 에너지 안에서 최대한 심플한 삶을 추구하고자 했다. 개체를 하나 더 늘린다는 것은 지각의 대변동만큼이나 심각한 주제였다. 공동체 생활을 시작한 아이는 차츰 정체성을 획득해나갔지만, 밝고 활달한 성격은 사촌 형제들이나 친구들 사이에서 차츰 그늘져갔다.

"나도 동생 있었으면 좋겠어."라는 조심스러운 소망은 "엄마, 빨리 동생 낳아주세요."라는 공격적인 요구가 되어갔다. 고민에 고민을 거듭하며 2년이라는 시간이 훌쩍 흘러갔다. 드디어 큰아이는 로또를 맞게 되었다. 고목에도 꽃이 핀다는 걸 내가 증명하다니, 스스로 감격하고 뿌듯했던 것도 잠시였다. 막간의 꿀 같은 휴식을 뒤로하고 일로 복귀해야 하는 늙은 엄마는 5개월이 된 아이를 어린이집에 맡겨야 했다.

"걱정하지 마, 엄마. 학교 끝나면 금쪽이 내가 찾아올게." 아홉 살 인생은 씩씩하게 엄마를 안심시키려 했다. 아장아장 걷기 시작한 늦둥이 동생 손을 꼭 잡고 어린이집을 오가는 모습에 아파트 단지 어르신들은 침이 마르도록 칭찬하셨다. 어느 날 길을 가다가 처음 뵙는 어르신이 다짜고짜 손을 잡으며 반가워하셨다. "집에 애 맞제? 아이고, 참 반듯하게 키웠다. 지 동생이라고 손 한번 안 놓고 다닌데이."

큰아이에겐 세상을 얻은 듯한 동생이었지만, 나에겐 전혀 예기치 않은 먹구름이 몰려오고 있었다. 말로만 들었고, 책에서나 읽었던 산후우울증이었다. 깊이를 알 수 없는 골짜기 아래로 내 영혼은 곤두박질치고 있었다. 이 나이에 무슨 사치냐, 사치 부릴 시간도 없는데, 그러다 말겠지 하며 가볍게 지나가리라 생각했다. 하지만 출산 후 6개월, 1년이 지나가도 이 친구는 떠날 생각을 하지 않았다. 오히려 더 성가셔만 갔다. 기회가 되어 한 달간 모든 걸 던져두고 여행도 가보았다. 곧 죽을 것 같던 나를 남편이 떠다민 것이었다. 여행으로 잠시 심신은 화사하게 피어오르는 듯했지만 유일한 치유책은 되지 못했다.

산후우울증에 좋다는 요가, 명상도 해보았다. 가라앉아만 가는 나에겐 정적인 고요함을 추구하는 명상이나 요가는 불에 기름을 뿌리는 격이었다. 혁신적인 것이 필요했다. 온몸을 고단하게 움직이는 것, 실용적이고 유익한 활동, 내 고정관념을 깨부수는 것, 수영이었다.

중학교 시절 합창반 활동을 했다. 노래를 썩 잘하는 것도 아니었지만 운이 좋아서인지 행복한 학창 시절을 보낼 수 있었다. 어느 여름방학 시골에 있는 한 폐교로 여름수련회를 갔다. 다 함께 합숙하며 노래 연습을 했다. 우리는 폐교 바로 앞을 흐르는 개울에서 멱을 감고 놀았다. 나는 겨우 물장구를 치며 즐겁게 헤엄을 치는 친구들을 부러운 눈길로 지켜보는 게 고작이었다. 그러다 아차 하는 순간 변주가 심한 수심 아래로 빠른 조류를 타고 나는 떠내려가고 있었다. 아이들은 오오! 소리만 지를 뿐 속수무책인 소녀들에 불과했다. 마침 개울 아래쪽에서 놀고 있던 남자아이 중 하나가 나무토

막처럼 떠내려가던 나를 발견하고 기적의 흑기사가 되어주었다. 아이는 물고기처럼 유연하고 힘이 넘치는 수영 실력으로 내 팔과 몸통을 잡고 리드해 나갔다. '역시 시골 태생은 다르네.' 또래로밖에 보이지 않았지만 나를 가볍게 움켜잡은 그 애의 보드라운 손은 신의 손길이었다. 나중에 들은 얘기론 그 아이는 동네 아이가 아니라 도시 아이라 했다. 방학을 맞아서 시골 친척 집에 놀러 왔으리라. (나의 감사와 축복이 세상 어느 곳에 있을 그에게 닿기를!)

그 뒤로 물에 대한 나의 공포심은 트라우마로 남았다. 이런 내가 수영강습을 받기로 결심했다는 건 혁명이었다. 물 안에서 호흡을 할 수 있게 되고 비로소 물에 뜨기까지 석 달이 걸렸다. 코치님에 의하면 나 같은 몸치는 역대급이라 했다. 온몸으로 기억하는 공포심을 하루아침에 극복하는 것은 무리였다. 잘하지는 못하지만 성실함을 무기로 삼아 한 해가 지나고, 두 해가 지나며 물은 비로소 나의 친구가 되었다. 물에 대한 공포심이 없어지니 자연히 잔뜩 힘이 들어가서 뻣뻣했던 몸이 물을 탈 줄 알게 되고, 점차로 수영을 즐기게 되었다. 새벽의 맑은 공기를 마시며 수영장에 들어서면 하루를 더 일찍 시작하는 활기찬 미소들에 또 다른 행복감을 느꼈다. 생명을 탄생시키고 축복은커녕 한동안 우울의 골짜기를 헤매던 나는 차츰 사라져갔다.

수영은 노산으로 일그러진 온몸을 마사지해 주었다. 뒤틀린 뼈들을 부드럽게 다듬어 주었고 뒤죽박죽된 균형을 회복시켜주었다. 칠순 팔순의 할머니들도 늘 함박 웃음을 담고 물에 들어오시면 나 또한 잃어버렸던 자신감이 샘솟았다. 나보다 더 앞서, 인생의 파도를 가르며 오셨을 왕언니들에게 진심을 담아 미소를 건넸다. 탈의실이나 샤워실에서의 수다는 덤이었다. 여자들은 수다로 푼다. 일상에서 쌓인 해묵은 감정들과 근심을 물줄기로 흘려보내고 상쾌하게 거울 앞에 선다.

우리는 세상에 나오기 전에 어머니의 양수 안에서 헤엄을 친다. 이미 수영본능이 잠재되어 있다. 그 본능이 늦게라도 나를 일깨워주니 감사할 따름이다. 새벽 어스름한 빛을 뒤로하고 눈 비비는 큰아이를 데리고 몇 해 동안 새벽 수영을 다녔다. 그것도 새벽 첫 버스를 타고. 버스를 타면 두 모자에게 기사 아저씨는 늘 환한 웃음을 날리셨다. 좀 더 단잠을 즐기고 싶은 한창나이의 아이는 툴툴거렸다. 해군에 입대하고서 쓴 손 편지 안에 아이는 거듭 감사를 담았다. 수영 테스트해서 3등 안에 들게 된 건 수영을 다니게 해준 엄마 덕분이었다고.

비단 수영뿐 아니라 어떤 운동이라도 내 친구로 만들어보자. 낯설고 선뜻 말 붙이기도 힘들지만 일단 용기를 내고 시도해보자. 되로 주고 말로 받는 우정을 쌓을 수 있다. 단조로운 일상이 드라마, 영화가 된다. 당연히 주연은 나다. 굳이 시설을 이용하기 버겁다면 동네 산책, 홈트나 요가라도 꾸준한 친구로 만들어보자. 그 소소한 즐거움은 내 인생 통장에 이자를 복리로 굴려준다.

팬데믹이 도래하기 전까지 수영은 오랫동안 내 일상의 원동력이 되어주었다. 이사를 하고 나서 다니던 수영장도 멀어졌고 공공시설 이용이 제한되니 물 만난 여자는 한동안 물 밖에 있다. 내 일상을 돌려주고 살아갈 힘을 준 물의 리듬을 다시 느끼고 싶다. 흐트러진 세상의 리듬이 서서히 제자리를 찾아가고 있다. 다시 모든 것이 반짝이길 기대해본다. 동네 수영장 안에서도 인생은 흘러가고 빛을 발한다. 나는 오늘도 수영장에서 인생이란 망망대해를 가르며 유유히 나아갈 기대에 가슴이 부푼다.

뜻하지 않은 선물

시간이 흐르면서 얻는 것도 많지만 잃어가는 것도 많음을 부정할 순 없다. 우리 안에 있던 동화와 모험 같은 것 말이다. 옆을 돌아볼 여유조차 없이 앞만 보고 달려온 탓이다. 그렇지만 살다가 생각지도 못하게 그런 순간들을 맞닥뜨리게 된다. 운이 좋게도. 감사하게도. 삶은 충분히 나에게 위로와 보상을 해준다. 잃어버린 것이 아니라 잠시 보이지 않던 것들을 누군가가 살짝 건드려 주면서 말이다.

유니는 잠시 나의 품에 머물다 갔지만 화로 속에 묻혀 있던 재투성이의 내 감성들을 살살 피워 고소하고 탐스러운 군밤들로 탁탁 터뜨렸다. 어느 봄날 막둥이는 폐지 상자 하나를 안고 들어왔다. 또 무슨 잡동사니를 뒤져

잔뜩 가져왔나 들여다보았다. 헤진 수건 위에 처참한 몰골로 유니가 누워 있었다. 루루는 동네에서 유명한 길 고양이었다. 본능인지 심기가 불편해선지 그날 루루는 유니를 덮쳤다. 유니는 아파트 앞 공원에 늘 포진해 있던 비둘기 떼 중 하나였다. 당해도 너무 당했다. 한쪽 날개가 찢겨 나갔고 배와 옆구리 쪽도 심각해 보였다. 죽었는지 단지 기절했는지 분간할 길이 없었다. 대략난감이었다.

경비 할아버지께선 가망이 없다고 했지만, 막내는 유니를 포기할 수 없었다. "엄마, 유니 나을 때까지 우리가 돌봐주면 안 돼?" 기분도 매일 꿀꿀한데 너까지 보태냐며 속으론 야속했지만, 막상 거절의 말이 나오진 않았다. 녀석의 간절한 눈빛을 어떻게 거부할 수 있을까. 그래, 어차피 며칠 못 갈 것 같은데, 뭐, 녀석 소원이나 들어주자. 그로부터 유니가 우리랑 세 달이나 동거하게 될 줄은 예상도 못 했다.

세 마리의 금붕어와 화분들이 있는 양지바른 베란다가 유니의 안식처가 되었다. 물과 쌀을 채워주며 오늘도 살아있는지 확인하는 것이 내 하루의 시작이 되었다. 그런 하루가 이틀이 되고 일주일이 되니 빈사 상태로 누워만 있던 유니가 어느 날 앉아 있었다. 고개를 돌리며 눈알을 굴리는 유니를 발견하고 나는 '엄마야' 하며 뒤로 나동그라졌다. 아, 얘가 운이 대박이네. 힘없이 감겨만 있던 눈이 또록또록 초점을 맞추는 게 너무나 대견했다. 하지만 상자 안에서 두 다리로 일어서기까진 꽤 시간이 걸렸다. 막내는 유니의 느린 회복에 애통해하다가 곧 바깥세상에 다시 정신이 팔려버렸다. 결국 독박육아는 오로지 내 차지가 되었다. 이 나이에. 아니, 독박육비둘기라 해야 하나?

답답한 마음에 인근 동물병원에 전화를 돌려보았다. "예? 비둘기라고요? 비둘기는 치료해본 적이 없어서…." 동물병원이면 개와 고양이만 치료해야 하냐. 비둘기는 동물 아닌가? 아이, 조류는 동물이 아닌가? 한 병원에서 시내에 있는 병원을 추천해주었다. 남편은 툴툴거렸다. 살다 살다 SUV에 비둘기를 태우고 운전하기는 처음이라고. 유니를 살펴본 오래된 동네의 오래된 의사는 국부적인 상처 외엔 큰 이상은 없다고 했다. 정 걱정이 되면 엑스레이를 찍어보라며 권고했다. 오래된 의사의 경험과 직관에도 믿음이 갔지만 정작 나를 안심시켰던 건 상처 입은 조류들을 구출해서 치유해왔다는 그의 경력이었다.

집으로 다시 돌아온 유니는 어느새 또 하나의 가족이 되어 있었다. 두 달이 지나 베란다 문을 열어 놓으면 번개같이 거실로 난입해 온 집안을 뛰어다녔다. 막내가 유니랑 술래잡기할 때면 나 또한 합세했다. 아이 둘이 세상에 처음으로 나왔을 때, 품에 안았을 때 느꼈던 감정들, 살면서 가장 맑았던 느낌이 다시 차올랐다. 그런데 석 달이 다 되어가도 유니는 날 생각을 하지 않았다. 열심히 걷거나 뛰기만 했다. 혹시, 하늘을 못 봐서 그런가 싶어 마음을 먹고 큰아이를 대동하고 유니를 그물에 넣어서 아파트 뜰로 나갔다. 간만에 바깥공기와 빛을 접한 유니는 좀 얼떨떨한 표정이었다. 큰아이가 그물을 뒤집어 유니를 날리려 몇 번 시도했지만, 날개만 파닥거릴 뿐 유니는 날고자 하지 않았다. "얘가 그새 집둘기가 된 거 아냐? 환경에 적응한다잖아?", "엄마, 그런 게 어딨어요? 오래 아파서 컨디션이 다운돼서 그래요. 얘도 준비할 시간이 필요한 거죠." 녀석, 제법이네. 대학생 됐다고 어른스러워졌네. 그래, 조급하게 생각 말고 기다리자.

하지만 날이 갈수록 집안에 온통 날리는 털이랑 곳곳에 눈처럼 내려앉은 비듬에 마음은 평정을 잃어갔다. 어느 날 아침 식탁에서 시국선언을 하듯 나는 말했다.

"오늘 유니 보내야겠어." 막내가 수저를 내려놓았다. "안 돼, 유니 아직 못 날잖아.", "아니야, 집에 계속 있으면 유니는 더 못 날아." 막내의 눈망울에 물기가 어렸다. "엄마, 미워."

아침 설거지를 마치고 고요가 찾아왔다. 한동안 유니와 나만의 시간에 적응이 되었나 보다. 둘만의 마지막 휴식이었다. 녀석의 투명한 두 눈을 바라보았다. "유니야, 할 수 있지? 넌 할 수 있어." 상자 뚜껑을 닫았다. 유니는 요동치지도 않고 조용히 귀를 기울일 뿐이었다. 집 앞 공원으로 갔다. 따스하고 상쾌한 봄빛이 내려앉은 공원은 아침의 여유를 즐기고 있었다. 상자를 열고 유니를 내려놓았다.

“자, 날아. 이제 날아야지, 유니야.” 사뿐사뿐, 비실비실하며 유니는 걷기만 했다. 가슴이 북받쳐 올랐다. 격해지는 감정을 발에 실어서 유니를 향해 쿵 하고 내디뎠다. “날아, 제발 날라고!”

순간, 유니는 힘차게 솟구쳐 올랐다. 파란 맑은 봄 햇살 속으로. 점이 되어가는 유니를 바라보는 내 볼엔 눈물이 하염없이 흐르고 있었다. 텅 비어 있었던 내 우물에 유니는 봄의 생기를 채워주었다.

오래전부터 세상에 대한 흥미, 기쁨과 사랑이 사라져가고 있었다. 허수아비처럼 흔들리며 무표정하게 헛웃음만 날렸다. 살아 있는지도 모를 시간이 아지랑이 속에 뿌옇게 맴돌기만 했다. 그래, 견뎌야지. 이렇게 나이를 먹어가는 거겠지 하며 이를 꽉 물었다. 그럼에도 내 안엔 사랑을 향한 갈급함이 사라지지 않았다. 유니는 그것을 채워주었다. 세 달 동안 그 짧은 시간 유니는 나의 목표였다. 나는 그에게 내 관심과 염려, 정성을 쏟아부었다. 그 와중에 내 머리는 단순해져 갔다. 나는 정화되어갔다. 좁은 세계에서 벗어나 타인에게로 내 촉수가 이동했다. 오로지 집중하고 몰입했다. 언제 일어서나, 걸을 수 있나, 날 수 있나. 오직 그 생각만이 내 머리를 온통 채웠다. 그 석 달이 소박한 정성으로 올곧이 채워진 내 소중한 시간이 될 줄은 상상도 못 했다. 유니는 가르쳐주었다. 내 마른 지반에 수맥을 찾아서 차오르게 할 수 있는 힘이 있다는 걸. 삶을 내가 외면하지 않는 한 세상은 내게 열려 있다는 걸. 반려동물에 관심이 없었던 나였다. 그들이 충분히 가족이 되어 사랑을 나눌 수 있다는 것을 깨달았다. 사랑을 온전히 받아들이는 것 또한 상대를 무한한 사랑으로 가득 차게 한다는 원리를 알 수 있었다.

나이가 들수록 내 안으로만 숨으려 한다. 갱년기가 시작되는 중년의 고개는 만만치 않다. 자신의 늪에서 헤어 나오지 못할수록 내 안은 빈곤해질 뿐이다. 나를 벗어나 외부의 대상에 정성을 쏟아보자. 사람이든, 자연이든, 취미활동이든 무엇이라도 좋다. 내 에너지를 쓰면 쓸수록 나는 풍요로워진다. 인생의 뜻하지 않은 특별한 선물이 될 수 있다.

공원에 갈 때마다 유니를 찾아본다. 모든 녀석이 나의 유니다. 모이를 오순도순 주워 먹고, 자유롭게 햇발 속으로 솟아오르는 유니를 눈부시게 바라본다.

엄마도
갑판병이 되련다

새해 벽두에 큰애가 해군에 지원하고 입대를 했다. 시부모님을 모시고 진해 훈련소로 송별 드라이브를 했다. 신혼 초 군항제 한 번 보겠다고 갓 결혼한 우리는 의기충천해서 당시 유행하던 노래처럼 벚꽃엔딩의 낭만을 기대하고 시동을 걸었다. 어설픈 낭만에 대한 기대는 진해 어귀에서 펴보지도 못하고 일곱 시간을 버티다 무너지고 말았다. 제길, 내 살아서 진해 땅을 밟으면 남자로 태어나리라. 전국 각지에서 바퀴 닳아가며 몰려든 '차산차해'로 입성도 못 해보고만 그 진해였다.

이제 벚꽃엔딩은 내 인생에서 접었다. 삶이란 날리는 벚꽃처럼 찰나에 불과함을 깨달아가는 중년에 들어섰다. 꽃보다 아름다운 건 결국 사람이었다. 모든 한숨과 비탄과 환희의 입김이 서린 내 자식과 나, 우리란 것을 어렴풋하게나마 알았다. 이 코로나 시국에 안쓰럽게도 바다가 좋다며 육군보다 두 달이나 복무기간이 더 긴 해군에 자원하는 아들이 한편으론 대견했다. 그래, 넌 언제나 머리 굴리는 아이는 아니었지. 늘 가슴이 먼저 움직이면 발길을 돌렸지. 젊음의 패기인지 객기인진 몰라도 어쨌든 눈이 부신다.

결혼 20년 만에 새집을 장만했다. 묵은 살림의 때를 벗긴 듯 만 듯 이리저리 부산한 틈에 아이의 훈련 6주가 지나가 버렸다. 두 번째 온 손 편지는 아주 길고 서사적이다 못해 장엄했다. 큰아이는 갑판병을 자원했다 했다. "자기야, 갑판병이 뭐야?", "아이고, 이놈이 제일 힘든걸, 그것도 자원까지 할 게 뭐람." 남편은 한숨을 쉬었다. 검색해보니 갑판병은 소위 '해군의 꽃'이자 '해군의 노예'란다. 갑판 위에서 바람과 햇빛, 파도를 원 없이 맞으며 온갖 잡일을 다 하는 해군의 카스트 제일 아래 것들.

"어떡해? 단순한지, 무식한지 얘는 꼭 이런다. 이때는 가슴보다 머리 좀 쓰지. 아이…." 그날 이불 속에서 한줄기 눈물이 흘렀다. 제 친구들을 보니 조금이라도 더 편한 보직으로 빠지려고 미리 운전 연습을 해 운전병에 지원하거나 행정병을 원하는 분위기였다. "엄마, 내가 해군에 꿀 빨러 가는 줄 알아? 이왕 하려면 제대로 해야지, 싸나이가." 오랜만에 통화한 아들의 목소리는 호기롭고 낭랑했다. 그래, 넌 내 아들 확실히 맞다. 나도 항상 머리

보단 가슴이 먼저 움직였지. 남편은 늘 그런 나에게 훈수를 두었다. 세상을 어떻게 살아가려고 그러냐고. 그만큼 상처도 눈물도 많았지만, 그것들이 지금의 나를 만들어왔기에 너를 탓할 순 없다. 아니, 오히려 그런 아들이 내심 흐뭇했다. 요즘 말로 쩐다, 쩔어.

걱정과 불안으로 온통 저리는 가슴을 다독이며 나는 마음속으로 정성스레 편지를 읊조렸다.

그래, 엄마도 오십 평생 비겁자였다. 어느 순간 가슴보다 머리만 굴리려 했지. 지금의 너에게 엄마의 청춘이 회귀한듯하다. 그래, 엄마도 이제 갑판병이 되련다. 조타, 전산, 행정도 다들 중요하고 빛나지만, 갑판병은 묵묵하면서도 몸이, 가슴이 부끄럽지 않게 피곤할 수 있다. 미련 없이, 지긋지긋할지라도.

그래도 네가 고향에서 가까운 부산으로 발령을 받아서 한시름 놓았다. 혹시나 저 멀리 백령도라도 가면 그곳은 너무 멀어서 상상이 안 되니까. 아들아, 엄마도 갑판병의 심정으로 남은 우리를 지킬게. 넌 나라를 수호해. 폼나는 해군모를 쓴 내 훈남, 다시 볼 날을 기다리며 파이팅 보내마.

배를 탄 지 9개월 만에 아들은 육지 근무를 신청했다. '엥카' 박을 거라며(영어로 '닻'이란 뜻이지만 해군 용어로 함정에서 전역할 때까지 계속 근무하는 것을 이른다.) 뻥뻥 소리쳤던 녀석도 시간이 갈수록 풀죽은 목소리로 전화를 했다. 바다 감옥에 갇힌 죄수가 따로 없다고, 너무 힘들어서 견디기 힘들다고.

첫 휴가를 나왔을 때 지친 아이를 달랠 겸 둘이 여행을 갔다. 남편은 제가 선택했으니 책임을 져야지 하며 육상근무 신청을 하려는 아이를 도리어 말렸다. '비정한 사람….' 한없이 서운했지만 돌아서서 생각하니 부모 중 한 명이 이성적인 것도 나쁘지 않았다. 고생은 사서도 한다고 견뎌라, 세상에서 가장 빠른 것은 시간이다, 넌 더 단단해지리라…. 내가 할 수 있는 말은 이런 꼰대 같지만, 진정 아이가 직면해야 할 숙제였다. 마쳐야 할 과제였다. 남자끼리 잘 통할 줄 알았더니 정작 아이는 내 말을 새겨들었다. 아버지를 존경하지만 표현하는 방식에 있어서 엄마의 부드러운 위로가 더 와닿았을 것이다.

동기들은 벌써 다 떠나고 홀로 버티다가 아들은 제주도로 발령받았다. CCTV 병이라는 상대적으로 편한 보직을 받고 근무하고 있다. 전역을 몇 달 앞두고 나름대로 의미 있는 시간을 보내려고 노력하지만, 한편으론 배를 탔던 그 시간이 그립다고도 했다. 극한의 두 보직을 수행하면서 아들은 많이 성장했을 것이다. 온실 속의 화초처럼 세상을 모르는 아들은 조금이라도 세상의 맛을 보았을 것이다.

아들 넷을 군에 보내면서 늘 손수건을 온통 적시는 엄마를 보았다. 오빠들은 줄줄이 사탕처럼 휴학하고, 번갈아서 입대를 했다. 바리바리 싸 들고 면회를 하러 가고, 늘 날밤을 지새우는 엄마를 지켜보았다. 아들 짝사랑에 평생을 보내는 엄마를 닮지 않으리라 마음먹었다. 난 딸만 낳아서 쿨하게 키워야지. 나만의 그림을 그리며 마음속에 저장했다. 덕분에 비교적 두 아들을 냉정과 열정 사이를 오가며 키워왔다.

하지만 큰애를 군에 보내고 한동안 맘고생을 피하지 않을 수 없었다. 그 마음의 몸살을 앓고 난 뒤 내 마음은 한 뼘 더 자랐다. 그리고 더 대범해져야겠다고 마음먹었다. 아들은 이제 자신의 항해를 시작해야 한다. 그 배 안에는 갑판병이나 선원들도 없다. 홀로 조타하고, 행정을 하고 이리저리 뛰어다녀야 한다. 풍랑을 만나면 홀로 대처해야 한다. 그 배 안엔 우리는 없는 것이다. 부모란 감투를 벗고서 남편과 나에게도 해나가야 할 각자의 항해가 기다리고 있다. 그 항해는 끝이 없다. 조금이라도 방심하면 배는 항로를 이탈하거나 난파할 수밖에 없다.

중년이 되면 선장은 못 될지언정 노련한 일등 항해사 정도는 되어 있으리라 생각했다. 이리저리 뛰어다니지 않고, 동요하지도 않을 것이라 여겼다. 프로와 아마추어의 차이는 조정하고, 따라가는 것이라 했다. 프로는 자신의 일정을 만들고 조정해나가고, 아마추어는 그 정해진 틀을 따라간다 했다. 난 아직도 허겁지겁 하루를 틀 속에서 따라가기에 바쁘다. 하지만 그것도 헛되진 않다고 생각한다. 아무것도 하지 않고 늘어져 있는 것보다 정신없이 뛰면서 살아 있는 것이 낫다. 정해진 시간에 일어나서 루틴을 따라가다 보면 하루는 일사천리다. 시간이 아깝지 않다. 내가 더 발전하고 싶은 욕망을 가진다면 그 루틴 속에 단지 하나를 더 끼워 넣으면 된다. 그래서 글쓰기란 루틴을 하나 더 만들었다. 독서도 능동적인 행위이지만 글을 쓴다는 것은 그 행위에 '엥카'를 박는 것이다. 읽은 것들을 곱씹고 사색하는 것에 그치는 그 행위들을 문자들로 되새김질하며 창조를 덧입혀나가는 작업이다.

세상에 영원한 것은 없다. 고생도 끝이 있고, 꿈으로 이르는 길도 끝이 있다. 그 끝에 닿기까지 인생의 파도를 견디고 헤쳐 나가는 각자의 방법들이 있다. 오늘도 순조로운 항해가 될지 늘 배를 살펴본다. 한 차례 항해를 마치고 항구에 머물러 배를 건조하고 수리해준다. 그러면 다시 긴 항해를 떠날 수 있다. 그러기 위해선 든든하게 채비를 갖추어야 한다.

나만의 방법이다. 독서라는 든든한 양식을 가득 싣는다. 운동과 사색으로 몸과 마음을 정비한다. 글쓰기로 망루에 올라 먼 바다를 조망한다. 큰아이가 말했다. 갑판병이 갑판에서만 일하는 게 아니라고. 때에 따라서 조타도 봐야 하고 보급, 행정 모두 해야 하는 멀티테이너라고. 힘이 들어서 그렇지, 갑판병으로 일한 것에 후회는 없다고. 그래, 네 말이 맞았어. 넌 제대로 공부했구나.

엄마도 갑판병의 심정으로 항해를 해야겠다. 그러고 보니 능력이 없다고 생각했었지만 이미 멀티테이너로 살아왔네. 북 치고 장구 치며 나만의 파도를 헤쳐왔었네. 그래, 힘들 땐 파도 위에 내려앉아 잠시 쉬어가는 갈매기가 될게. 그리고 다시 힘차게 날아오를게. 나만의 항해를 포기하지 않고 끝까지 할 것을 약속할게.

JOURNAL

LINE
date

monday
tuesday
wednesday
thursday
saturday
sunday
notes

마치는 글

'나'라는 광대한 우주를 개척하자

숨 가쁘게 달려왔다고, 나만 힘들었다고 여겼다. 그런 나에게 인생은 늘 적절한 타임에 가르침을 준다. 나는 졸업하지 않았고 늘 배운다. 적재적소에 배울 거리를 제공해주는 인생은 가장 훌륭한 스승이다. 스승은 먼 곳에 있지 않았다. 늘 내가 숨 쉬고 있는 곳에 함께했다. 늘 목이 말랐다. 보이지 않는 어둠 속에서 가야 할 길을 가르쳐주고 삶의 롤 모델이 되어줄 멘토를 갈망했다.

마흔 공부가 대세다. 가장 혼란한 시기지만 인생의 블루오션 주기라는 마케팅으로 여기저기서 시끄럽다. 마흔은 내게 시작도 아니었다. 아무 생각 없이 주어진 숙제만 그날그날 해내며 달려온 그 시기는 한없이 단순했다. 무지해서 행복하다고 믿었다. 오십의 고개를 넘으며 내 공부는 본격적으로 시작되었다. 인생을 마주 대하는 제대로 된 공부. 숨 쉬듯이 책을 읽었지만 제대로 읽은 것이 아니었다. 지적인 허영에 불과했다. 물적인 사람이 아닌 지적으로 살고 싶은 허식으로 가득 찬 내 이기심을 향한 몸짓에 불과했다. 가르치는 일을 진정으로 즐기게 된 것 또한 인생이 준 선물이다. 순수하게 시작한 소망도 어느덧 수단과 기능으로 변질하여 갔다. 하지만 인생은 고맙게도 한 번쯤 나를 생각하는 시간을 선사해주었다. 이제 양이 아닌 질로 가야 한다고. 용기를 내어서 글쓰기에 도전하면서 더욱 큰 선물을 받을 수 있었다. 보잘것없고 일상에 묻힌 내 인생에 가치와 의미라는 선물을.

운동이라곤 숨쉬기가 유일했던 남편이었다. 평생 줄담배를 피우는 그가 숨쉬기라도 제대로 하고 있는지 늘 의심을 해야 했다. 그랬던 그가 지난해 프리 테니스 동호회에 들었다. (이런 운동이 있었나 처음 들었다.) 여자라면 그렇겠지만, 매끈한 배와 근육으로 다져진 비주얼의 남성을 한 번쯤은 동경해보았으리라. 남편을 처음 만난 날부터 그 로망은 포기했다. 그래, 나쁜 놈만 아니면 된다. 옆집 맘 좋은 아저씨면 어떠리. 겁 많고 순진했던 나의 멘탈도 한몫했다. 그랬던 그가, 나무늘보처럼 바닥과 합체되어 있던 그가 날아올랐다. 아무도 모르게, 세월 없이, 필사적으로 누에고치를 찢고 나온 나비로. 화려한 날갯짓을 하며 날아올랐다. 남편은 한 해를 꼬박 퇴근과 동시에 동네 다리 밑으로 출근했다. 주말 낚시를 반납하고 다리 밑에서 새로운 어장을 개척했다. 어느 날 대회에 나간다는 소리에 난 코웃음 쳤다. "자기가?" 8강에 올랐다는 소리에 "와! 자기 좀 하네." 그러다가 감기에 엉망인 컨디션으로 대회가 있다는 말에 나는 신경질을 부렸다. "나라를 구할 일도 아닌데 그냥 집에서 쉬어. 운동도 취미로 하는 거잖아."

남편은 기어이 나가더니 그날 저녁 발그레 술기운이 돈 얼굴로 들어왔다. "자기야, 나 메달 땄다. 복식 우승 먹었다!" 메달을 흔들며 해맑은 미소가 가득한 그의 얼굴을 보는 순간 새로이 캐어낸 듯 빛나는 남편의 또 다른 보물에 눈이 부셨다.

인간은 하나의 우주다. 살면서 '나'라는 광대한 우주를 개척해보지도 못하고 가는 인생이 얼마나 많은가. 운동과는 인연이 없다고 생각했던 남편은 자신의 우주에서 새로운 행성을 발견하고 개척했다. 눈앞에서 목격한 바로는 '어메이징'한 일이다. 나의 우주에도 개척되지 못한 수많은 행성이 있다. 이렇게 용기 내 본 '글쓰기' 또한 나의 새로운 행성이다. 내 삶의 일부분이나마 글로 정리해보고 싶은 욕구의 씨앗들이 터져 잎으로 돋아날 야심 찬 프로젝트에 도전해 보았다. 개척자의 마음으로 한자씩 써 내려갔다. 의미 없다고 생각한 나에게 의미를 부여하고 싶다는 갈망으로 매일 일정한 시간을 떼어내어서 투여했다. 그 결실은 내 마음의 풍성함으로 돌아왔다. 용기를 내면 나도 무언가를 할 수 있다는 확신과 성취감으로 돌아왔다.

마흔도, 오십도, 육십도 모두 모두 중요하고 의미 있다. 모두가 내 거대한 삶이란 프로젝트를 완성하는 퍼즐의 조각이다. 어느 시기가 더 중요하고 덜하다는 걸 따지는 자체가 무의미하다. 그 누구의 삶도 정물화 속에서 머물러 있지 않다. 내가 고여 있고, 정지해 있다고 느끼는 순간에도 우리는 나아가고 있다. 그러기 위해선 먼저 '좋은 생각'을 해야 한다. 자신을 사랑하라는 말은 넘쳐난다. 자신을 사랑하는 행위를 위해선 먼저 긍정적인 생각을 해야 한다. 힘들고 지칠 때 부정적인 생각의 씨앗을 한 톨 뿌리면 그 생각은 계속해서 싹을 틔워 어느새 내 밭을 점령해버린다. 사랑하는 나를 위해 좋은 생각을 하자. 좋은 생각들은 결국 내 삶의 비옥한 밭을 만든다.

인생의 멘토 중 '용기'는 나에게 가장 큰 영감을 주고 누워 있는 나를 일으켜 준 스승이었다. 실행하라, 행동하라고 일관하는 조언들은 우선 도움이 되지 않았다. 좋은 생각의 씨앗을 꾸준히 뿌리니 결국 용기라는 잎이 하나씩 돋아나기 시작했다. 내가 하고 싶고 나를 행복하게 할 수 있는 일을 찾아서 해나갈 수 있다는 용기를 가졌으면 좋겠다.

더불어 '개척정신'을 가졌으면 좋겠다. 거창한 개척자의 정신이나 자기 계발론을 말하고자 하는 것이 아니다. '나라는 우주'의 수많은 행성에 호기심을 가져보자. 어렸을 때 막연히 가졌던 어렴풋한 꿈들은 아직도 그 행성에서 떠돌고 있다. 호기심을 가지면 자연히 개척해보고 싶은 욕구가 인다. 그 꿈에 조금이라도 다가갈 때, 한 걸음씩 내디딜 때 우리는 비로소 충만감을 느낀다.

성공만이, 자기 계발만이 난무하는 시대다. 지금 내가 살아가는 하루란 시간은 헛되지 않다. 나의 하루가 곧 우주의 씨앗이다. 이 하루가 모여서 꿈이 되고 삶이 된다. 오늘도 나는 내 인생의 씨앗을 한 톨 한 톨 뿌려 나간다.

새로 이사 온 아파트 단지엔 꼬맹이들로 넘쳐난다. 젊은 부부들이 푸릇한 생기로 단지를 채운다. 오래 살았던 이전 아파트엔 상대적으로 중후한 세대가 대세였다. 덕분에 나는 새댁이란 소리도 들으며 호사를 누렸다. 일을 마치고, 아이들과 젊은 아빠, 엄마들로 가득 찬 단지에 들어서면 어느덧 할머니가 된 듯 서글픈 기분도 든다. 하지만 나도 신나고, 뿌듯하고, 정신없는 그들의 시간을 원 없이 누려보았다. 그 시간을 정신없이 즐기고 있는 그들이 기특하고 아름답다. 나는 여전히 나만의 아름다운 시간을 누리고 있다. 좀 더 여유롭게, 의미 있게. 동네에서 영어를 가르치고, 나를 돌아보고 생각하며 또 하나의 다리를 건너고 있다. 혼자서 건너다가 힘들면 함께한다. 인생이란 스승은 늘 나와 함께하기에. 자신을 돌아보며 개척하고자 하는 모두에게 늘 응원을 보내고 싶다.